1화
거인 사냥꾼

마운드 위의 절대자

디다트 현대 판타지 장편소설

WISHBOOKS MODERN FANTASY STORY

마운드 위의 절대자 4

디다트 현대 판타지 장편소설

초판 1쇄 찍은 날 | 2018년 12월 10일
초판 1쇄 펴낸 날 | 2018년 12월 17일

지은이 | 디다트
펴낸이 | 예경원

기획 | 위시북스
편집책임 | 이규재
편집 | 위시북스

펴낸곳 | 예원북스
등록번호 | 제396-2012-000132호
등록일자 | 2012. 7. 25
KFN | 제1-344호

주소 | 경기도 고양시 일산동구 호수로 646-24 위너스21Ⅱ빌딩 206A호 (우)10401
전화 | 031-819-9431 팩스 | 031-817-9432
E-mail | yewonbooks@naver.com

ⓒ디다트, 2018

ISBN 979-11-89701-06-2 04810
        979-11-89450-77-9 (set)

디다트 현대 판타지 장편소설

WISHBOOKS MODERN FANTASY STORY

마운드 위의

4 위의

절대자

Wish Books

마운드
위의
절대자

CONTENTS

샤크스와 엔젤스의 주중 3연전 첫 경기, 그 경기의 승자는 샤크스의 선발투수 알렉스 브레디였다.

[알렉스 브레디, 천사를 혼자 잠재우다!]
[알렉스 브레디 완봉승!]
[천사, 상어에게 물어뜯기다!]

완봉승, 더 이상 설명이 필요 없는 방법으로 승리를 거둔 알렉스 브레디의 피칭은 훌륭했고, 결과물은 완벽했다.

자연스레 그의 기사가 온라인 세상을 도배하기 시작했다.

그에 대한 찬사와 찬양이 이어졌다.

그러나 모든 초점이 알렉스 브레디에게만 맞춰지는 건 아니었다.

[이진용, 3.2이닝 10탈삼진!]
[엔젤스의 새로운 천사가 등장하나?]
[이진용, 그는 누구인가?]

3.2이닝 2피안타 무실점 그리고 10탈삼진.
누가 봐도 놀랍기 그지없는 성적을 보여준 이진용의 존재감은
완봉승을 거둔 알렉스 브레디에 비해 결코 부족하지 않았다.
무엇보다 이진용은 그 성적과 별개로 존재감을 뽐내고 있
었다.

-얘가 그 호우냐?
-이 녀석이 그 호우임?
-이 새끼가 그 호우라고?

마운드 위에서 격렬하게 자신의 존재를 증명하는 이진용의
피칭 스타일은 야구팬들 사이에서 금방 유명세를 떨치기 시작
했다.
물론 좋은 의미로만 유명해진 건 아니었다.

-미친 새끼 아님? 이래도 됨?
-우리 팀 상대로 저 지랄하면 내가 마운드에 달려가서 주둥이에 주

먹 날려 버릴 것.

-저러다 조만간 참교육 한 번 받지.

└헤이, 진용! 돈 두 댓!

오히려 반대, 대부분의 팬들은 이진용의 모습에 비판은 물론 비난과 욕설을 아끼지 않았다.

-아니, 타자는 배트 플립하는데 투수가 호우 좀 하면 안 되나?

-왜 우리 꼬맹이 기를 죽이고 그래요? 호우 좀 할 수 있지!

-답답하면 니들도 호우하든가!

몇몇 팬들이 이진용을 변호하고, 그의 편을 들어주긴 했지만, 그들은 소수에 불과했다.

이진용이란 엔젤스의 새로운 기대주가 아주 빌어먹을 쓰레기가 되는 데에는 몇 시간의 시간이면 충분했다.

그렇게 몇 시간 만에 엔젤스 구단을 제외한 프로야구 9개 구단의 공공의 적이 된 이진용은 자신의 숙소에서 머리를 쥐어 잡은 채 고뇌하고 있었다.

"아, 미치겠다."

이제까지 이진용이 보여준 고뇌 중 가장 깊은 고뇌였다.

김진호 역시 그런 이진용의 등 뒤에서 고뇌로 가득 찬 표정을 짓고 있었다.

물론 그런 그 둘이 온라인상의 반응 때문에 고뇌를 하는 건 아니었다.

그 둘을 고뇌케 하는 건 다름 아니라 그들이 새롭게 얻은 아이템, 스킬업이었다.

[스킬업(A랭크)]
-선택한 스킬의 스킬 랭크를 A랭크로 스킬업시켜 준다.

이진용이 가진 스킬 중 하나를 A랭크로 만들 수 있는 엄청난 기회!

그게 고뇌의 원흉이었다.

"무슨 스킬이 좋을까요?"

이진용은 이제 이 스킬업을 적용할 스킬 하나를 골라야 했으니까.

그건 마치 끝내주는 스포츠카 여러 대를 앞에 두고 개중 하나를 고르는 것과 같았다.

누구라도 고민할 수밖에 없는 일.

그런 이진용에게 김진호가 조심스럽게 제안했다.

-심기일전 어때? 스킬 랭크가 올라가면 하루에 사용할 수 있는 횟수가 늘어나잖아? 엄청 좋을걸?

그 제안에 이진용이 눈빛을 반짝였다.

"무쇠팔도 좋지 않을까요?"

그 반짝임에 김진호도 눈빛을 반짝이며 대답했다.

-당연히 좋지! 아니, 끝내주겠다! 무쇠팔이 A랭크가 된다면,

6이닝을 소화하는 순간 나머지 이닝은 사실상 체력 걱정이 없잖아?

말을 하던 김진호가 박수를 곁들였다.

-그래, 무쇠팔이 좋겠다. 이제 선발인데, 무엇보다 체력이 필요할 때이니까. 바로 무쇠팔에 써버려! 진용아, 리틀 최동원이되는 거다!

"라이징 패스트볼도 좋지 않을까요?"

그런 김진호에게 이진용이 재차 질문을 했고 그 질문에 김진호는 팔짱을 낀 채 고개를 끄덕이며 대답했다.

-훌륭한 판단의 표본이로군! 그래, 라이징 패스트볼로 가자! 진용아, 마구 한 번 던져보자.

그 말에 이진용이 결정을 내린 듯 고개를 끄덕였다.

"고맙습니다, 덕분에 결정했습니다!"

이윽고 결단을 내린 이진용의 모습에 김진호가 슬쩍 이진용의 눈치를 보며 말했다.

-그래? 라이징 패스트볼에? 아니면 무쇠팔에? 심기일전?

"제가 미쳤어요?"

[스킬업(A랭크)을 컨트롤 마스터(F)에 사용합니다.]
[컨트롤 마스터의 스킬 랭크가 A랭크로 스킬업했습니다.]

이진용, 그가 컨트롤 마스터의 스킬에 스킬업을 사용했다.

-으아, 안 돼!

그 사실에 김진호가 절규를 내뱉었고, 그런 그를 보며 이진용이 비웃음을 머금었다.

"어디서 약을 팔아요? 누가 보더라도 컨트롤 마스터에 써야지. 훌륭한 판단의 표본이군? 어디서 말도 안 되는 소리를 하고 있어. 그런 소리 하시려면 씨나락이나 까 드세요."

사실 이번 일은 고민할 문제가 아니었다.

분명 김진호의 말대로 심기일전, 무쇠팔, 라이징 패스트볼의 스킬 랭크를 올리는 건 나쁠 건 없다.

하지만 컨트롤 마스터 스킬에 비하면 앞선 스킬들은 솔직히 비교 자체가 무의미했다.

-에이, 진짜!

그걸 알고 있기에 김진호는 이진용이 어떻게든 컨트롤 마스터가 아닌 다른 스킬에 스킬업을 사용하도록 유도하고자 했다.

이진용의 말에 맞장구를 친 이유였다.

-그래, 그냥 너 다 해 먹어라!

"감사합니다. 열심히 해 먹겠습니다."

그리고 이진용은 그런 김진호를 놀리기 위해 그의 장단을 맞춰줬다.

결국 자신이 놀림거리가 되었다는 사실에 토라진 김진호가 표정을 잔뜩 찌푸리며 푸념을 내뱉었다.

-아, 진짜 이건 사기야. 꿀을 떠먹여 주는 것도 정도가 있지, 이제 아주 그냥 혈관에 포도당을 주입하네.

이진용이 그런 김진호의 푸념을 배경음 삼은 채 자신의 상태창을 활성화했다.

[이진용]
-최대 체력 : 80
-최대 구속 : 130
-보유 스킬 : 심기일전(D), 일일특급(D), 라이징 패스트볼(E), 마법의 1이닝, 무쇠팔(F), 리볼버, 컨트롤 마스터(A)

보이는 상태창 속에서 컨트롤 마스터(A)라는 존재가 유난히 밝게, 화려하게, 아름답게 보였다.

'과연 얼마나 대단할까?'

너무 아름다워서 몸마저 달아오를 정도.

그럴만했다.

'F랭크 때만 해도 코너워크 제구가 됐는데, A랭크라면……'

솔직히 이진용에게는 오늘 치른 샤크스전에서의 코너워크 제구 자체도 신세계였다.

'상상도 안 되네.'

스트라이크존의 좌우, 그곳의 경계선을 노리는 피칭을 하는 것도 처음이었고, 그것이 얼마나 끝내주는 일인지 느끼는 것도 처음이었다.

그런데 이제 그보다 더 대단한 제구력을 손에 넣게 됐다?

'당장 시험해 보고 싶다.'

몸이 달아오르지 않을 리 만무.

-너무 좋아하지 마라.

그런 이진용의 달아오른 몸에 김진호가 찬물을 뿌렸다.

-제구가 좋아졌다는 것만 믿고 제구만으로 피칭을 하다 보면 개박살이 날 테니까.

그건 그저 단순히 악감정에서 나온 말이 아니었다.

"무슨 의미인가요?"

-제구가 좋다는 건 계획한 바를 잘 실행할 수 있다는 것뿐이야. 계획 자체를 끝내주게 만드는 게 아니라.

금과옥조.

천금을 주고도 사지 못하는 값진 조언이었다.

-그렇기에 제구력이 뛰어난 투수들일수록 더 필사적으로 계획을 세우고, 머리를 쓰지.

그 말과 함께 김진호가 자신의 손가락으로 이진용의 머리를 두드렸다.

-투수를 위대하게 만드는 것은 팔이 아니라 뇌라고 불리는 두 귀 사이에 있는 것이다.

김진호의 그 말에 이진용이 고개를 끄덕였다.

"더 마스터, 그렉 매덕스의 말이었죠."

그 순간 김진호가 고개를 갸웃했다.

-응? 무슨 소리야? 이거 내가 한 말인데?

"예?"

-그렉 매덕스라니, 이거 내가 남긴 명언이거든?

"무슨 말이에요, 당장 구글 검색해보면 나오는 그렉 매덕스의 명언인데?"

-아, 매덕스 그 양반이 내 명언을 훔쳐갔네. 그 양반 성격이 좀 괴팍한 건 알았지만 내 명언도 훔쳐갈 줄이야.

말과 함께 김진호가 고개를 절레절레 흔들었다.

그런 그의 모습에 이진용은 반박할 수 없었다.

김진호가 활약한 시기는 그렉 매덕스가 활약한 시기와 겹쳐 있었으며, 김진호와 그렉 매덕스는 그 시대를 풍미하던 최고의 투수로 경쟁하는 경쟁자였으니까.

"진짜요?"

때문에 이진용이 놀라며 되물었고, 그런 이진용에게 김진호가 진지한 표정으로 말했다.

-아니, 구라야.

"에이, 진짜!"

-으하하!

김진호가 자신을 놀렸다는 사실에 이진용이 짜증을 부렸고, 그런 이진용을 향해 김진호가 폭소를 터뜨렸다.

그러고는 그 폭소 사이로 나지막이 말했다.

-매덕스는 그라운드 밖에서는 이상한 양반이었지만, 그라운드 안에서는 마술사였지. 왜 마술사였는지는 알아서 찾아봐. 분명한 건, 그냥 제구만 좋았다면 지금의 매덕스는 없었으리란 거지.

그 조언에 이진용이 고개를 끄덕였다.

그렇게 고개를 끄덕이는 이진용의 눈빛에는 더 이상 새로운 장난감을 손에 넣은 어린아이의 기색 따위는 없었다.

'김진호 선수 말대로다. 제구가 좋아졌다고 해서 끝이 아니야. 오히려 이게 시작이다.'

새로운 표적을 찾는 맹수의 눈빛만이 있을 뿐.

그리고 그런 이진용에게 표적이 제공됐다.

선발투수의 갑작스러운 강판, 상대 팀 에이스 투수의 완봉승, 갑자기 튀어나온 투수의 호투……

예상치 못한 사건을 연달아 치르고, 패배마저 당한 엔젤스의 코칭스태프 회의 분위기는 좋을 수가 없었다.

"최소 8주라……"

그런 상황 속에서 선발 로테이션을 소화해주던 4선발의 부상 소식은 확인사살과도 같은 것이었다.

"어휴."

"에휴."

모두가 긴 한숨을 푹푹 내뱉었다.

몇몇은 저도 모르게 담배가 들어 있는 주머니에 손이 갔다가 황급히 그 손을 책상 위로 올렸다.

"일단 선발 자리를 채우는 게 우선이겠지. 추천할 만한 선수가 있으면 추천하도록."

그런 그들에게 봉준식 감독이 질문을 던졌다.

"이진용을 한 번 올려보죠."

대답은 곧장 나왔다.

"어차피 마땅한 선발 자원도 없는 상황에서 기회를 한 번 줄 필요는 있다고 봅니다."

투수코치, 그가 대답했다.

"이진용이 선발 역할을 해줄 수 있으리라고 생각하나?"

봉준식 감독이 질문을 던졌고, 투수코치는 고개를 끄덕였다.

"3.2이닝 2피안타 무실점, 10탈삼진. 솔직히 성적만 보자면 인상적인 수준을 넘어 압도적입니다. 경기에서 보여준 모습은 경악에 가까웠고. 이 정도 모습을 보여줬는데 더 이상 검증은 필요 없다고 봅니다. 검증을 하더라도 선발 무대 정도만이 검증의 무대가 되겠지요."

투수코치는 기다렸다는 듯이 술술 준비한 말을 꺼냈다.

"불펜코치 생각은?"

"기회는 줘봐야 한다고 생각합니다."

불펜코치마저 이진용의 기용에 찬성하자 봉준식 감독은 더 이상 질문을 하지 않았다.

"선발 로테이션이 이대로 소화되면, 이진용이 나올 경기는…… 이번 주말 타이탄스와의 3연전 마지막 경기가 되겠군."

봉준식 감독이 바로 결론을 내렸다.

"이진용에게 5월 14일 일요일 타이탄스전에 출전하라고 통보하도록."

페넌트레이스.

3월 31일부터 9월 17일까지, 6개월에 걸쳐 144경기를 치르는 이 기나긴 전쟁의 무서운 점은 여러 가지다.

개중 하나는 바로 상처투성이 상태에서도 휴식 없이, 치료 없이 다음 상대와 싸워야 한다는 것이었다.

그 상대가 어마어마한 괴물이더라도.

그 사실을 엔젤스가 깨달은 건 샤크스와의 주중 3연전을 1승 2패, 루징 시리즈로 마치고 자신들의 홈구장인 잠실구장에서 부산 타이탄스와의 주말 3연전, 첫 경기를 치르는 순간이었다.

-큽니다, 큽니다, 큽니다, 큽니다!

-넘어갔네요.

-홈런! 타이탄스의 4번 타자 김태용 선수가 엔젤스를 추락시키는 만루홈런을 기록합니다.

-이 홈런은 아마 내일 그리고 내일모레 있을 엔젤스에 치명적인 상처가 될 듯하군요.

그건 난타를 넘어 도살이었다.

타이탄스 타자들은 엔젤스의 투수들을 도살했고, 그 결과 9회 초 엔젤스 대 타이탄스의 점수는 4 대 19, 아득하기 그지없는 수준으로 변해 있었다.

"타이탄스 애들 왜 이래? 뭐 잘못 먹었어?"

더욱이 그 점수는 단순히 많이 난 점수가 아니었다.

"미친, 잠실에서 팀홈런이 하루에 4개나 나온다는 게 말이 돼?"

똑같이 10점을 내더라도 선수들은 안다.

그 점수가 타자가 잘해서 나온 건지, 투수가 못해서 나온 건지 아니면 운이 없어서 나온 건지.

"약을 빨아도 저 정도는 아닐 거야."

타이탄스가 만든 결과는 명백히 그들이 잘해서, 그것도 장난 아니게 잘해서 만든 것이었다.

"하필 우리랑 붙을 때 각성을 하다니……."

"투수들 다 죽겠다 이놈들아!"

경기를 벤치에서 보던 엔젤스 선수들이 어처구니없는 수준을 넘어, 영혼이 반쯤 나간 표정을 지은 채 그라운드의 타이탄스 선수들을 바라보는 이유였다.

그건 팬들도 마찬가지였다.

"이거 실화냐?"

"영화도 이 정도는 아닐 거 같은데?"

"에이, 진짜! 거인 새끼들아 돈은 넣고 쳐라!"

엔젤스의 줄무늬 유니폼과 천사 날개 모양의 머리띠를 쓰고 있는 엔젤스 팬들의 얼굴은 누가 보더라도 악마를 보았을 때나 지을 법한 표정을 짓고 있었다.

이 참담한 현장을 보기 위해 적지 않은 돈과 시간을 사용했다는 사실에 절망하고 있었다.

코칭스태프야 두말할 것도 없었다.

"음……."

봉준식 감독은 표정 관리가 잘 안 되는 듯 거듭 손으로 제입 주변을 마사지했고, 투수코치는 마치 아내에게 이혼하자는 말을 들은 어느 가정의 아버지처럼 불펜과 이어진 수화기를 붙잡은 채 굳은 표정으로 이야기를 나누고 있었다.

그런 엔젤스의 분위기 속에서 미소와 웃음을 짓고 있는 오로지 한 명이었다.

-캬!

김진호.

-타이탄스 애들 끝내주네. 진용아, 너 타이탄스 팬이라고 했지? 축하한다, 타이탄스가 올해 우승할 듯? 최소한 엔젤스 정도는 개박살을 낼 수 있을 듯?

그는 타이탄스의 말도 안 될 정도로 물오른 타격감에 기쁜 기색을 격렬하게 드러냈다.

기쁜 이유야 뻔했다.

-진용아, 어쩌냐? 선발이라서 뺄 수도 없는데?

이진용이 이제 저 물이 오르다 못해 미쳐 날뛰기 시작한 타이탄스 타자들을 상대하게 됐으니까.

'이게 선발의 무서움이군.'

그제야 이진용은 알 수 있었다.

왜 그토록 잘 던지는 투수들도 선발이란 무대에서 적응하지 못한 채 무너지는지.

동시에 실감했다.

'김진호 선수 말대로 피할 곳은 없다.'

적 팀의 타자들이 말도 안 되는 타격감을 보이더라도, 예정된 시간에 마운드 위에 올라 그 타자들을 상대해야 하는 선발 투수라는 자리가 얼마나 힘든 자리인지.

-진용아, 딱 10실점만 하고 이천 가자. 지금도 늦지 않았어. 이천 쌀과 운명을 같이 하는 벼진용 모드로 가자!

"좀 닥쳐요."

-호우? 호우우? 호우우우?

"아, 진짜……."

-왜? 그냥 휘파람 좀 분 건데?

그러나 이진용이 모르는 게 하나 있었다.

야구는 혼자 하는 게 아니라는 것.

"변 팀장님, 잠실에서 경기 영상 왔습니다. 그런데 정말 지금 전력분석을 다시 하실 생각이십니까?"

"우리가 미리 넘겨준 스카우팅 리포트에 문제가 있는데 A/S는 당연히 해줘야지."

전력분석팀장 변형채, 그가 팀을 위해 움직이기 시작했다.

선발투수, 마운드를 밟는 첫 번째 투수.

이렇게 보면 별거 없다.

어떻게 보면 그냥 첫 번째 투수일 뿐이니까.

그러나 야구의 기나긴 역사 속에서 선발투수만이 실상 진짜 투수 대우를 받아왔었다.

클로저, 셋업맨, 롱릴리프, 스윙맨, 좌완 원포인트 같은 용어가 나온 건 그리 오래된 일이 아닐뿐더러, 그렇게 보직이 세분화되는 와중에도, 모든 구단이 훌륭한 마무리투수의 부재에 허덕이면서 마무리투수는 물론 불펜투수에 대한 대우가 좋아지는 와중에도, 그 어떤 불펜투수도 선발투수에 준하는 대우를 받지 못했다.

그 배경에는 여러 이유가 있다.

하지만 가장 큰 이유는 결국 그거다.

투수가 이룩할 수 있는 가장 완벽한 기록, 퍼펙트게임을 만들 수 있는 투수는 오로지 선발투수밖에 없다는 것.

확률을 떠나 선발투수만이 그 영광스러운 기록을 달성할 유일한 자격을 가지고 있다.

아주 대단한 자격이며, 귀중한 자격이자 숭고한 자격이다.

그렇기에 선발투수들은 누구든 간에 언제나 자신의 등판 아침을 경건하게 맞이한다.

조용하게 아침에 일어나 커피 한 잔과 함께 야구 기사를 찾아보거나, 명상으로 자신의 정신과 마음을 가다듬는 식으로.

이 숭고한 자격에 어울리는 경건함을 품는 식으로.

-뮤직 큐.

"뮤직 큐."

뚜두, 뚜! 뚜! 뚜! 뚜뚜뚜뚜뚜!

장담컨대 자신이 선발로 출정하는 당일 아침에 Queen의 노래 중 하나인 'Another one bites the dust'를 틀어놓는 경우는 없었다.

-뚜뚜, 오케이 비트 좋고, 스트레칭 들어간다. 심호흡 잊지 말고. 좋아, 호흡 길게 들이마시고!

"호오오오!"

-좋아, 길게 내뱉어!

"우우우우!"

하물며 노래에 맞춰서 아주 신명 넘치는 스트레칭을 하는 경우는 있고 자시고를 떠나서 그 투수의 정신 상태를 크게 의심해야 하는 상황이라고 할 수 있을 것이다.

-호흡 더 길게 가져가고!

"호오오오오!"

하지만 이진용과 김진호에게는 그것이 일상이었다.

이진용은 김진호를 만난 이후 단 한 번도 아침 스트레칭과 러닝을 빼먹은 적이 없었다.

-반동 주지 마! 스트레칭 도중에 반동 주면 근육 찢어진다! 숨 쉬다 햄스트링 부상당했다는 소리 듣고 싶어? 응?

더 나아가 김진호는 스트레칭 때만큼은 그 여느 때보다 엄격한 모습을 보였다.

사실 그게 당연한 일이었다.

선수에게 있어 육체는, 카레이싱의 자동차와 같다.

없으면 아무것도 안 된다.

그렇다고 해서 경기 중에 부상을 너무 두려워한 나머지 몸을 사릴 수는 없는 노릇.

애초에 경기 중에 부상이 생기는 건 솔직히 어쩔 수 없다. 그것은 숙명과도 같은 일이기에.

문제는 경기 전.

경기 전에 몸을 푸는 건 그 무엇보다 중요함과 동시에 얼마든지 본인의 재량과 역량 그리고 주의만 있다면 부상을 당하지 않을 수 있다.

그 어느 때보다 정신을 바짝 차려야 한다는 의미.

-오늘 스트레칭하다가 부상 때문에 선발 못 나오면 아마 이천이 아니라 부산으로 가서 아버지 일이나 돕게 될 거다. 그러니까 집중해.

그런 이진용의 스트레칭은 김진호표 스파르타식 지도로 1시간을 훌쩍 넘긴 후에야 끝났다.

땀으로 흠뻑 젖은 이진용은 그제야 준비된 물과 바나나를 먹는 것으로 아침 식사를 시작할 수 있었다.

"아, 라면 먹고 싶다."

더불어 최근 이진용은 자극적인 음식, 염분이 많거나 당이 많은 음식을 배제하고 있었다.

-라면 같은 소리 하네.

이 역시 김진호의 조언이자, 요구였다.

-난 페넌트레이스 시작하면 탄산음료도 입에 대지 않았어. 탄산수도 안 먹었어.

김진호는 이진용이 프로가 되는 순간, 그 누구보다 식단 관리를 철저하게 요구했다.

"탄산음료 정도는 괜찮지 않아요?"

-당연히 괜찮지. 콜라 먹고 죽은 사람 봤어?

그건 단순히 몸을 관리하기 위함이 아니었다.

-그때도 말했지만, 문제는 정신력이야.

절제와 금욕을 통해 정신력을 극한까지 가다듬는 것.

-콜라 한 잔, 라면 한 젓가락도 못 참으면 이 바닥에서는 최고가 될 수 없어.

결코 틀린 말이 아니었다.

애초에 프로의 세계는 그냥 잘하는 게 아니라, 경쟁자보다 잘해야 하는 곳.

-물론 네 목표가 그저 그런 프로야구선수라면 마운드에 올라가기 전 위스키 한잔해도 상관은 없지만.

똑같은 기량을 가졌다면 자신이 가진 기량을 더 극한까지 끄집어낸 쪽이 이길 수 있고, 이겨야 영광과 명예를 손에 넣을 수 있는 곳이었으니까.

"그냥 절 엿 먹이려 그러시는 건 아니죠?"

가끔 김진호가 지시하고, 요구하는 것 중에는 의도가 의심스러운 게 있기는 했다.

-에이, 진짜 날 뭐로 보고!

"남자 티팬티 입는 거 보고 싶어서 안달이 난 유령이요."

-그땐 장난이었지. 아니, 그리고 솔직히 진짜 티팬티 입는 놈들 있다니까? 한 번 돌아다니면서 지나가는 선수 붙잡고 물어봐. 무슨 팬티 입었냐고. 그럼 열 명 중 두 명 정도는 티팬티라고 대답할걸? 그리고 열 명 중 한 명은 노팬티라고 대답할 거다.

"제가 그런 질문을 하면 무슨 취급을 받을까요?"

-남자 팬티 보고 싶어 하는 미친놈 취급을 받겠지.

"그럼 그 말은 그만두고, 오늘 경기 코칭이나 해주세요."

하지만 그런 장난은 어디까지나 장난으로 그칠 뿐.

-코칭이라……

그 말과 함께 이진용이 곧바로 스마트폰으로 어제 엔젤스와 타이탄스 경기 기사를 검색했고, 김진호가 그 뒤에서 스마트폰 내용을 봤다.

[타이탄스, 2게임 연속 20득점!]
[진격의 거인! 엔젤스를 무너뜨리다!]
[타이탄스, 3게임 연속 20득점에 도전?]

그렇게 기사를 보는 순간, 그 둘의 머릿속으로 어제 치러진 엔젤스와 타이탄스의 주말 3연전 두 번째 경기가 떠올랐다.

"어휴."

그 경기는 첫 경기만큼이나 참담한 경기였다.

"타이탄스 애들 미친 거 같아요."

이진용의 말 그대로 타이탄스의 타자들은 물이 오른 수준을 넘어 미친 듯한 타격감으로 엔젤스의 마운드를 두드렸다.

2경기에서 무려 41득점을 기록한 것이 바로 그 결과물이었다.

-걱정 마. 이제 몇 시간 뒤에는 진용이, 네가 미칠 테니까.

물론 정말 골치 아픈 건 타이탄스가 아니었다.

"아, 미치겠네."

정말 미치는 건 이제 그 말도 안 되는 타격감을 보이는 타이탄스를 조금 후에 상대해야 하는 이진용이었으니까.

"일이 이렇게 될 줄이야……."

일단 이진용에게는 큰 문제점이 세 개나 있었다.

'분석도 제대로 안 됐어.'

현재 이진용은 타이탄스 타선에 대한 분석을 제대로 마치지 못한 상황이었다.

'스카우팅 리포트랑 다른 점도 몇 개 있고.'

좀 더 정확히 들어가면 엔젤스 전력분석팀이 만든 타이탄스 스카우팅 리포트의 오류가 몇 개 있었다.

실제로 그게 엔젤스 투수들이 도살당한 이유이기도 했다.

엔젤스 투수들은 당연히 전력분석팀이 넘겨준 타이탄스 자료를 기반으로 공략을 세운다.

그런데 그 자료가 잘못됐다?

틀린 답안지를 보고 문제를 푸는 격.

'가장 위험한 건 내가 나오는 걸 안다는 거지.'

그보다 더 큰 문제는 타이탄스가 이진용이란 투수를 대비한다는 점이었다.

이진용에게 패전처리투수라는 보직은 그다지 탐탁지 않은 자리였지만, 반대로 그 자리는 이진용에게 있어 메리트도 적지 않게 줬다.

지는 경기에 나오는 만큼 실점에 대한 부담감이 크지 않았고, 동시에 이진용을 상대하게 된 상대 팀 타자들은 갑작스러운 이진용의 등장에 적응하지 못하기도 했다.

하지만 이제는 그런 메리트는 조금도 없었다.

'이제 진짜 정면승부다.'

오히려 반대, 타이탄스는 이진용을 어떻게든 죽이기 위해 전력을 다할 것이다.

마지막 세 번째 문제점은 이진용 본인이었다.

"제가 선발투수를 잘할 수 있을까요?"

-잘해야지. 기회는 쉽게 오지 않고, 공평하게 오지도 않으니까.

솔직히 이진용에게 있어 타이탄스전 선발 출전은 본인도 예상치 못한 것이었다.

당장 일주일 전까지만 해도 패전처리투수였던 그다.

아무리 선발투수가 되고 싶었고, 김진호에게 선발투수가 되기 위한 가르침을 받았다고 하지만 소망과 가르침은 말 그대로 소망과 가르침일 뿐, 설마 이렇게 빨리 현실이 될 줄은 그 누구도 예상할 수 없었을 터.

-너무 급하게 일이 되다 보면 문제가 생긴다고. 넌 지금 너무

꿀을 빤 대가를 치르게 된 거야. 체하는 거지. 그러니까 빨리 깔끔하게 처맞고 2군으로 가자. 눈물 젖은 빵 좀 먹어보자고.

이진용이 부담감을 가지는 건 당연지사.

"김진호 선수는 선발 당일 어땠어요?"

그런 이진용이 김진호에게 질문을 던졌다.

과연 김진호도 선발이란 보직에 대해서 부담감을 느꼈을까?

김진호는 그 질문에 담담히 대답했다.

-나? 해피했지.

"해피?"

-삼진 하나 잡으면 사실상 1만 달러씩 버는 격인데 너 같으면 안 즐겁겠냐?

그 말에 이진용은 실소를 머금었다.

그야말로 김진호다운 마인드랄까?

-왜 웃어?

"너무 대단해서 웃습니다. 확실히 김진호 선수는 대단한 선수였다고 생각되네요."

그런 이진용의 말에 김진호가 비릿한 미소를 지으며 말했다.

그 미소는 이렇게 말하고 있었다.

너도 나랑 똑같은 놈이라고.

때문에 김진호는 알고 있었다.

-됐고, 털릴 준비나 해.

"예."

자신이 이렇게 말한다고 해서, 이진용이 정말 비루한 개처럼 마운드에 오르지 않으리란 것을.

"어디 한 번 해봅시다."

선발투수에게는 책임만큼이나 혜택도 따른다.

일단 단체 행동에서 제외된다.

선발투수는 필요에 따라서는 구단 버스가 아니라, 개인 자가용으로 움직이는 경우도 있다.

훈련도 따로 받는다.

만약 투수 본인의 루틴이 있다면 구단은 기꺼이 그 루틴대로 활동할 수 있도록 배려해준다.

마지막으로 선발투수는 경기가 시작하기 전 그날 주전 포수와 긴밀한 대화를 나눌 수 있다.

"그래서 오늘 피칭은 투심과 체인지업을 위주로 한 땅볼 유도로 가겠다?"

"타격감이 절정에 올랐으니, 일단 공격적으로 나올 겁니다. 그러니 맞혀 잡는 피칭이 답인 것 같습니다. 좀 더 솔직히 말하면 저번 샤크스전처럼 삼진을 잡다가는 3회가 되기도 전에 투구수가 100개쯤 될 거 같아요."

"쉽지 않을 거야. 엊그제랑 어제 경기를 너도 봤겠지만 지금 타이탄스 애들 타격감은 볼도 홈런으로 만드는 수준이야. 실투 나오는 순간 그냥 점수 준다고 생각해."

"예."

"그리고 커브 비율을 높이겠다고?"

"조금 전 던져보니까 슬라이더는 별로인데 커브가 괜찮더라고요."

"나쁘진 않겠네. 앤디랑 차운호, 둘 다 커브는 그렇게까지 쓰지 않았으니까. 정확히 말하면 커브 쓰기가 무서웠지. 무슨 공을 던지든 맞는다는 느낌이 들었으니까."

긴밀한 대화를 나눈다는 것, 포수가 선발투수에 맞춰준다는 의미였다.

이것은 꽤 특혜였다.

투수 입장에서는 굳이 이렇다 할 말없이, 자신의 스타일대로 피칭을 할 수 있으니까.

더욱이 엔젤스의 주전포수인 이호찬은 이진용에게 딱 맞는 포수였다.

"좋아, 그럼 네 말대로 가자고. 그리고 만약 원하는 볼배합이 있으면 이닝 중간중간에 말해."

그는 자기주장을 투수에게 강요하기보다는 투수가 원하는 볼배합을 따라주는 포수였다.

"뭐, 너무 털려도 마음 상하지 마."

물론 이호찬은 지금 이 순간 이진용에게 큰 기대를 하지 않고 있었다.

"지금 타이탄스 애들 상대로는 5이닝 동안 5점으로만 막아도 충분히 잘한 거니까."

이진용의 기량에 대한 의구심도 의구심이지만, 이호찬은 이틀 동안 타이탄스를 상대로 2선발 외국인 투수인 앤디 곤잘레스와 3선발인 차운호가 무자비하게 난타당하는 걸 그 누구보다 가까운 곳에서 봤다.

그런 그 두 투수가 못 한 것을 이진용이 잘해내 주기를 기대한다면 그것이 오히려 이진용에게는 부담스러운 일일 터.

"예."

이진용도 굳이 자기 어필을 하지 않았다.

투수는 마운드 위에서 자기를 증명하면 될 뿐이니까.

-누구 온다.

그때 김진호가 누군가의 방문을 알렸고, 곧바로 구단 직원 한 명이 등장했다.

그런 구단 직원 손에는 아이패드 하나가 들려 있었다.

"전력분석팀에서 보냈습니다."

구단 직원은 그 아이패드를 곧장 이호찬에게 건네줬고, 이호찬은 곧바로 아이패드를 켰다.

그런 이호찬이 확인한 건 아이패드에 저장된 스카우팅 리포트였다.

"타이탄스?"

더불어 스카우팅 리포트는 다른 팀이 아닌 오늘을 끝으로 당분간 볼 일이 없는 부산 타이탄스에 대한 것이었다.

"이걸 왜 지금 줘?"

이해할 수 없는 일이었다.

보통 전력분석팀은 한 게임 더 먼저 움직인다.

예를 들어 엔젤스와 타이탄스가 3연전을 치르고 있으면, 그 경기가 아니라 엔젤스의 다음 상대인 레이븐스를 분석하는 식으로.

그게 전력분석팀의 존재의다.

미리 상대 팀 전력을 분석해 주는 것!

이런 식으로 갑자기 타이탄스에 대한 스카우팅 리포트를 보내는 경우는 없었다.

"추가본이라고 합니다."

"아니, 추가본이고 자시고…… 알았어."

이호찬이 무어라 말을 하려다가 이내 말을 멈췄다.

"잘 받았어."

"예."

직원이 곧바로 자리를 떠났고, 직원이 사라진 걸 확인한 이호찬이 푸념을 뱉었다.

"여하튼 그 양반은 너무 과하다니까. 여기가 무슨 메이저리그도 아니고……"

메이저리그.

그 단어에 이진용이 곧장 반응했다.

"메이저리그라니요?"

"변형채 전력분석팀장 말이야."

"그분한테 무슨 문제라도 있나요?"

그 질문에 이호찬은 고개를 짧게 저었다.

"그럴 리가 있나. 실력 좋은 양반이지. 솔직히 그 눈썰미는 장난 아니지. 안목이나 실력은 메이저리그 수준이지."

말을 하던 이호찬이 이진용을 바라보며 짧게 한숨을 내뱉었다.

"문제는 우리가 메이저리그 수준이 아니라는 거지."

말과 함께 이호찬이 아이패드를 흔들었다.

"이런 거 바로 보내준다고 해서 우리가 어떻게 써먹겠어? 솔직히 난 아직도 이런 걸로 스카우팅 리포트를 보는 게 어색하다, 어색해."

푸념을 내뱉는 이호찬의 말투에서는 마치 시대의 흐름에서 뒤처지는 듯한 늙은 맹수의 푸념 비슷한 것이 느껴졌다.

반면 이진용은 사냥감을 발견한 맹수처럼 눈빛을 빛냈다.

"그거 저도 볼 수 있을까요?"

"너 보라고 가져다준 건데 당연하지."

그 눈빛으로 이호찬이 건네주는 아이패드를 받았다.

그 순간 김진호가 말했다.

-갑자기 느낌 싸하네…… 아니겠지. 에이, 아닐 거야. 오늘은 진짜 이진용이 패배로부터 뭔가를 배워야 하는 날인데…….

5월 14일 일요일.

잠실구장을 가득 채운 관중을 바라보며, 오늘 경기에 대한 기본적인 이야기를 하던 해설자와 캐스터가 시계를 바라봤다.

이제 투수가 마운드에 올라 공을 던지기까지 얼마 남지 않은 순간.

그 순간 해설자와 캐스터는 기본적인 정보 전달이 아닌 사건을 꺼내기 시작했다.

-앞선 두 경기의 타이탄스는 정말 대단했습니다.

-2게임 연속 20득점, 말이 20득점이지 말도 안 되는 거죠.

-그렇다면 과연 오늘 타이탄스는 몇 점을 득점할지 궁금해집니다. 3게임 연속 20득점이 가능할까요?

-개인적으로는 가능성이 높다고 봅니다. 지금 타이탄스 타자들의 타격감은 절정에 올라있습니다. 반면 오늘 엔젤스의 선발투수는 이진용 선수입니다. 이번이 첫 선발 출전인 선수입니다.

-참고로 이진용 선수는 이도섭 선수를 대신해 올라와 3.2이닝 10탈삼진을 기록한 선수입니다.

-맞습니다. 어쨌거나 이진용 선수는 그 피칭을 통해 기회를 잡았습니다. 문제는 선발투수가 가지는 부담감과 불펜투수가 가지는 부담감은 전혀 다르다는 거지요.

-그렇죠.

-결정적으로 오늘 타이탄스는 이진용 선수를 무너뜨리기 위해 만반의 준비를 했을 겁니다. 반면 이진용 선수는 스스로 기회를 잡았지만, 갑작스럽게 선발로 올라온 것이죠. 장담컨대

이진용 선수는 샤크스전에서 이도섭 선수를 대신해 등판했을 때 오늘 이렇게 선발로 나오리란 걸 꿈도 꾸지 못했을 겁니다.

-그와는 별개로 이진용 선수의 독특한 환호성이 요즘 야구 팬들 사이에서는 뜨겁습니다. 그건 어떻게 생각하시나요?

-이제는 자중할 겁니다. 그게 아니더라도 최소한 오늘 경기에서 그런 환호성을 내지를 여유는 없을 겁니다. 이진용 선수에게 오늘 경기는 타이탄스 타자들을 상대하는 것만으로 숨이 벅찰 테니까요.

-말씀드리는 순간 이진용 선수가 마운드에 올라왔습니다.

그리고 해설들의 해설과 함께 게임이 시작됐다.

이진용, 그가 마운드에 올라왔다.

그렇게 마운드로 올라오는 이진용의 입가에는 미소가, 온몸에는 여유가 흘러나오고 있었다.

반면 이진용을 따라 마운드에 올라오는 김진호는 우울한 눈으로 하늘을 바라보고 있었다.

그 순간 김진호의 입에서 긴 탄식이 나왔다.

-아, 날씨 우중충한 게 비나 쳐왔으면 좋겠다.

그 말에 이진용이 입가에 지은 미소를 더 깊게 만든 채, 글러브로 입을 가린 채 말했다.

"그럼 호우주의보 발령해야겠네요."

부산 타이탄스.

야구의 도시, 구도 부산을 연고로 삼는 팀.

당연한 말이지만 타이탄스의 인기는 그저 부산만을 맴돌지 않은 채, 전국 단위를 자랑했으며, 대한민국 모든 사람이 모이는 서울에서의 인기 역시 남부러울 게 없었다.

잠실구장에서 엔젤스 혹은 데블스가 타이탄스와 경기를 치를 때면 잠실구장이 자기들 홈인지 아니면 타이탄스의 홈인지 구분이 되지 않을 정도.

하물며 주말 2경기 동안 무려 41득점이라는 말도 안 되는 득점쇼를 보여준 상황.

"오늘도 부산 갈매기 함 불러봅시다!"

"그럽시다!"

그런 상황에서 타이탄스의 주말 마지막 일요일 경기를 보지 않을 타이탄스 팬은 존재치 않았다.

"마!"

"마!"

타이탄스의 팬들로 점령당한 잠실구장은 사실상 타이탄스의 홈구장이나 다름없는 분위기였다.

그 분위기에 타이탄스 선수들 역시 흡족해했다.

"완전 우리 홈구장이네, 홈구장이야."

"그래, 야구는 이런 분위기에서 해야지."

"뭐, 오늘도 낙승이겠지만."

흡족함을 넘어 타이탄스 선수단은 이미 오늘 승리를 직감하고 있었다.

"그보다 점마가 그놈이가?"

그 직감의 화룡점정을 찍은 건 다름 아니라 마운드 위에 있는 자그마한 체구의 투수였다.

"예, 샤크스 상대로 탈삼진 10개 잡은 이진용입니다."

이진용.

샤크스전에서 갑작스럽게 그리고 강렬하게 자신의 가치를 증명하며, 패전처리투수에서 선발투수가 될 기회를 손에 넣은 투수.

그건 인정해 줘야 하는 부분이었다.

"탈삼진 10개, 대단하네."

이진용이 보여준 피포먼스는 분명 보통 투수가 보여줄 수 있는 피포먼스가 아니었으니까.

하지만 타이탄스는 그런 이진용을 두려워하지 않았다.

"에이, 뽀록이지, 뽀록."

"샤크스 놈들이 맛탱이가 간 거지. 걔네들이 원래 그렇잖아? 홈런하고 삼진 빼면 할 줄 아는 거 없는 거."

막연한 자신감은 아니었다.

"막말로 직구 구속이 빨라야 130짜리인 놈이 뭘 할 수 있겠어?"

일단 기본적으로 보이는 이진용의 스펙 자체가 너무나도 허접했다.

제아무리 제구가 좋고, 변화구가 좋다고 해도 모든 공의 기본은 구속이 되는 법.

"놈이 등판하는 걸 뻔히 아는 데 못 치면 프로 딱지 떼야지."

무엇보다 샤크스에게 이진용은 갑작스럽게 등장한 투수였지만, 타이탄스 타자들에게는 아니었다.

이진용이 구사하는 변화구에 대한 정보, 구속, 피칭 스타일에 대한 정보는 충분했다.

그리고 그 충분한 자료를 기반으로 충분한 준비를 마쳤다.

"그렇죠. 떼야죠."

결정적으로 지금 타이탄스의 타격감은 마운드 위의 투수가 누구든 그것을 신경 쓸 필요가 없을 정도로, 어느 투수가 올라오든 기꺼이 그 투수를 난타한 후에 울먹거리며 벤치로 쫓아낼 수 있을 정도로 자신이 넘쳤다.

2경기 41득점이 그 자신감의 근원이자, 근거였다.

"마, 오늘도 그냥 쌔레뿌리고 끝내자카이! 3회에 투수 강판 시키는 기다?"

"예!"

그렇기에 그들은 3회 안에 이진용이 울먹거리는 표정으로 마운드를 내려가리라고 생각했다.

그런 생각은 비단 타이탄스만이 그런 건 아니었다.

엔젤스 벤치를 가득 채운 선수들 그리고 코칭스태프의 생각도 크게 다르진 않았다.

"자신감 있는 모습만 보여줘도 좋겠군."

봉준식 감독 역시 이진용이 오늘 타이탄스 타자들을 상대로 샤크스 때와 같은 놀라운 피칭을 보여주리란 생각은 하지 못했다.

그저 이진용이 제 모습 그대로, 자신이 그동안 해온 그대로 자신감 넘치는 피칭을 해주기를 바랄 뿐.

더 나아가 오늘 경기를 보는 모든 이들의 생각 역시 그것과 크게 다르지 않았다.

오늘 한국프로야구 무대, 1군 무대에 인생 처음으로 선발투수로 올라온 투수가 어떤 꼴이 될지 모두가 똑같이 예상했다.

그런 그들의 예상이 바뀌는 데에는 아홉 번이면 충분했다.

"호우!"

이진용, 그가 내지르는 환호성 아홉 번.

대구구장.

대구 레이번스의 홈구장으로, 한국프로야구 구장 중 가장 최근에 지은 건물답게 최신 시설을 자랑하는 대구구장의 한 곳을 엔젤스 전력분석팀이 자리를 잡고 있었다.

"레이번스 애들, 쉽지 않겠네."

"아니, 저번 주까지는 빌빌거렸던 놈들이 우리 만날 때쯤 되면 왜 다들 펄펄 나는 거야? 미치겠네."

"신이 우리가 고생하는 꼴이 보고 싶은 모양이지."

다음 주 주중 3연전을 치를 대구 레이번스를 분석하기 위함이었다.

그러나 그 전력분석팀 무리에 팀장인 변형채는 없었다.

"일해야지, 뭐해?"

"일은 무슨, 이미 이틀 동안 모을 자료는 다 모았는데."

흡연실, 그곳에서 변형채는 누군가와 이야기를 나누고 있었다.

"그래도 비싼 돈 받았으면, 없는 일이라도 만들어서 해야지. 안 그래?"

"남이사."

이야기 상대는 다름 아니라 황선우 기자.

"그러는 그쪽이나 열심히 하지?"

"나만큼 열심히 하는 인간이 어디 있다고. 오정호가 술 처먹고 사고 친 거 가장 먼저 발견한 게 나였어."

"그런 것만 캐내고 다니지 말고 선수를 찾아. 이제는 칼럼도 안 쓰더라?"

누가 보더라도 친한 사이로 보이는 그 둘의 인연은 머나먼 미국 땅에서부터 시작됐다.

변형채가 메이저리그 구단에서 전력분석관으로 실력과 명성을 쌓을 무렵, 황선우는 선배 기자를 따라 메이저리그를 오고 가며 인맥과 경력을 쌓았고, 그렇게 타지에서 맺어진 인연은 한국에 와서도 여전히 질긴 인연으로 남아 있었다.

"칼럼 써봤자 사람들은 보지도 않는데."

"그런 걸 써야지 기자의 가치가 오르는 거야. 메이저리그 봐. 인정받는 기자들은 전부 자기 이름 걸고 칼럼을 매주 하나씩, 못해도 한 달에 하나는 내놓고 있어."

당연한 말이지만 그런 그 둘은 메이저리그란 무대를 두고 여러 종류의 동질감을 가지고 있었다.

"메이저리그 이야기이지. 한국에선 칼럼보단 이거야, 이거."

삭삭, 손바닥을 비비는 황선우 기자의 모습에 변형채가 쓴웃음을 머금었다.

그런 변형채의 쓴웃음에 황선우가 말을 이어갔다.

"그보다 얼굴이 왜 그래? 보니까 밤을 꼴딱 새운 모양인데?"

변형채가 대답 대신 안경을 벗은 후에 자신을 주물렀다.

"밤 동안 안 자고 뭐 했어?"

"타이탄스 스카우팅 리포트 수정했지."

"타이탄스? 그걸 왜?"

황선우가 놀라며 전자담배를 한 모금 머금었다. 자연스레 황선우가 입을 다물었고, 변형채만이 입을 열었다.

"문제점이 눈에 보이는데 손을 놓고 있을 순 없잖아? 다시 정리해서 보내줬지."

후우!

담배 연기를 길게 내뱉은 황선우가 짧게 혀를 찼다.

"보내서 뭐해? 어차피 그걸 제대로 소화해 줄 선수가 없는데? 여긴 메이저리그가 아니라고."

여긴 메이저리그가 아니라고…….

그것이 변형채와 황선우가 가지는 동질감이자, 허탈함이었다.

"그래, 네 말이 맞다."

그 둘이 아메리카 대륙 야구를 본격적으로 배울 무렵, 그 무렵의 메이저리그는 르네상스와 같은 시대였다.

선수들이 단순한 기록이 아니라, 전설을 만들던 시대.

그런 와중에 세이버 매트릭스의 발견으로 야구가 첨단이란 단어를 품기 시작한 시대.

훗날 돌아보면 그 전설 중 일부가 추잡한 약물의 결과물인 걸 깨달았지만, 한편으로는 신이 내린 재능을 가진 자들이 약이라는 악마의 힘에 손을 대면 어떤 결과가 나오는지 알 수 있는 시대였다.

"여긴 메이저리그가 아니지."

그런 시대를 경험한 작금의 메이저리그는 예전과는 비교할 수도 없는 시대가 됐다.

전력분석을 위해 구단이 수백만 달러짜리 슈퍼컴퓨터를 기꺼이 구입하는 시대.

그에 비하면 한국프로야구는 솔직한 심정으로 구멍가게와 같은 느낌이 드는 게 사실이었다.

그게 변형채가, 황선우가 때때로 자신들이 있는 현실에 대해 괴리감과 허탈함을 느끼는 이유였다.

당장 변형채가 그랬다.

그는 메이저리그에서도 인정받는 전력분석관이고, 그런 그가 만들어낸 스카우팅 리포트를 메이저리그 선수들은 기꺼이 소화해서 놀라운 결과물로 만들어줬다.

하지만 한국프로야구 무대에서, 엔젤스란 팀 내에서 그런 그가 만들어주는 스카우팅 리포트를 제대로 소화해 주는 선수는 극히 소수에 불과했다.

그것을 그대로 소화할 만한 기량도, 그 방법을 아는 이들도 소수인 탓이었다.

그리고 그건 너무나도 당연한 것이었다.

그런 게 가능한 선수가 있다면, 그 선수는 당연히 메이저리그에 가야 할 테니까.

"그보다 타이탄스 애들 타격감 무시무시하던데, 약점이라도 찾은 거야? 갑자기 수정을 하고?"

때문에 황선우는 분위기가 무거워지기 전에 잽싸게 화두를 바꾸었고, 변형채가 안경을 고쳐 쓰며 고개를 끄덕였다.

"이 바닥에서 완벽한 건 없지. 무언가가 극대화되면 오히려 약점이 뚜렷해지는 법이니까. 무엇보다 이틀 경기 동안 41득점이나 올려주는 바람에 자료가 너무 많아졌거든. 어디가 강점인지 반대로 어디가 약점인지."

"약점이 없는 타자는 없지. 단지 그 약점에 공을 찔러 넣을 두뇌와 심장 그리고 컨트롤을 가진 투수가 없을 뿐."

그 말과 함께 황선우가 스윽, 스마트폰을 꺼냈다.

"그래서 과연 엔젤스가 얼마나 잘하고 있는지 볼까? 그러고 보니 엔젤스 오늘 선발 누구였지?"

"그게…… 이진용이었지."

"아, 이진용."

그 순간 이진용이란 이름을 떠올린 그 둘의 표정이 달라졌다. 마치 중요한 걸 잊고 있다가 떠올린 듯한 표정을 지었다.

"어디 보자 지금 3회 초 시작했고 점수는…… 0 대 0?"

"0 대 0이라고? 정말?"

"피안타 하나에, 볼넷은 없고……."

그 순간 변형채가 놀라며 자신의 스마트폰을 꺼낸 후에 잠실구장의 경기 상황을 확인했다.

그런 그를 향해 황선우가 말했다.

"대체 뭘 준 거야?"

그 말에 변형채는 저도 모르게 반사적으로 대답했다.

"아이패드?"

그 대답에 그 둘이 한동안 말없이 서로만 바라본 후에 각자의 스마트폰을 손에 쥐었다.

-3회 초 경기가 시작됩니다. 오늘 깜짝 호투를 펼치는 이진용 선수가 마운드에…….

그렇게 말없이 경기만을 시청하기 시작했다.

현대 야구는 분석의 시대다.

예전처럼 그저 대략적으로 그 선수가 몸쪽 공에 강하다, 낮은 공에 강하다, 수준을 넘어 스트라이크존의 형태가 어떠한지, 그 스트라이크존 코스마다 타율이 어떻게 되는지, 그 선수에게 몸쪽으로 달라붙는 투심 패스트볼을 던질 경우 안타가 나올 확률이 몇 퍼센트이며, 그 타구가 어느 방향으로 향할 것인지조차 확률로 나온다.

하지만 그렇다고 해서 야구 시합이 오롯이 데이터만으로 돌아가는 건 아니다.

정확히 말하면 제아무리 데이터를 기반으로 타자에 대한 공략법을 주더라도 그것을 소화하는 게 불가능하다.

어느 타자가 몸쪽 높은 공에 약점을 보인다고 해도, 실상 그곳을 원할 때 정확하게 찔러 넣을 수 있는 제구력을 가진 투수는 메이저리그를 기준으로 해도 많지 않다.

하물며 타자를 공략한다는 건, 그저 약점인 코스에 공을 찔러 넣는다고 해서 되는 게 아니다.

바둑과 같다.

수싸움을 하듯 공을 던지며 볼카운트를 유리하게 가져간 후에 약점을 찔러야 좋은 결과가 나온다.

달리 말하면 상대하는 타자에 대해 치밀하게 분석된 정보, 원하는 곳에 공을 던질 수 있는 뛰어난 제구력, 수싸움을 할 줄 아는 심계와 타자를 상대로 결코 흔들리지 않는 심장을 가지고 있다면.

그러하다면 그 투수가 그 타자들을 상대로 좋을 성적을 거두지 못할 이유는 없었다.

[109포인트를 획득하셨습니다.]
[3이닝 무실점 피칭 중입니다.]
[현재 누적 포인트는 1,402포인트입니다.]

"호우!"

때문에 이진용, 그가 무자비한 학살을 자행하던 타이탄스 타자들을 상대로 3이닝 동안 1피안타 3탈삼진의 무실점 피칭을 하는 건 결코 이상한 일이 아니었다.

-빌어먹을 이러면 안 되는데……:

그 사실을 김진호 역시 누구보다 잘 알고 있었다.

-오늘 진용이가 개박살이 나야 내가 엄격, 진지, 근엄하게 훈계할 수 있는데……:

잘 알고 있기에 김진호는 오늘 타이탄스의 타자들이 이대로 가다가는 이진용에게 잡아먹힐 것이며, 그렇게 되면 자신이 이진용에게 고통받으리란 것 역시 알 수 있었다.

-에이 진짜, 그 변형채란 인간은 왜 하필 진용이 놈이 나올 때 그런 걸 주고 지랄이야!

때문에 김진호는 이진용을 훈계할 기회를 앗아간 변형채를 욕했다.

하지만 타이탄스 타자들 입장에서는 그러한 사실을 알 도리가 없었다.

"아, 진짜 씨발. 오늘 왜 이래!"

"저런 거북이 새끼 공을 왜 못 치는 거지?"

타이탄스 타자들은 자신들이 저 우습지도 않은 공에 제대로 된 안타 하나 내지 못한 채 3이닝을 소모했다는 사실을 그저 믿지 못할 뿐이었다.

"이상하게 꼬이네. 대체 뭐가 문제인 거야?"

물론 타이탄스 타자들이 정말 합리적이고, 냉철한 판단이 가능했다면 몇몇은 이상한 조짐을 느꼈을 것이다.

그러나 지금 타이탄스 타자들은 그럴 상황이 아니었다.

"타격감 괜찮은데?"

"맞아, 오늘 프리배팅 때도 쭉쭉 날아갔잖아?"

2경기 41득점, 타격감이 절정에 오른 상황에서 합리적인 판단 같은 건 필요 없었다.

"그보다 저 씨발 새끼 주둥이 좀 어떻게 막으면 안 돼?"

"젠장, 저 새끼 내 후배였으면 반쯤 죽여 놨을 텐데!"

그리고 이진용이 내지른 아홉 번의 환호성 앞에서 냉철한 판단 같은 건 불가능했다.

'이거 위험하다.'

물론 타이탄스 선수들과 달리 타이탄스의 코칭스태프는 충분히 냉철하고, 합리적인 판단을 하고 있었다.

타이탄스의 감독인 조양수 감독이 그러했다.

'생각보다 이진용의 피칭의 날카롭다. 무엇보다 스트라이크 존의 좌우만이 아니라 위아래마저 효과적으로 쓰고 있어. 오

늘 공이 제대로 제구가 되는 날이야.'

그는 이진용의 피칭이 얕잡아볼 피칭이 아니라는 걸 알고 있었다.

'점수 내긴 쉽지 않다.'

그렇기에 우려했다.

이대로 어영부영 이진용의 피칭에 휘말리다가, 만약 엔젤스가 선취득점에 성공한다면?

'선취점 내주면 귀찮아져.'

엔젤스는 어떻게든 시리즈 스윕을 피하기 위해 불펜을 총가동할 것이다.

'엔젤스 필승조는 쉴 만큼 쉬었다.'

그렇게 가동되는 엔젤스 불펜은 몸 상태가 좋을 수밖에 없었다.

엔젤스는 앞선 두 경기에서 너무 처참하게 당하는 바람에 필승조가 아주 쾌적한 휴식을 취한 상태였으니까.

'여기에 오늘 경기는 일요일 경기, 월요일 휴식일이 있으니 엔젤스가 리드하면 골치 아파져.'

여기에 월요일 휴일이 보장된 상황에서 필요하다면 셋업맨과 마무리에게 각각 2이닝씩 맡기는 필사적인 일도 충분히 있을 수 있었다.

아니, 필요하다면 점수가 나는 순간 이진용을 내리고 불펜을 총가동해도 이상할 건 없었다.

'어떻게든 이 분위기부터 바꿔야 해.'

분위기 전환이 필요한 상황.

거기까지 생각이 미쳤을 때 조양수 감독은 수석코치를 불렀다.

"……알겠습니다."

작은 목소리로 감독과 이야기를 나눈 수석코치는 곧바로 팀의 주장이자, 타이탄스의 4번 타자인 김태용에게 갔다.

"태용아."

"압니더."

그런 수석코치가 무어라 말하기도 전에 김태용은 곧바로 고개를 끄덕였다.

"제 선에서 정리하겠심더."

그와 동시에 김태용이 자리에서 일어난 후에 찾아간 건 다름 아니라 오늘 2번 타자로 출전한 이형섭이었다.

미친개 이형섭.

별명 그대로 그 지랄 맞은 성격으로 유명한 선수였다.

그 성격 때문에 그라운드 안에서나 밖에서나 돌출 행동을 적잖게 했던 선수.

그런 그는 지금 언제든 돌출 행동을 해도 이상하지 않을 정도로 분위기가 좋지 못했다.

"형섭아."

"예, 선배님."

그러나 그런 그도 김태용 앞에서는 고개를 숙일 수밖에 없었다.

타이탄스의 4번 타자이자, 리그 최정상급 타자인 김태용에게 는 경력으로도, 힘으로도 덤빌 수 없을뿐더러, 김태용 역시 성 격 하면 어디서 둘째가라면 서러울 정도로 더러운 선수였기에.

"느가 4회에 처리해라. 알겠나?"

결정적으로 김태용이 한 말은 이형섭이 그토록 기다리던 신 호였다.

이형섭이 날카로운 송곳니로 드러내며 말했다.

"네, 아주 죽여놓겠습니다."

타이탄스, 그들이 게임의 분위기를 바꾸기 위한 움직임을 준비했다.

그런 날이 있다.

무언가 너무나도 잘 되는 날, 그저 잘 된다는 사실 하나에 그대로 취해 버리는 날.

이진용의 오늘이 그랬다.

'최고다.'

타이탄스, 무자비한 학살을 자행하던 골리앗과 같은 거인들 을 앞두고 그들과 맞서 싸워야 하는 다윗이 되어야 하는 상황.

그런 상황임에도 이진용은 조금의 두려움도 느끼지 않았다.

오히려 어느 때보다 자신감이 넘쳤다.

'스트라이크존이 코앞에 있는 거 같다.'

그 자신감의 근원에는 제구가 되는 공이 있었다.

그의 포심 패스트볼 구속은 120대 후반에 불과했지만, 그런 공이라도 제대로 컨트롤이 되기 시작하자 놀라울 정도로 위대한 무기처럼 느껴졌다.

-새끼, 제구에 취해버렸군.

그래서 더더욱 취했다.

-하긴, 그동안 쓰레기 취급받던 게 어느 때보다 가치 있게 느껴지는데 취할 수밖에.

언제나 자신의 흠이었던 구속이, 자신을 옭아매던 구속이 어느 때보다 믿음직한 무기로 느껴졌으니까.

그렇기에 이진용은 오늘 더 거세게 내뱉었다.

빠악!

"아, 먹혔다!"

스트라이크존 바깥쪽 아슬아슬한 코스만을 노려 단숨에 2개의 스트라이크를 얻어낸 후에, 몸쪽 잘 제구된 투심 패스트볼을 던져 땅볼을 얻어내는 순간.

"유격수!"

그 공이 곧바로 유격수 앞으로 날아가고, 유격수가 단숨에 1루수를 향해 공을 던지는 순간.

[122포인트를 획득하셨습니다.]

그리고 베이스볼 매니저가 아웃카운트를 확인해 주는 순간.

"호우!"

이진용은 평소보다 더 크게, 더 강렬하게 그리고 더 도발적으로 환호성을 내뱉었다.

"야이, 개새끼야!"

그 순간 처음으로 화답이 나왔다.

-응?

'응?'

유격수 앞 땅볼로 물러난 이형섭, 그가 마운드로 달려오기 시작했다.

미친개 이형섭.

그는 고교 시절부터 유명했다.

고교 시절부터 넘치는 혈기를 참지 못해 몇 번이나 폭력 사건에 연루되었으며, 프로에 온 이후에도 그 혈기는 그라운드 안팎으로 넘쳐흘렀다.

일화도 많았다.

자신의 거친 주루 플레이에 수비를 하던 상대 팀 2루수, 이형섭에게는 6년이나 더 프로 연차가 높은 선배가 무어라 나무라자 '지랄하네.' 라는 소리를 내뱉은 일.

사인을 요청했다가 무시당한 팬이 프로 정신을 운운하자, 그 팬을 향해 욕을 하다 폭력 사태로까지 번질 뻔한 일.

그 외에도 그가 미친개 소리를 들을 만한 사건은 두 손으로 꼽을 수 없을 만큼은 있었다.

때문에 그가 4회 초, 선두타자로 나와 이진용의 환호성을 듣는 순간 마운드로 달려갔을 때 사람들이 놀란 이유는 하나였다.

'저놈이 이제까지 참은 게 용하군!'

저 성격 더러운 개차반 같은 놈이 어떻게 4회까지 참았을까?

즉, 이형섭이 마운드로 뛰쳐나간 것 자체에 대해서 의문을 제기하는 이는 없었다.

'드디어 터졌군!'

'이럴 줄 알았지!'

애초에 그를 부채질한 타이탄스 벤치는 물론, 엔젤스 벤치까지.

좀 더 들어가면 타이탄스 입장에서는 이번 벤치 클리어링은 분위기를 전환하기 위해 의도한 바였고, 엔젤스 역시 이틀 동안 당한 것을 벤치 클리어링을 통해서라도 풀어볼 속셈이었다.

"나가, 전부 나가!"

그렇기에 이형섭이 뛰쳐나오는 순간 곧바로 벤치에서 우르르, 선수들이 나오기 시작했다.

"디스 이즈 잠실이다, 타이탄스 새끼들아!"

"야, 엔젤스 놈들 뒤집어버려!"

그렇게 벤치 클리어링이 시작됐다.

동시에 마운드 위에서는 전초전이라고 할 수 있는 이진용과 이형섭의 격돌이 이루어졌다.

'넌 뒈졌어!'

선공을 날린 건 당연히 이형섭이었다.

"이 호우로새끼!"

타격을 위한 장갑을 낀 손을 꽉 쥔 그의 주먹이 이진용의 얼굴을 향해 날아왔다.

그건 정도를 벗어난 일이었고, 위험한 일이었다.

하물며 183센티미터에 건장한 체격을 가진 이형섭에 비해 이진용은 너무나도 왜소했다.

주먹 한 방이 그냥 한 방이 아니라는 의미.

-이 새끼가!

메이저리그 출신인 김진호조차 기겁할 수밖에 없었다.

휙!

그러나 이진용은 오히려 그런 이형섭의 주먹을 가뿐하게 허리를 뒤로 움직이고, 머리를 뒤로 빼는 것으로 피했다.

"씨이?"

-헐?

그 사실에 오히려 당황한 이형섭이 이번에는 왼손 주먹을 뻗었지만, 이진용은 그 주먹마저 가볍게 고개를 옆으로 까닥이는 것으로 피했다.

휙!

마치 수준급 복서와 같은 이진용의 움직임에 몇몇 이들이 두 눈을 깜빡일 정도였다.

'몸놀림이 예사롭지 않은데?'

'저 새끼 뭐야?'

그 순간 이형섭의 두 번째 공격을 피한 이진용이 소리쳤다.

"내 마운드에서 꺼져!"

외침을 넘은 일갈.

그 일갈에 이형섭은 잠시 멍한 눈으로 이진용을 바라봤고, 이진용은 그런 이형섭을 아주 사납게 그리고 아주 차갑게 분노한 눈빛으로 이형섭을 노려봤다.

그 눈빛이 마치 역린을 공격당한 용처럼 보였다.

"야, 둘 떼어내!"

"사이로 들어가!"

그 사이 벤치에서 달려 나온 양 팀 선수들이 마치 파도처럼 이진용과 이형섭의 사이를 몰아치며 그 둘을 떼어냈다.

벤치 클리어링은 거기까지였다.

한바탕 소란이 지나간 그라운드는 고요했다.

말수가 오가는 곳은 마운드뿐.

"진용아, 어디 다친 데 없지?"

"예."

"피칭하는데 문제없지?"

"예, 얼마든지 던질 수 있습니다."

"문제 있으면 무조건 콜해. 절대 무리하지 마."

투수코치와 이진용의 대화마저 끝나자, 그 고요함은 더더욱 짙게 그라운드를 채우기 시작했다.

그 적막감 속에서 마운드 위에 선 이진용은 고개를 내려 자신이 밟고 있는 무대를 바라봤다.

지저분한 무대였다.

여러 선수들의 발자국이 가득한 지저분한 무대.

-진용아.

김진호가 그런 이진용을 향해 말했다.

-기분 더럽지?

이진용은 대답하지 않았다.

굳이 대답이 필요 없었기에.

-그래, 그게 바로 타이탄스 애들이 노리는 거야.

그 사실을 김진호가 모를 리 없기에 그는 대답이 없음에도 말을 이어갔다.

-설마 이번 일이 미친개처럼 뛰쳐나온 놈의 단독행위라고는 생각하진 않겠지? 응?

말을 하는 김진호가 걸음을 내디뎠다.

이윽고 이진용의 곁에 선 김진호가 이진용이 보는 곳을 똑같이 바라보며 말했다.

-이진용이라는 좆도 아닌 투수의 페이스에 휘말려서 몹쓸 꼴 보기 전에 벤클 한 번 일으켜서 분위기를 전환하자.

그렇게 김진호가 바라보는 곳에는 소란을 일으키며 주심으로부터 주의를 받은 이형섭의 뒤를 이어 타석에 설 준비를 하는 3번 타자 박준동이 있었다.

-문제는 분위기가 진짜 바뀌었다는 거지. 이번 벤치 클리어링은 의도된 거고, 벤치 클리어링이 끝나는 순간 타이탄스의 타격코치는 타자들에게 말했을 거야. 정신 차리고 야구하라고. 침착하게 투수의 공을 보고, 공략하라고. 일단 1점부터 내라고.

그런 박준동이 슬금슬금 배트를 휘두르며 배터 박스를 향해 걸음을 내디뎠다.

이제는 게임을 시작해야 할 때.

그때에 맞춰 김진호가 말했다.

-혹시 내가 프로 데뷔하고 처음으로 벤치 클리어링 당했던 경험 말해줬던가? 컵스 상대로?

그제야 굳어 있던 이진용의 입가에 미소가 그어졌다.

비릿한 미소가.

그 미소를 본 김진호가 똑같은 미소를 지으며 말했다.

-똑같이 해봐.

"예."

4회 초 1사 상황.

2번 타자 이형섭이 일으킨 소란 이후 제법 오랜 시간 만에 타석에 선 타이탄스의 3번 타자 박준동은 타석에 서는 순간 마운드 위의 투수를 바라보지 않았다.

대신 벤치를 바라봤다.

그런 박준동에게 타이탄스의 타격코치가 재차 사인을 보냈다.

침착하게 타격에 임할 것.

'그래, 인정하자.'

사실 오늘 경기가 시작하기 전, 박준동의 마음가짐이나 타이탄스 벤치의 오더는 간단했다.

이틀 동안 이어진 말도 안 되는 타격감을 그대로 이어가자!

그 마음가짐 그대로 타석에 섰고, 박준동은 자신이 칠 수 있으리라 생각되는 공에 기꺼이 배트를 휘둘렀다.

타이탄스의 타자들 전부가 그렇게 했다.

그 결과 속에서 3이닝 동안 타이탄스는 고작 1개의 안타만을 쳤다.

처음에는 그 사실에 분노보다는 어처구니가 없을 따름이었다.

'지금까지처럼 하면 결국 계속 당할 뿐이야.'

그러나 벤치 클리어링을 통해 한 번 분위기를 전환하는 순간, 박준동은 현실을 받아들였다.

지금까지와 다르게 타격에 임해야 저 자그마한 투수를 상대로 점수를 낼 수 있음을 인정했다.

당연히 이 순간 박준동은 이진용을 상대로 적극적이고, 공격적인 승부를 할 생각이 없었다.

침착하게, 하나하나, 돌다리도 두드린다는 마음으로 타격에 임하고자 할 뿐.

'초구는 본다.'

자연스레 박준동은 오늘 처음으로 이진용의 초구를 그대로 지켜보고자 했다.

투수의 공을 정면으로 보고자 했다.

그게 이유였다.

펑!

"헙."

박준동이 이진용이 스트라이크존 한가운데로 던진 포심 패스트볼을 그냥 지켜본 이유.

심지어 그 공은 그냥 포심 패스트볼이 아니었다.

"뭐야?"

"박준동, 저 새끼 뭐해?"

"대체 왜 저 공을 멀뚱히 보고 지랄이야?"

전광판에 찍힌 구속은 119킬로미터.

타자의 허를 찌르는 수준을 넘어 타자를 분노케 하는 공이었다.

도발, 그 이상의 공이었다.

'저 새끼가!'

빠드득!

박준동이 입에서 이 갈리는 소리가 나왔다.

'……아니, 릴렉스.'

그러나 그런 박준동은 그 순간 끓어오르는 분노를 꽉, 억눌렀다.

'도발에 넘어가지 말자. 아니, 어쩌면 그냥 실투일지도 몰라.'

스스로를 다독였다.

'그래, 실투야. 벤클 후에 갑자기 공을 던지는데 잘 던지는 게 이상한 일이지. 하물며 저 새끼는 제구가 좋은 놈이잖아? 오늘 스트라이크존의 경계면을 귀신같이 노리던 놈이 이런 공을 던지면 실투일 수밖에 없지.'

다독이며 동시에 눈매를 날카롭게 번뜩였다.

'초구 실투를 던졌으니, 2구는 분명 작심해서 던지겠지.'

고슴도치처럼 경계와 의심을 잔뜩 세웠다.

'한복판에 몰리는 공은 속임수다. 존에 들어오는 것보단 경계면을 노리는 걸 노려보자고.'

그런 그를 향해 이진용이 2구를 던졌다.

펑!

'헙!'

그 공 역시 조금 전 던진 공과 같은 공, 스트라이크존의 한복판을 노리고 들어오는 포심 패스트볼이었다.

"스트라이크!"

더불어 구속은 122킬로미터.

너무 노골적이기에 그리고 너무 느리기에 오히려 쉽사리 배트가 나올 수 없는 공이었다.

그 순간 박준동은 더 이상 평정심을 유지할 수 없었다.

"저 개새끼가."

이진용이 오늘 경기 중에 보여준 제구력을 생각하면 스트라이크존 한복판에 공을 두 번이나 던지는 실투를 할 리가 없으니까.

그렇다는 건 앞서 던진 두 개의 공 모두 실투가 아닌 노리고 던진 공이라는 의미.

박준동, 너 같은 타자 따위는 이 정도 공을 던져도 될 만큼 가소롭다는 의미의 공이었다.

'오냐, 어디 한번 해보자.'

그런 그를 향해 마운드에 선 이진용이 3구째를 던졌다.

이번에도 스트라이크존 한복판으로 들어오는 공.

'넌 뒈졌…….'

그러나 구질은 달랐다.

구질을 스플리터.

후웅!

"……억!"

"스윙, 스트라이크 아웃!"

타자의 헛스윙을 이끌어내기에 가장 완벽한 공이었다.

"준동아, 그따위로 할 거면 야구 접어라."

대기 타석에 있던 4번 타자 김태용의 말에 삼진으로 물러난 박준동이 고개를 푹 숙였다.

김태용은 그런 박준동에게 더 이상 관심을 주지 않았다. 마운드 위의 이진용만을 바라보며 타석에 섰다.

그렇게 타석에 선 김태용이 머릿속으로 계산을 시작했다.

'초구를 존 한복판에 넣어서 허를 찌르시겠다?'

조금 전 박준동을 상대로 이진용이 보여준 피칭을 기반으로, 이진용이 자신을 상대로 어떤 피칭을 할지.

사실 예상이고 자시고 없었다.

'패스트볼을 노린다 싶으면 스플리터를 던지시겠다?'

이진용의 피칭은 간단했다.

포심 그리고 스플리터.

두 가지 공만을 이용해 타자를 상대하는 피칭이었다.

포심 패스트볼을 노리는 타자에게는 스플리터로 헛스윙을 끌어내고, 반대로 스플리터를 노리는 타자를 상대로는 포심 패스트볼을 던져 타이밍을 뺏는 피칭.

'가소로운 새끼.'

그건 양날의 검과 같은 피칭이었다.

타자의 심리를 제대로 읽는다면 아주 간단하게 헛스윙을, 삼진을 잡아낼 수 있지만, 반대로 타자에게 수를 읽히면 그 순간 큰 것을 맞아도 이상할 게 없는 피칭.

'감히 그따위 구속으로⋯⋯.'

때문에 대개 이런 스타일의 피칭은 리그 수준급의 구위의 포심 패스트볼을, 한국프로야구를 기준으로는 구속이 최소

145킬로미터 이상은 나오는 포심 패스트볼을 가진 투수들이나 쓸 수 있는 것이었다.

'이번에 확실하게 숨통을 끊어주지.'

즉, 이진용과 같은 투수에게는 결코 어울리지 않는 스타일이었다.

하물며 지금 타석에 선 김태용은 오늘 이진용을 상대로 유일하게 안타를 때려낸 타자였다.

2회 초 선두타자로 나온 그는 이진용이 던진 낮은 공을, 어찌 보면 스트라이크존을 벗어난 그 공을 잠실구장의 펜스를 맞추는 안타로 만들었다.

잠실구장이기에 펜스를 맞았을 뿐, 다른 구장이었다면 홈런이 됐을 타구였다.

'온다.'

그렇기에 김태용은 이진용이 초구를 던지는 순간, 그 공이 자신의 스트라이크존을 노리고 들어온다고 생각하는 순간 일말의 망설임 없이 배트를 휘둘렀다.

후우웅!

그의 육중한 몸뚱이와 함께 배트가 바람을 갈랐다.

우웅!

그렇게 바람만 갈랐다.

펑!

"스윙, 스트라이크!"

어느 순간 뚝 떨어진 초구의 정체는 스플리터였다.

'새끼가.'

김태용의 관자놀이 혈관이 꿈틀거렸다.

그러나 여기서 김태용은 분노를 표출하지 않았다.

어차피 1스트라이크 상황.

그냥 지켜봤어도 스트라이크가 될 만한 공이었고, 그것을 그냥 지켜볼 바에는 배트를 휘두르는 게 나았을 테니까.

'스플리터를 던졌으니, 그다음에는 당연히 미끼를 던지겠지.'

동시에 그는 다음을 준비했다.

침착하게, 칠 수 있으리라 생각되는 공이 오면 기꺼이 배트를 휘두르겠다는 마음으로.

그런 그를 향해 이진용이 2구째를 던졌다.

그 공은 앞서 던진 초구와 흡사한 궤적을 그렸다.

'스플리터?'

그러나 그 공을 보는 순간 김태용의 머릿속으로는 오히려 계산이 시작됐다.

'아니.'

마운드 위의 투수는 영리하며, 수싸움을 한다.

그렇기에 스플리터를 다시 한번 던지는 것처럼 보이지만, 실상 포심 패스트볼을 혹은 투심 패스트볼을 던질 것이다.

'포심이다.'

그 계산이 끝나는 순간 김태용의 몸은 그 계산에 맞춰서 움직였다.

후웅!

그리고 김태용이 그대로 헛스윙을 했다.

"스윙 스트라이크!"

2구도 스플리터였다.

"마!"

그 사실에 김태용의 분노가 그의 두툼한 입술 사이로 표출됐다.

그와 동시에 이진용을 바라보는 김태용의 눈빛이 사납게, 살벌하게 빛나기 시작했다.

하지만 이진용은 그런 김태용의 눈빛에 자신의 눈빛을 보내지 않았다.

포수만을 바라봤고 사인을 나눈 그는 곧바로 망설임 없이 3구째를 준비했다.

그리고 던진 3구 역시 김태용에게 던진 초구 그리고 2구와 비슷한 궤적이었다.

'스플리터!'

김태용은 그 공이 스플리터라고 생각했고, 당연히 그에 맞게 전력으로 스윙했다.

'무조건 날린다!'

이진용이 앞서 보여준 스플리터를 완벽하게 공략할 수 있는 스윙을 했다.

말 그대로 완벽한 스윙이었다.

이진용이 조금 전 던진 스플리터를 그대로 펜스 너머, 어쩌면 장외로 보내기에도 부족함이 없는 스윙.

문제는 이진용이 던진 스플리터가 앞서 던진 스플리터와 다르다는 것.

앞서 던진 것보다 더 크게 떨어지고, 더 빠른 스플리터라는 것.

후웅!

그 사실에 김태용의 배트가 허공만을 갈랐다.

'아!'

김태용의 머릿속이 하얗게 변했다.

그런 김태용의 하얗게 변한 머릿속으로 이진용의 네 번째 공격이 들어왔다.

"호-우!"

이진용, 그가 타이탄스와의 전쟁을 선포했다.

-짜식, 오랜만에 추억에 젖게 만드네.

다른 누구도 아닌 김진호의 방식으로!

김진호.

메이저리그의 지배자란 별명의 소유자답게, 그가 메이저리그에서 활약하며 남긴 일화는 하늘 위의 별처럼 많았다.

-내가 처음으로 벤클 당했을 때 이야기해 줬냐?

그 이야기 역시 그가 가진 무수히 많은 일화 중 하나였다.

-안 해줬다고? 그럼 해줘야겠네.

김진호가 쉴 새 없이 입을 놀리기 위해 이진용에게 해주는 무수히 많은 일화 중 하나.

-첫 벤클을 경험한 게 메이저리그 2년 차였어. 미국으로 넘어간 지는 3년 차가 되겠군. 컵스전이었어.

김진호 입장에서는 그저 이진용에게 재미난 이야기를 해주기 위해 시작한 일화였다.

-컵스랑 카디널스 관계 알지? 몰라? 음, 굳이 비유를 하자면…… 이 둘의 관계에 비하면 엔젤스랑 데블스는 그냥 동네 애들 수준이야. 어쨌거나 그 경기 중에 우리 팀 타자가 공에 맞았어. 빈볼이었지. 그 순간 벤치코치가 나한테 오더니, 말도 안 하고 그냥 엄지로 목을 긋더군. 눈에는 눈 이에는 이, 이거지. 당연히 마운드에 올라가자마자 첫 타자를 상대로 엉덩이에 공 하나 꽂아줬지. 아, 그때 내가 맞춘 컵스 타자가 새미 소사였어. 생각해 보니 그 새끼도 약쟁이였지? 빌어먹을 약쟁이들!

그 이상의 의미는 없었다.

-그렇게 벤치 클리어링 일어나고 내가 새미 소사 헤드록 걸고 머리에 꿀밤 좀 넣고…… 이후 상황 정리되고 다시 마운드에 서서 마운드를 바라보는데, 마운드가 너무 지저분한 거야. 그 순간 이런 생각이 들더군.

적어도 김진호 본인에게는 그랬다.

-내 성이 짓밟혔는데 평소처럼 타자 놈들을 상대하면, 과연 놈들이 날 어떻게 볼까? 어떻게 보긴, 우습게 보겠지. 거기서 결심했지 .다시는 타자 놈들이 내 마운드를 짓밟지 못하도록,

내가 놈들을 아주 확실하게 짓밟자고. 그 순간부터 포심 그리고 스플리터, 두 개만 던졌어.

하지만 듣는 이에게는 달랐다.

"왜 포심하고 스플리터만 던진 거죠?"

-네가 타자인데 마운드 위의 투수가 포심하고 스플리터만 던진다고 생각해 봐. 그럼 어떻게 할래?

"포심이나, 스플리터 중 하나를 노리고 타격을 하겠죠."

-근데 삼진을 당하면?

"기분이 좆같겠…… 그래서 결과가 어떻게 됐죠?"

이진용, 그에게 김진호의 이야기는 그저 귓등으로 듣고 흘리는 이야기가 아니었다.

-그날 10타자 연속 삼진 잡고, 메이저리그 타이기록을 세웠지. 참고로 나보다 앞서서 10타자 연속 삼진 잡은 투수가 누군지 알아? 톰 시버. 끝내주지?

이진용에게 그것은 자신이 기억하는 최고의 투수가 말해준 조언이었다.

"10타자 연속 삼진이라니…… 그게 가능해요?"

-가능하고 자시고 하는 문제가 아니야. 내 영역을 짓밟을 놈들에 대한 응징이지. 너도 나랑 비슷한 경험을 하면 내가 하는 말이 무슨 의미인지 알 거야.

그렇기에 의심 같은 건 없었다.

5회 초, 마운드에 올라온 이진용은 기꺼이 김진호의 방식대로 공을 던졌다.

포심 패스트볼과 스플릿 핑거 패스트볼, 오로지 두 개의 구질만을 타자들에게 던졌다.

맞는 것에 대한 두려움은 없었다.

두려운 건 오직 하나, 자신이 얕보인다는 이유로 자신의 마운드가 짓밟히는 일뿐.

[103포인트를 획득하셨습니다.]
[삼진을 잡았습니다. 보너스 포인트가 지급됩니다.]
[삼구삼진을 잡았습니다. 보너스 포인트가 지급됩니다.]

"호우!"

-캬! 잘한다, 잘해!

그렇게 이진용이 두 개의 구질만으로 5회 초 선두타자를 상대로 삼진을 잡아냈다.

[111포인트를 획득하셨습니다.]
[삼진을 잡으셨습니다. 보너스 포인트가 지급됩니다.]

"호우!"

-응?

곧바로 이어진 두 번째 타자를 상대로도 삼진을 잡아냈다.

[85포인트를 획득하셨습니다.]

[삼진을 잡으셨습니다. 보너스 포인트가 지급됩니다.]

[5타자 연속 삼진을 잡으셨습니다. 보너스 포인트가 지급됩니다.]

[7타자 연속 삼진을 잡을 경우 최초 보너스가 지급됩니다.]

그리고 마지막 타자를 상대로도 삼진을 잡아내는 순간, 이진용은 다시 한번 타이탄스 타자들을 향해 말했다.

"호우!"

다시는 내 마운드를 밟을 생각을 하지 말라고.

그런 이진용의 곁에 선 김진호도 연속 삼진으로 물러나는 타이탄스 타자들을 바라보며 말했다.

─이상하다, 왜 이렇게 삼진이 쉽게 나오지? 원래 이렇게 안 되는데? 보통은 포심하고 스플리터로만 볼배합을 하면 안타를 맞거나, 하다못해 뜬공이나 땅볼이 나와야 하는데? 젠장, 갑자기 느낌 싸하네. 설마…… 아니겠지.

그 순간 김진호는 직감했다.

─조만간 맞을 거야. 그래, 6회에는 맞겠지. 아무렴. 설마 이런 무대포 피칭으로 7타자 연속 삼진을 잡는 게 가능할 리가 없어.

왠지 오늘 배가 좀 아플 것 같다고.

5회 말, 엔젤스의 타자들은 앞선 4이닝 동안 보여준 그대로의 모습을 보여줬다.

-타구가 너무 높게 뜨네요.
-중견수 이형섭 선수가 두 팔을 흔듭니다. 이형섭 선수가 공을 잡았습니다. 이것으로 5회 말, 엔젤스의 공격이 종료됩니다.

무기력한 모습을 보이며, 5회 말에도 이렇다 할 득점 없이 이닝을 마무리했다.

"아, 진짜 안 터지네."

"미치겠네. 이번 주 대체 왜 이래?"

그렇게 5회 말이 끝나자 벤치를 채운 엔젤스 타자들의 입에서 푸념 같은 변명이 주절주절 흘러나오기 시작했다.

"어휴, 더워. 그보다 일요일인데 우리 팬은 왜 이렇게 없냐?"

"죄다 타이탄스 유니폼밖에 안 보이네. 누가 보면 타이탄스 홈구장인 줄 알겠어."

그런 엔젤스 타자들의 변명은 평소 때보다 훨씬 더 오래 벤치 안을 채우고 있었다.

5회 말이 끝남과 동시에 그라운드 정비를 위한 클리닝 타임이 시작된 탓이었다.

본래는 글러브를 챙기고 그라운드로 나갔어야 할 타자들이 벤치를 지키고 있었고, 자연스레 그들의 푸념 소리도 평소보다 더 많이 들릴 수밖에 없었다.

하지만 그런 푸념 소리는 더그아웃을 잠시 나갔던 이진용이 모습을 드러내는 순간 사라졌다.

'이진용이다.'

'아이고……'

모두가 꾹, 입을 다물었다.

그 모습에 이진용이 고개를 갸웃하며 슬쩍 김진호에게 시선을 보냈다.

대체 왜들 이러는 겁니까?

그런 물음이 담긴 이진용의 눈빛에 김진호가 비릿한 미소를 지으며 대답했다.

-양심이 있으면 5이닝 무실점 투수 앞에서 아가리를 싸물어야지.

김진호의 말대로였다.

오늘 이진용은 무지막지하던 타이탄스를 상대로 무실점 피칭을 이어가는 중이었다.

그에 비해 엔젤스 타자들은 이제까지 제대로 된 득점 찬스도 만들지 못한 상황.

최소한 이진용 앞에서는 변명 따위를 지껄여서는 안 되는 상황이었다.

-그리고 자존심이 있으면 입을 놀릴 게 아니라 어떻게든 점수를 내기 위해 이를 갈아야지.

동시에 지금 이 상황은 엔젤스 타자들의 자존심이 허락지 않는 상황이기도 했다.

'솔직히 이진용하고 친분이 있는 건 아니지만…… 오늘 그래

도 승리투수는 만들어줘야지.'

'이대로 지면…….

타이탄스와의 주말 3연전, 그중 앞선 두 경기에서 엔젤스는 처참한 패배를 경험했다.

심지어 3연전 마지막 경기인 오늘, 4회 초에 벤치 클리어링이 일어났다.

타이탄스, 그들이 엔젤스를 상대로 벤치 클리어링을 일으켰다.

이유는 있다. 분위기 쇄신을 한다는 이유가.

'……쪽팔려서 야구 못 하지.'

그러나 결국 본질은 타이탄스가 엔젤스를 우습게 봤다는 것이다.

만약 타이탄스가 엔젤스를 두려워했다면, 그들은 절대 벤치 클리어링을 일으키지 않았을 거다.

그게 현실이다.

언제나 그렇듯 분노도, 폭력도 자기보다 센 놈 앞에서는 잘 조절되는 법이니까.

'그래, 질 땐 지더라도 이렇게는 못 지지.'

'타이탄스 새끼들 그렇게 안 봤는데 이렇게 나온다 이거지? 오냐, 내가 어떻게든 하나 친다.'

엔젤스 타자들이 내뱉는 변명과 푸념 사이로 빠드득빠드득 이 가는 소리가 들리는 이유였다.

-진용아! 저기!

그때 김진호가 무언가를 발견한 듯 이진용을 불렀다.

-배터리코치랑 포수가 대화하는데 좀 가까이 가봐. 내가 몰래 들어줄게.

그렇게 김진호가 가리킨 방향에는 엔젤스의 배터리코치인 김영준과 오늘 주전 포수로 출전한 이호천이 경기를 앞두고 대화를 나누는 모습이 보였다.

그 모습을 보는 이진용의 표정이 굳었다.

"저기, 무슨 대화를 나누고 있을까요?"

그 굳은 표정으로 이진용이 김진호에게 질문을 던졌다.

-그야 6회부터는 볼배합을 다양하게 하라고 하겠지. 상식적으로 스플리터랑 포심만 던지는 건 미친 짓이잖아?

"그래도 5타자 연속 탈삼진 잡았는데, 이대로 가자고 하지 않을까요?"

말을 하면서도 이진용은 자신이 말도 안 되는 소리를 한다고 생각했다.

상식적으로 포심 패스트볼과 스플리터, 두 가지 구종으로만 볼배합을 하는 건 위험하다.

분명 그게 잘 먹히면 삼진을 잡기에는 이보다 좋은 조합이 없겠지만, 안 되면 안타를 내주기에는 이보다도 나쁜 조합도 없으니까.

하물며 이진용에게는 투심 패스트볼과 체인지업이라는 멋진 구질이 존재했다.

그런 구질을 두고 계속 리스크를 감수하는 건, 결코 합리적이지도, 이성적이지도 못한 짓일 터.

-하지만 만약 이호천이란 포수가 뭔가를 느꼈다면 이대로 한 이닝 정도 더 보자고 제안할 수도 있지.

"예?"

하지만 원래 야구라는 스포츠는 합리적이고, 이성으로 해석되는 스포츠가 아니었다.

-5타자 연속 삼진을 잡았잖아?

"운빨 뽀록이라면서요?"

-그래, 운빨 뽀록이지. 그러면 된 거 아니야?

오히려 반대, 사람들이 야구라는 스포츠에 열광하는 건 이 야구라는 놈이 결코 합리적이지 못하고 이성적이지 못하기 때문이다.

비합리적이고 비상식적인 일이 일어나기에, 그렇기에 야구 팬들이 야구를 좋아하는 것이다.

-노히트노런, 퍼펙트게임, 한 경기 20탈삼진 같은 건 말이야, 기량으로 만들 수 있는 게 아니야. 운빨 뽀록으로 만들어지는 거지.

그런 관점에서 본다면 분명 운이 따르고 있는 이진용의 피칭 스타일에 굳이 무언가를 손댈 필요는 없었다.

이 운이 과연 어디까지 갈지 지켜보는 게 더 나을 선택일 터.

"김진호 선수가 세운 10타자 연속 탈삼진도요?"

-당연히 그것도 운빨 뽀록…… 야, 인마. 그건 당연히 실력이었지! 나 김진호야, 김진호! 메이저리그의 지배자!

"아까는 이럴 리가 없다고, 원래 이러면 안 된다고 구시렁구시렁거리시던 게 누구시더라?"

-그, 그건…… 에이, 진짜! 이 새끼 귀는 또 왜 이렇게 좋은 거야?

그때 배터리코치와 대화를 마친 이호천이 이진용에게 다가왔다.

"진용아."

"예."

"배터리코치님하고 대화 나눴다. 배터리코치님이 6회부터는 투심 비율을 높이자고 하시더라."

그 말에 이진용이 고개를 끄덕였다.

'역시…… 여기선 팀 오더를 따라야겠지?'

고개를 끄덕이며 자신의 표정을 애써 숨겼다.

"하지만 내 생각은 다르다. 그것보단 5회 했던 그대로 하는 것도 나쁘지 않을 것 같다."

그러나 이어진 이 말에 이진용이 놀란 표정을 지었다.

"예?"

"솔직히 말하면 통쾌했어."

통쾌하다.

그 대답과 함께 이호찬이 고개를 돌려 3루 쪽 더그아웃, 타이탄스의 벤치를 바라봤다.

-그래, 사실 이런 경기에서 가장 엿을 많이 먹는 건 투수가 아니라 포수이니까.

그 모습을 본 김진호가 설명을 해줬다.

-타자들이 배터 박스에 나와서 주절거리는 말이 진용이, 네 귀에 들릴 리는 없지만, 포수 귀에는 다 들리거든. 아마 타자들이 포수를 흔들라고 지껄이는 소리를 네가 듣는다면 넌 아마 1이닝도 못 버티고 자리에서 일어나서 타자 얼굴에 주먹부터 날릴걸?

모든 프로스포츠가 그러하겠지만, 야구 역시 브라운관으로 보이는 것보다 훨씬 더 많은 일이 일어난다.

특히 주심, 타자, 포수가 모이는 홈플레이트 근처에서는 별의별 일이 일어난다.

타석에 선 타자가 홈플레이트를 향해 모래를 툭툭 발로 차서 주심의 스트라이크 판정을 애매하게 만드는 건 기본 중의 기본.

포수의 아내를 룸살롱에서 봤다는 거짓부렁을 지껄이거나 심지어 포수를 향해 '너 정수리가 더 훤해진 것 같다?' 같은 아주 치명적인 인신공격을 하는 경우도 있다.

하물며 오늘처럼 타이탄스에게 게임 시작 전부터 얕보이는 상황 속에서 타이탄스의 타자들이 배터 박스에서 가만히 있었을 리 만무.

굳이 말이 오고 갈 필요도 없다.

"명색이 프로인데 같은 프로에게 그런 취급 받는 게 기분 좋을 리 없잖아?"

이호찬 정도 되는 베테랑 포수라면 대화 없이도, 타석에 선 타자의 행동만 보더라도 알 수 있으니까.

오늘 타이탄스 타자들이 엔젤스란 팀을 얼마나 같잖게, 가소롭게 여기는지.

그들이 얼마나 자신을 비웃는지.

"심지어 벤클까지…… 참 좆같은 경우지."

그런 와중에 터진 벤치 클리어링 사실상 이호천의 인내심에 대한 마침표와 같은 일이었다.

"그런데 그때 들리더군."

만약 그때 그 소리를 못 들었다면 그는 폭발했을 것이다.

"마운드에서 네가 한 소리가."

이진용이 마운드에서 내지른 그 소리.

내 마운드에서 꺼지라는 그 외침.

"아, 그건 그냥 제가 홧김에……."

이진용이 그때를 떠올리며 부끄러움에 어색한 웃음을 흘렸다.

"여긴 잠실구장이다. 우리의 홈구장."

그런 그에게 이호찬이 말했다.

"네 마운드가 맞다."

그 말과 함께 이호찬이 이진용의 어깨를 두드렸다.

"그러니까 네가 원하는 대로 해야지."

이윽고 포수 장비를 챙긴 이호찬이 이진용을 향해 말했다.

"네가 던지고 싶은 대로 던져라. 만약 문제가 생기면, 코치님들한테 내가 했다고 말해."

그런 그의 모습에 이진용이 무어라 말을 하려고 했다.

-쉿.

그런 이진용의 앞에 김진호가 검지로 입을 가린 채, 왼쪽 눈을 감은 채 말했다.

-이럴 땐 말로 하는 게 아니지.

그 말과 함께 김진호가 제 입에 가져다 댄 검지를 움직여 한 곳을 가리켰다.

그곳에는 마운드가 있었다.

클리닝 타임 동안 깨끗하게 정비된 마운드가.

클리닝 타임 동안 깨끗하게 정비된 마운드 위로 발자국이 하나씩 생기기 시작했다.

이윽고 피처 플레이트, 투수판 위에 올라선 이진용은 그대로 길게 숨을 내뱉었다.

[현재 남은 체력은 15입니다.]

그 긴 숨소리에 응답하듯 베이스볼 매니저의 알림이 들렸다.

그 비보와도 같은 알림에 김진호가 말했다.

-삼진을 잡는 피칭은 언제나 많은 투구수를 대가로 요구하지.

오늘 마운드에 오르기 전 이진용은 당연히 부족한 체력을 커버하기 위해 맞혀 잡는 피칭을 계획했었다.

-폭주도 그만한 대가를 요구하고.

투구수를 낭비하지 않기 위한 피칭을 준비했었다.

하지만 4회 초, 벤치 클리어링 이후 이진용은 스타일을 바꾸었다. 삼진을 잡기 위해서 공을 던졌다.

그 결과는 분명 아름다웠다.

그러나 모든 아름다움이 그러하듯, 그 아름다운 결과물은 이진용에게 대가를 요구했다.

-이제라도 늦지 않았어. 현명하게 맞혀 잡는 피칭을 하는 게 어때?

그런 그에게 김진호가 이 상황을 벗어난 대책을 말했다.

상식적이고, 합리적인 대책이었다.

그러나 이진용은 그 대책을 택하지 않았다.

"김진호 선수라면 여기서 이렇게 말했겠죠."

그 대책 대신 위대한 투수의 일화를 떠올렸다.

-응?

"나는 삼진을 잡겠다."

-그렇지.

"영어로 하면 I kill you."

-에이, 진짜! 야! 그때는 내가 아무것도 몰랐던 때라니까!

그 말에 김진호가 길길이 날뛰었고, 그 모습에 이진용이 입가에 지은 미소 사이로 말했다.

"마법의 1이닝."

6회 초가 시작됐다.

6회 초.

"이제 6회다."

이제 4번밖에 없는 공격 기회 중 한 번을 써야 하는 타이탄스는 더 이상 어제 그리고 엊그제와 같은 여유를 가지지 못했다.

"이제는 무조건 선취점을 내야 해."

이제는 타순 한 바퀴가 돌아갈 동안 어떻게든 점수를 내야 하는 그들은 이 타순 한 바퀴를 가지고 어떻게든 1점을 먼저 내기 위한 작전에 들어갔다.

"채훈아, 일단 공부터 봐. 분명 맞혀 잡는 피칭을 하겠지만, 아닐 수도 있으니까. 일단 피칭 스타일부터 파악하자고."

"예."

6회 초 선두타자로 나온 8번 타자 양태훈에게 정찰이란 임무가 주어진 이유였다.

그렇게 양태훈이 타석에 섰을 때, 타이탄스의 타자들과 코칭스태프는 더 이상 여유라고는 한 점 찾아볼 수 없는 눈빛으로 타석에 선 양태훈을 바라봤다.

"스트라이크!"

"볼!"

"스윙 스트라이크!"

"스윙 스트라이크 아웃!"

그리고 양태훈이 네 개의 공으로 삼진을 당하는 순간 타이탄스의 타자들을 깨달을 수 있었다.

"저 새끼 5회랑 똑같이 포심하고 스플리터만 던지고 있어."

"아주 우리를 좆으로 본다, 이거군."

이진용이 체력을 아끼기 위한 맞혀 잡는 피칭이 아니라, 타이탄스의 목덜미를 물어뜯기 위해 두 개의 이빨만을 앞세운 저돌적인 피칭을 한다는 사실을.

"오냐, 그렇게 나오면 우리야 고맙지."

그리고 곧바로 9번 타자가 올라서게 됐을 때, 타이탄스는 거기서 승부수를 걸었다.

"대타 배종호!"

대타로 좌타자 배종호, 다리가 빠르고 배트 컨트롤이 좋은 타자를 내보냈다.

타이탄스가 내세울 수 있는 대타 카드 중 가장 높은 확률로 출루할 수 있는 카드를 내보낸 것이다.

"종호야, 무조건 출루해라. 네가 출루하면 1번부터 시작이다."

"예!"

어떻게든 6회에 선취득점을 내기 위해서, 상위타순에 기회를 주기 위함이었다.

"네가 잡히면 상위타순이 이번 이닝에 묶이니까."

동시에 어떻게든 출루율이 높은 상위타순을 출루시킨 후에 중심 타선을 통해 점수를 내기 위함이기도 했다.

만약 9번 타자가 아웃당하면 2아웃 상황에서 1번 타자가 올라오게 되고, 혹여 1번 타자가 출루를 하더라도 2번 타자에서 아웃이 되면, 다음 타순은 3번부터 시작되니까.

타이탄스의 3번 타순부터 5번 타순은 장타는 기대할 수 있을지언정 주루 플레이는 기대할 수 없는 무거운 타선이라는 걸 고려한다면 그리 좋은 일은 아니었다.

"놈은 지금 스플리터와 포심만 던지고 있어. 하나만 제대로 노리면 돼."

"알겠습니다."

그런 여러 임무를 그리고 노림수를 품고 타석에 오른 배종호를 상대로 이진용은 네 개의 공을 던졌다.

"스트라이크!"

그냥 포심 패스트볼.

"볼!"

덜 가라앉은 포심 패스트볼.

"스윙!"

그냥 스플리터.

"스윙 스트라이크 아웃!"

더 빠르게 떨어지는 스플리터!

제구마저 완벽하게 된 그 네 종류의 공 앞에 배종호가 삼진을 당하는 순간, 타이탄스는 보다 확실하게 깨달을 수 있었다.

"젠장, 이진용이라는 새끼 진짜 말도 안 되는 공을 던지고 있잖아?"

"그냥 완급조절 좀 한다는 줄 알았는데…… 그게 아니었네."

이진용이 지금 단순히 포심 패스트볼과 스플리터, 두 종류의 공을 던지는 게 아니라 평범한 패스트볼과 라이징 패스트볼 그리고 그냥 스플리터와 끝내주는 스플리터를 던진다는 사실을.

"이제 와서 제대로 보니까 구속 빼고 말도 안 되는 놈이었잖아?"

타이탄스가 처음으로 이진용이란 투수를 제대로 바라보는 순간이었고, 그 순간 더 이상 타이탄스는 제대로 된 판단을 할 수 없었다.

"아……."

그 순간 타이탄스는 자신들이 이진용을 상대로 준비한 모든 정보들과 공략법이 무용지물이 됐다는 것을 깨달았으니까.

뒤늦은 깨달음이었고, 그 뒤늦은 깨달음은 타이탄스에게 그만한 대가를 요구했다.

"스윙, 스트라이크 아웃!"

1번 타자가 공 5개짜리 승부 끝에 삼진을 당했다.

그제야 타이탄스는 또 한 번, 뒤늦게 깨달을 수 있었다.

"잠깐, 쟤 지금 탈삼진 몇 개째지?"

"11개 아닌가?"

"아니, 그게 아니라…… 4회 벤클 이후부터 모든 아웃카운트 삼진으로 잡았잖아?"

"어…… 아마도."

"그럼 몇 개지?"

"하나둘셋…… 여덟 개?"

지금 잠실구장에서 무슨 일이 일어났는지.

"한국프로야구에서 최다 연속 탈삼진 신기록이 몇 개지?"

"10개였을 걸?"

그리고 지금 그들이 무슨 상황에 처했는지.

꿀꺽!

그 사실을 깨닫는 순간 더 이상 말은 없었다.

[최초로 7타자 연속 탈삼진에 성공하셨습니다. 골드 룰렛 이용권이 지급됩니다.]

[8타자 연속 탈삼진에 성공했습니다.]

[현재 6이닝 무실점 피칭 중입니다.]

[무쇠팔 효과가 발동됩니다.]

-호우!

이진용이 여덟 번째 연속 탈삼진을 잡는 순간 마운드에 있던 김진호가 환호성을 내질렀다.

"그렇지!"

그 공을 잡은 포수 이호천 역시 환호성을 내질렀다.

하지만 이진용은 이 놀라운 상황 앞에서 환호성을 내지르지 않았다.

-진용아, 왜 호우 안 해?

그 모습에 김진호가 의구심을 표할 무렵, 이진용이 1루 쪽 관중석을 바라봤다.

엔젤스 팬들로 가득 찬 그곳을 바라보며 쓰고 있던 모자를 벗었다.

그러고는 가볍게 고개를 숙였다.

-새끼.

그 모습에 김진호가 진한 미소를 지었다.

이 행동의 의미를 김진호가 모를 리 없었으니까.

이진용, 그는 무쇠팔 효과로 회복된 체력을 이용해 보다 긴 피칭이 아니라, 그 전부를 7회 초에 소모할 생각이었다.

그게 엔젤스 팬들을 향해 고개를 숙인 이유였다.

'죄송합니다.'

삼진을 잡기 위해, 자신의 기록을 위해, 팀의 승리를 외면할 생각이었기에.

그 누구보다 승리를 바라는 팬들의 기대를 배신할 생각이기에.

그런 이진용의 모습에 김진호가 말했다.

-사과로 끝내지 마라. 그런 건 의미가 없으니까. 팬들에게 오늘의 빚을 갚기 위해서는 결과로 보답해라.

그 말에 고개 숙인 이진용이 고개를 들었다.

그리고 말했다.

"예."

이진용, 그가 결의를 품은 채 마운드를 내려왔다.

6회 말 엔젤스가 자신들의 여섯 번째 공격 기회를 무득점으로 마쳤을 때, 평소라면 마땅히 그라운드로 뛰쳐나왔어야 할 엔젤스 팬들의 푸념과 분노는 없었다.

"야, 진짜 오늘 신기록 나오냐?"

"여기서 탈삼진 2개만 더 잡으면 타이기록, 3개를 더 잡으면 신기록."

"에이 안 될 거야. 엔젤스잖아? 괜히 기대하지 말자고."

대신 엔젤스 팬들은 기대감 그리고 초조함과 우려의 기색을 흘리고 있었다.

타이탄스 팬들 역시 마찬가지였다.

몇 시간 전까지만 해도 잠실구장들을 타이탄스의 홈구장으로 만들었던 그들의 열광은 이제 아스팔트 위로 내린 첫눈처럼 사라지고 없었다.

"아니, 대체 우리 빠따 병신들은 구속이 130밖에 안 나오는 공을 못 치고 이 지랄이야?"

"여덟 타자 연속 삼진? 느그가 프로가?"

"여기서 신기록 내주면 프로 때려치워라!"

그 상황 속에서 7회 초가 시작됐다.

마운드 위로는 이진용이 올라왔고, 배터 박스 위로는 이형섭이 올라왔다.

4회 초 펼쳐진 벤치 클리어링의 근원지들이 다시 한번 마주 보는 순간이었다.

"벤치 클리어링 이후 둘이 처음 보는 거지?"

극적인 순간이기도 했다.

벤치 클리어링을 일으킨 이형섭과 그 벤치 클리어링 이후 현재까지 모든 타자를 삼진으로 잡은 이진용.

"완전 영화네, 영화야!"

"각본도 이렇게 쓰기 힘들지."

그 둘의 만남은 이진용의 현재 기록을 단순한 기록이 아니라 스토리 있는 기록으로 만들어줬다.

'이 새끼, 넌 뒈졌어.'

물론 이형섭은 그런 이진용에게 멋진 스토리를 만들어 줄 생각이 추호도 없었다.

타석에 선 그의 목표는 하나였다.

'여기서 땅볼을 쳐서라도 네놈 기록을 깨주마.'

이진용의 기록을 여기서 끊는 것!

그것을 위해 이형섭은 이진용이 던지는 공이라면 스트라이크존을 벗어나는 공이라고 해도 기꺼이 배트를 휘두를 생각이었다.

땅볼이든 플라이볼이든 어떤 방법으로든 이진용의 기록을 자신의 타석에서 끊을 속셈이었다.

그리고 그게 연속 탈삼진 기록이 나오기 힘든 이유였다.

그 어느 팀도 신기록의 희생양이 되고 싶어 하지 않는다.

'와라.'

마음 같아서는 번트라도 대고 싶은 게 솔직한 심정이지만, 그나마 자존심이 있기에 번트를 대지 않을 뿐.

그런 이형섭의 각오를 마운드 위에 있는 이진용이 모를 리 없었다.

'어설픈 공도 건드릴 속셈이겠지.'

그리고 이진용이 아는 걸 김진호가 모를 리 없었다.

-존에 걸치는 공이고 나발이고 일단 무조건 건드리려고 할 거야. 여기서 가장 좋은 건 체인지업 하나 던지는 거지만, 그러면 네가 원하는 바를 이룰 수 없겠지.

그렇기에 김진호는 이 순간 조언을 해줬다.

-여기서 무슨 공을 던져야 하는지까지 말해주면 저놈이 불쌍하니까 말하지 않을게.

물론 정답을 알려주진 않았다.

하지만 이진용은 고민하지 않았다.

'하이 라이징 패스트볼.'

스트라이크존 위를 지나가는 패스트볼을, 그것도 라이징 패스트볼을 선택했다.

"라이징 패스트볼."

스트라이크존을 벗어나는 공에도 배트를 휘두를 속셈으로 가득 찬 이형섭이라면 분명 건드릴 공.

하나, 건드린다면 공의 밑 부분을 건드리며 파울이 될 가능성이 높은 공이었다.

물론 그것만으로는 부족했다.

"리볼버."

때문에 이진용은 자신이 던질 수 있는 가장 위력적인 패스트볼을 던지고자 했다.

그렇게 모든 준비가 마친 후에 이진용은 공을 던졌다.

7회 초, 이진용이 초구를 던졌다.

딱!

그리고 그 공은 이형섭의 배트를 맞고 그대로 포수석 뒤편으로 튕겨져 나갔다.

"파울."

주심이 파울 선언을 내뱉었고, 곧바로 볼 주머니에서 공을 꺼내 이진용에게 던져줬다.

파울이 나왔을 경우라면 언제나 볼 수 있는 광경.

그러나 그 광경 속에서 두 명은 아주 귀중한 단서를 놓치지 않았다.

'어?'

이호찬, 그는 이 상황에서 이형섭의 상태를 바라봤다.

파울을 친 그의 낌새를 가늠했다.

'이 자식, 침착하네?'

평소라면 길길이 날뛰는 정도를 넘어 입에서 쉴 새 없이 식빵을 외쳤을 이형섭이 이 순간 게슴츠레 뜬 눈으로 벤치를 바라보고 있었다.

그건 단서였다.

'벤치 오더대로 타격한다, 이거군.'

이형섭이 자기 스타일대로 타격을 하는 게 아니라, 벤치의 오더를 그대로 따른다는 단서.

'이형섭 성격이라면 여기서 무조건 공을 건드린다. 하지만 타이탄스 벤치라면…… 이진용이 존을 벗어나는 공을 던지리라 예상하고 오히려 참으라고 하겠지. 조금 전 존을 벗어나는 공을 던지기도 했고.'

이호찬의 눈빛이 가늘어졌다.

그리고 김진호의 눈빛도 가늘어졌다.

-진용아, 포수가 뭔가를 발견한 모양이다.

김진호, 그는 이형섭의 모습을 그리고 그 이형섭을 바라보는 이호찬의 눈빛의 의미를 파악했다.

그 조언에 이진용은 군말하지 않았다.

'포수 사인대로 가자.'

이호찬이 사인을 내주는 순간, 평소처럼 자신이 원하는 공이 나올 때까지 고개를 흔들지 않고 바로 고개를 끄덕였다.

그 사실에 이호찬이 묘한 미소를 지었다.

그렇게 던진 이진용의 2구는 이형섭의 스트라이크존 바깥쪽 높은 곳을 찌르고 들어가는 포심 패스트볼이었다.

사각형 모양의 스트라이크존, 그 꼭짓점을 아슬아슬하게 스치고 지나가는 패스트볼!

그 공에 무슨 공이라도 칠 것 같았던 이형섭이 멀뚱히 공을 바라봤다.

"스트라이크!"

곧바로 주심이 스트라이크 콜을 했고, 그제야 이형섭이 자신의 본모습을 드러냈다.

"씨발!"

거친 욕설을 내뱉었다.

그 순간 이형섭의 눈빛은 그야말로 짐승과도 같은 눈빛으로 변해 있었다.

벤치에서 타격코치가 사인을 보냈음에도 그는 그곳으로 눈길조차 주지 않았다.

벤치 오더를 따라 궁지에 몰린 상황에서, 더 이상 벤치 오더가 아닌 제 깜냥대로 상대하겠다는 의지를 강력하게 표현했다.

그런 이형섭을 바라보며, 이진용이 오늘 처음으로 자신의 오른손으로 왼팔을 툭 쳤다.

한 번이 아니라 두 번.

그 모습에 이호찬이 고개를 끄덕였고, 김진호가 비릿한 미소를 지은 채 이진용을 내려다봤다.

-얍삽한 새끼.

그런 김진호의 말에 이진용이 옅은 미소를 지은 후에 곧바로 3구째를 던졌다.

그렇게 던진 이진용의 3구는 다름 아니라 커브였다.

'이형섭, 넌 나에게 모욕감을 줬어.'

포심과 스플리터만을 염두에 둔 타자는 감히 건드릴 수 없는 커브.

'그러니까 넌 특별대우다.'

그리고 조금 전 골드 룰렛에서 나온 구질 향상 아이템을 사용해 만든 B랭크의 커브였다.

"컵?"

그 커브 앞에 놀란 이형섭의 배트는 그대로 허공만을 갈랐고, 그 모습에 주심은 소리쳤다.

"스윙 스트라이크, 아아아웃!"

격한 주심의 삼진 아웃 콜에 이진용이 화답하듯 소리쳤다.

"호우!"

이진용 그가 전설에 닿을 기회를 손에 넣었다.

이진용 대 박준동.

10타자 연속 탈삼진이라는 한국프로야구의 유일무이한 기록을 유이한 기록으로 만들 수 있는 그 둘의 승부에는 타인의 의견이나 감상 따위는 무의미했다.

만약 이진용이 유일무이한 기록의 두 번째 주인공이 된다면, 훗날 그 기록을 보거나 추억하는 이들에게는 타인의 감상이나 의견이 아닌 담백한 사실뿐일 테니까.

이진용이 초구로 던진 스플리터에 박준동이 헛스윙을 했다는 사실.

이진용이 던진 2구를 박준동이 골라내며 1볼 1스트라이크 상황이 됐다는 사실.

이진용이 던진 3구에 박준동이 관중석으로 날아가는 파울을 쳤다는 사실.

이진용이 던진 4구 역시 파울이 됐다는 사실.

이진용이 던진 5구를 박준동이 참아내며 2볼 2스트라이크 상황이 됐다는 사실.

이진용이 던진 6구에 박준동이 배트를 휘둘렀다는 사실.

그리고……

"스윙 스트라이이크, 아아아아웃!"

[10타자 연속 탈삼진을 기록하셨습니다. 보너스 포인트가 지급됩니다.]

[최초로 10타자 연속 탈삼진을 기록하셨습니다. 플래티넘 이용권이 지급됩니다.]

그렇게 이진용이 한국프로야구 최다 연속 탈삼진 타이기록 보유자가 됐다는 사실만이 기억될 뿐이었다.

그렇기에 훗날 사람들은 이 순간 이진용이 마운드 위에서 나눈 대화를 알 도리가 없었다.

-새로운 전설을 쓸 기회다. 긴장 풀지 마. 이런 기회는 네 평생에 오지 않을 수도 있으니까.

"예."

이진용, 그가 아직 만족하지 못하고 있다는 사실을.

우아아아!

이진용, 그가 10타자 연속 삼진을 잡는 순간 잠실구장은 엔젤스 팬들의 함성으로 가득 차기 시작했다.

말로 표현할 수 없는 열광이 잠실구장을 채우기 시작했다.

'타이기록은 줬다.'

그 상황 속에서 김태용은 냉정함을 유지했다.

'하지만 신기록은 못 주지.'

여기서 자신마저 삼진을 당한다면, 오늘 이진용이 이곳에서 타이기록이 아니라 유일무이한 기록의 주인공이 된다는 사실을 그는 결코 잊지 않고 있었다.

'그리고 이건 절호의 기회다.'

동시에 그는 노리고 있었다.

'놈이 삼진을 잡고자 한다면, 좋은 공이 올 테니까. 여기서 하나만 날리면 돼.'

승리.

그 무엇보다 값진 그것을 김태용은 포기할 생각이 없었다.

'하나만 치면 게임은 끝이다.'

하물며 지금 상황은 여전히 0 대 0 상황, 김태용의 홈런 하나가 승리가 되기에 충분한 상황이었다.

당연히 타석에 선 김태용은 단순한 땅볼이나, 뜬공 따위가 아니라 이 모든 상황을 뒤집을 한 방을 노렸다.

그게 이유였다.

이진용이 던진 바깥쪽 낮은 공, 포심 패스트볼에 김태용이 기꺼이 배트를 휘두른 이유.

빠악!

전력을 다한 스윙으로 그 공을 홈런이나 다름없는 파울로 만들어버린 이유.

"어우!"

"깜짝이야……."

그 파울 한 번에 과열됐던 잠실구장의 분위기가 차갑게 식었다.

그 정도로 강렬하기 그지없는 파울이었다.

'쳇.'

그렇게 단숨에 투수의 등골을 싸늘하게 만든 타구를 만들어낸 김태용이 마운드 위의 이진용을 노려봤다.

널 죽이겠다!

그 의지를 아주 노골적으로 표현했다.

그리고 이진용도 눈빛으로 표현했다.

나도 널 죽일 건데?

'애송이 새끼가…….'

그런 이진용의 도발 가득한 적의에 김태용은 오히려 미소를 지었다.

'그래, 드루와라, 드루와.'

이진용이 굳이 삼진을 잡기 위해 자신이 보여줄 수 있는 선택지를 좁혀준다면, 타자 입장에서는 마다할 이유가 없었기에.

그런 김태용을 향해 이진용이 곧바로 2구째를 던졌다.

몸쪽 낮게 들어오는 공, 134킬로미터짜리 포심 패스트볼이었다.

빠악!

그리고 그 공을 김태용은 다시 한번 홈런이나 다름없는 어마어마한 파울로 만들어냈다.

"어어어…… 어휴, 다행이다."

"젠장, 넘어가는 줄 알았네."

경기를 보던 엔젤스 팬들의 간담이 서늘해지는 타구.

팬들이 느끼는 감정이 그 정도인데 투수가 느끼는 정도는 더 심할 수밖에 없었다.

투수의 간담이 서늘해지는 정도를 넘어서 그대로 마운드에서 얼어붙어도 이상할 게 없는 타구였다.

그래서일까?

이후 이어진 이진용의 피칭은 겁에 질린 듯했다.

3구째는 스트라이크존을 벗어나는 높은 공을, 4구째는 포수마저 놓칠 정도로 바깥쪽으로 빠진 공을, 5구째는 스트라이크존을 아슬아슬하게 벗어나는 공을 던졌다.

"볼!"

"볼!"

"볼!"

그리고 그 모든 공을 김태용은 골라내며, 주심으로부터 3볼 판정을 얻어냈다.

"김태용이 눈알에 현미경 박았냐? 저걸 어떻게 다 고르지?"

"느낌 싸하네. 하나 맞을 거 같다."

이진용이 삽시간에 풀카운트 상황에 몰리는 상황이었고, 경기를 보던 모든 이들이 숨을 죽이는 순간이었다.

당연한 말이지만 김태용에게는 기회였다.

'볼넷은 없다. 죽든 살든 아웃을 잡으러 오겠지.'

마운드 위에 있는 이진용이란 놈은 유일무이한 신기록 보유자가 될 수 있는 상황을 볼넷으로 날리는 바보는 아니었기에.

'삼진을 잡으러 들어온다.'

당연히 이진용은 맞든 말든 스트라이크를 잡기 위한 피칭을 할 게 분명했다.

'스플리터 아니면 하이 패스트볼, 이런 상황이라면…… 쳐볼 테면 쳐보라는 심정으로 스플리터를 던지겠지.'

때문에 어느 때보다 스플리터를 던질 가능성이 높았다.

이진용의 스플리터는 대놓고 던져도 될 만큼의 위력을 가지고 있었으니까.

아니, 김태용은 확신했다.

'그래, 스플리터다.'

이진용이 끝내주는 스플리터를 던질 것이라고.

그런 이진용의 속셈을 예상한 김태용은 스플리터를 쳐내기 위한 스윙 궤적을 그렸다.

궤적을 그리는 건 어렵지 않았다.

오늘 수도 없이 봤고, 타석에서 그 스플리터에 직접 당해도 봤다.

김태용 정도 되는 타자에게 그 정도면 충분했다.

이진용의 스플리터를 공략하기 위한 타이밍을 찾는 데에는.

'쐐기를 박아주지.'

그렇게 타이밍 세팅마저 끝낸 김태용은 자신의 모든 집중력을 이진용의 손끝에 집중시켰다.

그 사이 포수와 사인을 나눈 이진용이 고개를 들어 자세를 취했다.

일촉즉발.

모두가 긴장감에 침 삼키는 것마저 잊은 가운데, 이진용이 김태용을 향해 6구째 공을 던졌다.

그 순간 잠실구장의 모든 것이 그대로 멈췄다.

'아!'

그렇게 멈춰 버린 공간 속에서, 이진용이 던진 공이 거대하기 그지없는 포물선을 그리는 그 공 앞에서 김태용의 사고도 그대로 멈춰 버렸다.

시속 69킬로미터의 이퓨스볼.

그야말로 허의 허를 찌르는 그 공이 기어코 멈춰 버린 세상 속에서 살포시 포수 미트 안으로 들어갔다.

팡!

[11타자 연속 탈삼진 기록을 달성하셨습니다. 보너스 포인트가 지급됩니다.]
[한국프로야구 신기록을 달성하셨습니다. 다이아몬드 룰렛 이용권이 지급됩니다.]
[현재 누적 포인트는 10,032포인트입니다.]

이진용, 그가 새로운 전설이 되는 순간이었다.

7이닝 1피안타 14탈삼진.
말이 필요 없는 기록을 달성하고 더그아웃으로 들어온 이진용은 말이 없었다.
그는 마치 쓰러지듯 벤치에 앉았다.
그렇게 자리에 앉는 순간 이진용의 온몸으로 지독한 피로감이 몰아치기 시작했다.
'끝났다.'
당연한 결과였다.
'다 태웠어.'
7회 초, 이진용은 세 개의 삼진을 잡기 위해 자신이 가진 모든 체력을 소모했고 동시에 자신이 오늘 이 무대에서 꺼낼 수 있는 모든 것을 소모했다.

특히 마지막 공인 이퓨스볼은 이진용이 오늘 던진 공 중 가장 많은 집중력과 정신력을 요구하는 공이었다.

'내가 미쳤지.'

다시는 오지 않을 기회를 잡기 위해, 평생 던진 공 중 가장 느린 공을 던지는 짓은 미친놈이 아니고서는 할 수 있는 짓이 아니니까.

그런 이진용의 모습에 좌중은 아무런 말도 하지 않았다.

'어떻게든 점수를 내야 하는데……'

'11타자 연속 탈삼진을 잡고도 패전투수가 되면 미치겠지.'

이 순간 이진용에게는 격려조차 하는 것이 미안할 지경이었으니까.

코칭스태프도 마찬가지였다.

특히 봉준식 감독은 이 순간 이진용을 바라보며 복잡한 심정을 품고 있었다.

'이진용을 내려야 하나?'

봉준식 감독은 지금 이진용을 내리고 싶었다.

점점 힘이 떨어지는 이진용을 계속 세우는 것보단 이미 예열을 마친 필승조를 투입하는 것이 누가 봐도 합리적인 판단이니까.

무엇보다 오늘 경기는 선취득점이 사실상 결승점이 될 가능성이 높았다.

'맞은 후에 내리면 늦는다.'

이진용이 실점을 한 다음에 투수교체를 한다면 사실상 안 하니만 못한 짓이었다.

하지만 반대로 7이닝 1피안타 피칭을 하는 투수를 내리는 게 과연 말이 될까?

솔직히 이토록 멋진 투수를 바로 내린다면 엔젤스 팬들이 가만히 있지 않을 것이다.

최악은 오늘 경기를 패배하는 것이었다.

'메이저리그에도 없는 11타자 연속 탈삼진 신기록을 세우고도 진다면…… 5월은 끝장이다.'

오늘 엔젤스가 패배한다면, 이진용이 패전투수로 기록된다면 그건 엔젤스가 이번 시즌 경험할 수 있는 패배 중 가장 치명적인 패배가 될 것이다.

이런 상황에서 봉준식 감독은 차마 이진용에게 다가가 그의 의사를 묻는 것조차 쉽사리 할 수 없었다.

만약 이진용이 더 던질 수 있다고 말한다면, 봉준식 감독은 절대 그를 교체하지 못할 것이 분명했으니까.

물론 봉준식 감독은 몰랐다.

'왜 아무도 더 던질 수 있냐고 질문하지 않는 거야?'

지금 이진용은 그 질문을 기다리고 있다는 사실을.

애초에 7회까지만 던질 속셈으로 모든 걸 불태웠다는 사실을.

-진용아, 이러다가 너 8회에도 올라가겠는데?

그런데 지금 상황을 보면 이대로 8회의 마운드에도 이진용이 올라가야 할 상황이었다.

-쿵쿵!

그 사실에 무언가 낌새를 맡은 김진호가 스윽, 고개를 내밀었다.

-냄새가 난다. 11타자 연속 탈삼진 기록 세운 투수가 8회에 홈런 맞고 패전투수가 되는 어메이징한 냄새가.

김진호의 놀림에 이진용이 뚱한 표정을 지었다.

'내가 못하겠다고 직접 말해야 하나?'

여차하면 이진용이 나서서 직접 못 던지겠다고 말을 해야 할 듯싶었다.

-설마 11타자 연속 삼진을 잡고 내려왔는데 못 던지겠다고 직접 말하진 않겠지? 진용아, 생각해 봐. 네가 그런 말을 하면 감독하고 코치들이 널 어떻게 보겠어? '이 새끼 봐라, 자기 편할 때만 던지고 내려와? 아주 이기적인 호로 새끼네?' 그렇게 보겠지. 안 그래?

그런 이진용의 심중을 읽은 듯 김진호가 이진용의 행동을 막는 말을 뱉었다.

물론 말도 안 되는 소리였다.

더 던질 수 없으면, 없다고 말하는 게 팀을 위한 일이니까.

문제는 그와는 별개로 지금 이대로 가면 정말 팀이 패배할 지도 모른다는 사실이었다.

이진용의 마음을 무겁게 만드는 건 그 사실이었다.

그 사실에 이진용이 긴 한숨을 내뱉었다.

'아.'

이진용이 내뱉는 한숨의 끝에 탄식이 터졌다.

빠악!

"어?"

"어!"

그로부터 몇 분 후 터졌다.

"홈런이다!"

"미친, 박준형 이 미친 새끼!"

박준형, 그가 기어코 다시 한번 홈런포를 터뜨렸다.

-미친, 오늘 내내 죽 쓰던 새끼가 왜?

그와 동시에 곧바로 봉준식 감독이 직접 이진용을 향해 다가오기 시작했다.

이진용 앞에 선 그는 선글라스를 벗은 채 말했다.

"진용아, 수고했다. 8회부터는 불펜을 가동하겠다."

선글라스를 벗으며 그대로 드러낸 봉준식 감독의 눈에는 미안한 감정이, 이대로 이진용이 자신의 승리를 제 스스로 마무리할 수 있는 기회를 뺏어간 것에 대한 미안함 가득했다.

그런 봉준식 감독의 말에 이진용은 대답에 앞서 김진호를 슬쩍 바라본 후 미소를 지으며 말했다.

"넵! 그럼 저는 화장실 좀 다녀오겠습니다!"

말과 함께 자리에서 벌떡 일어난 이진용이 어깨춤을 추며 화장실로 향했다.

그 모습에 김진호가 하늘을 보며 소리쳤다.

-아, 신이시여! 진정 이놈 자식 엿 먹는 꼴은 못 보는 겁니까?

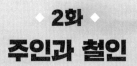

2화
주인과 철인

누군가가 말했다.

'야구의 매력 중 하나는 다른 프로스포츠들보다 많은 기록이 존재한다는 거죠. 당장 투수만 해도 그렇습니다. 완투, 완봉을 시작으로 노히트게임과 퍼펙트게임은 물론 최다 연속 탈삼진이나 한 경기 최다 탈삼진까지, 이토록 많은 것을 노릴 수 있습니다.'

기록 그리고 그 기록을 가진 이들을 위한 타이틀이 야구의 매력 중 하나라고.

'물론 기록이 그저 기록으로 남아 있으면 재미없죠. 재미있

는 건 그 기록을 누군가가 깬다는 사실입니다. 그리고 그 누군가가 바로 저라는 사실이 끝내주는 거죠.'

위대한 메이저리그의 투수, 메이저리그의 지배자 김진호가 남긴 말이다.

그의 말 그대로 팬들은 야구가 가진 기록 그리고 타이틀에 열광했다.

누군가가 전설과도 같은 기록에 도전했을 때, 그 사실에 열광하지 않는 팬은 없었다.

하물며 한국프로야구에서 1998년 이후 그 누구도 감히 도전조차 하지 못했던 10타자 연속 탈삼진 기록에 대한 도전자가 나왔을 때 온라인 세상은 열광의 도가니가 되어 있었다.

-이거 실화냐?
-10타자 연속 탈삼진이라니, 이게 가능함?
-그보다 얘 누구야? 처음 보는데?
　└호우잖아, 호우!
　└호우? 이름이 호우임?
　└ㅇㅇ 이호우임.

그 열광은 비단 온라인에만 한정된 게 아니었다.

잠실구장은 물론, 다른 4개 구장에서 치러지는 경기의 관중 그리고 관계자들의 시선과 관심 역시 잠실구장을 향하고 있었다.

"잠실구장에서 신기록 하나 나올 거 같다는데?"

"신기록? 누가?"

"10타자 연속 탈삼진 기록."

"어? 진짜?"

특히 기자들의 관심이 컸다.

역사적인 현장에 남아 역사를 기록하는 것이야말로 기자라는 직업이 느낄 수 있는 가장 큰 행복이자, 누릴 수 있는 가치였으니까.

"타이탄스 선발이 오상혁이었지? 드디어 오상혁이 터진 건가?"

물론 그 이야기를 얼핏 들었을 때, 그 누구도 그 신기록의 주연배우가 그라고는 생각하지 못했다.

"아니, 오상혁 말고 이진용이라고 있잖아."

"이진용? 걘 누군데?"

이진용이라는 투수가 그런 말도 안 되는 기록을 세운다는 건, 상상조차 허락하지 않는 일이었으니까.

"호우."

"아, 걔."

이진용이라는 이름보다 호우라는 표현으로 이진용을 기억하는 이들마저 있었을 정도였기에.

"걔 때문에 잠실에서 벤클 일어났다면서?"

당연히 그런 기자들에게 있어서 이진용이란 이름은 잠실구장에서 일어난 해프닝의 원인, 그 이상도 이하도 아니었다.

결코 대기록에 어울리는 이름이 아니었다.

"그런데 지금 걔가 탈삼진 기록을 세우고 있다고?"

"6회 초까지 해서 여덟 타자 연속 탈삼진. 이제 7회 초 시작했고."

물론 거기까지만 생각하는 수준에서 그친다면, 기자가 되는 일도, 될 자격도 없었을 터.

"잠깐, 벤클이 4회에 일어났으니까……."

"벤클 당한 후에 타이탄스 타자들 상대로 전부 삼진을 잡은 거야."

"……그 새끼 뭐야?"

"알면 내가 잠실구장에 갔겠지."

모든 상황을 파악한 기자들의 얼굴은 곧바로 경악으로 물들기 시작했다.

그러나 기자들이 느끼는 경악은 그들이 느끼는 경악에 비할 바가 못 됐다.

"다 모아! 이진용에 대한 정보 다 모아!

엔젤스 홍보팀.

그들은 이진용의 갑작스러운 신기록 제조를 앞에 두고 경악을 넘어 공황 상태에 빠져 있었다.

"저기, 이진용 인터뷰 요청 왔는데 어떻게 할까요?"

"킵!"

"팀장님, 박 기자가 기사 타이틀 짰는데 검토 한 번 해달랍니다."

"킵!"

"팀장님 스폰서 쪽에서 왜 이진용이 자기네가 준 내의 안 입었냐고 화내는데 어떻게 하죠?"

"다음부터 입히겠다고 해!"

이진용이 태풍의 눈이 되는 순간, 곧바로 이진용에 대한 정보를 얻기 위해 무수히 많은 이들이 홍보팀에 연락을 시작했다.

홍보팀장 장병헌의 스마트폰은 소리 없는 아우성을 내지를 정도.

"김 기자가 이진용 애인 있냐고 물어보는데요?"

"있든 말든 그게 무슨 상관이야?"

장병헌 홍보팀장은 문자 그대로 미칠 노릇이었다.

'아니, 이게 무슨 일이야?'

분명 홍보팀에게 있어 구단 선수의 신기록은 너무나도 좋은 홍보 소재였다.

문제는 이 상황을 그 누구도 예상하지 못했다는 것.

'미치겠네. 뭐부터 해야 하는 거야?'

이제부터 장병헌은 이 엄청난 해프닝을 이용해 끝내주는 이야기를 만들어야 했으니까.

말 그대로였다.

그저 단순히 이 해프닝을 기념할 만한 일로 만드는 게 아니라, 누가 보더라도 끝내주는 결과로 만들어야 했다.

그 누구도 아닌 구은서, 그녀에게 인정받을 수 있을 정도의 결과물로!

'시간은 얼마 없어.'

더욱이 주어진 시간은 많지 않았다.

오늘 경기가 끝나기 전에 이 해프닝을 엔젤스의 모든 팬은 물론 엔젤스를 사랑하는 어느 대기업 회장님마저 흡족할 만한 이야기로 만들어야 했다.

'장병헌, 넌 할 수 있어. 단계적으로 생각하자.'

이런 상황에서 장병헌은 아주 좋은 대학을 나오고, 뛰어난 경력을 가지고, 비싼 연봉을 받는 인재답게 나름 상황을 정리했다.

'일단 이진용이란 선수를 설명할 수 있는 단어가 필요해.'

그는 이 혼란스러운 상황에서 가장 중요한 것이 무엇인지 떠올렸다.

'별명!'

이진용, 그 이름을 더 빛나게 할 별명이 필요하다는 걸 깨달았다.

그의 머리가 놀라울 정도로 빠르게 돌아가기 시작했고, 머리가 돌아가기 시작한 장병헌이 부하 직원을 향해 말했다.

"박 대리."

"네."

"이진용 선수, 별명 뭐야?"

"예?"

"별명. 선수들끼리 하는 별명이나 온라인 별명 말이야."

그 말에 박 대리는 잠시 고민한 후에 말했다.

"호우!"

그 외침에 장병헌이 마치 '너 이 새끼 나한테 시비 거는 거냐?'라는 표정으로 부하 직원을 바라봤고, 박 대리는 상사의 그 표정을 단숨에 해석한 듯 하얗게 질린 얼굴로 말했다.

"호, 호우요."

"그게 뭐?"

"호우입니다. 이진용 온라인 별명이 호우예요. 호우!"

"왜?"

"아웃 잡을 때마다 호우하잖아요!"

그 말에 장병헌은 더 이상 생각하는 것을 포기했다.

그리고 그 시각, 더 이상 생각하는 것을 포기하는 이가 또 있었다.

그것은 누가 보더라도 화려하기 그지없는 룰렛이었다.

모든 것이 다이아몬드로만 만들어진 룰렛, 그 외에는 그 어떤 무엇도 허락하지 않는 순수하기 그지없는 룰렛.

그 룰렛을 칸막이 화장실 안에 앉은 이진용과 그 화장실 안으로 고개만을 집어넣은 김진호가 말없이 내려다보고 있었다.

이윽고 말이 없던 그 둘이 서로를 마주 봤다.

-뭘 봐?

김진호가 자신을 바라보는 이진용을 향해 뚱한 표정을 지으며 질문했다.

"아니, 그냥 어떤 표정을 지으실지 궁금해서요."

-왜? 저주라도 퍼부어줘? 아니면 기도해 줄까?

그 말에 이진용이 스윽 다이아몬드 룰렛을 바라보며 말했다.

"뭐, 하든 안 하든 이쯤 되면 무의미할 것 같네요. 더 좋을 것도 없고, 나쁠 것도 없잖아요?"

그 말에 김진호도 스윽 다이아몬드 룰렛을 바라봤다.

그런 김진호의 눈에 다섯 칸으로 나누어진 다이아몬드 룰렛이 들어왔다.

-스킬 [에이스]
-스킬 [철인(鐵人)]
-스킬 [마구(魔球)]
-볼 마스터
-파이어볼러

다섯 종류.

하나하나 범상치 않은 수식어를 가진 그것을 김진호가 말 없이 바라보는 순간.

휘리릭!

룰렛이 힘차게 돌아가기 시작했다.

-야이, 깜짝이야! 야! 깜빡이 좀 켜!

김진호가 놀라며 소리쳤고 그 놀람에 이진용은 대답 없이 그저 룰렛만을 바라봤다.

김진호도 그대로 침묵했다.

이윽고 힘차게 돌아가는 룰렛이 멈췄다.

[볼 마스터를 획득하셨습니다.]

드디어 그 결과물이 등장했다.

그 사실에 이진용은 환호성을 내지르지 않았다.

"에이, 볼 마스터 나왔네."

오히려 아쉽다는 듯한 눈빛으로 입맛을 다셨다.

그 모습을 보며 김진호가 말했다.

-진용아.

"네?"

-맷돌 손잡이 아냐?

"알죠."

-맷돌 손잡이를 어이라 그래, 어이.

"그런데 맷돌에 뭘 넣고 갈려고 하는데 손잡이가 빠졌네? 어
이가 없네? 이 소리 하시려고 한 겁니까?"

-어?

그 말에 김진호가 멍한 표정을 지었다.

"내가 그 영화는 보여준 적이 없는데…… 어이가 없네."

그렇게 이진용에게 이제는 제 할 말마저 빼앗긴 김진호는
정말 어이가 없는 표정으로 이진용을 바라봤다.

-진짜, 씨발!

이윽고 김진호가 분노했고, 그런 분노하는 김진호 앞에서 이진용은 미소를 지으며 말했다.

"자, 그럼 이제 본 게임 들어갑시다."

[플래티넘 룰렛 이용권을 소모하셨습니다.]

이진용이 곧바로 10타자 연속 탈삼진을 잡으며 획득한 플래티넘 룰렛 이용권을 사용했다.

그렇게 백금색 룰렛이 힘차게 돌아가기 시작했고, 돌아가는 룰렛을 향해 김진호가 소리쳤다.

-망해라! 망해! 망한 거 나와!

이진용이 반색하며 대답했다.

"저주 감사합니다!"

그 반응에 김진호가 잽싸게 말을 바꿨다.

-젠장, 그럼 좋은 거 나와라! 제발! 신이시여 진용에게 좋은 거 하나 주십시오!

김진호가 기도를 시작했다.

"기도 감사하고요!"

그 기도에도 이진용이 기뻐했다.

-에이, 진짜!

결국 김진호가 저주를 퍼붓는 것도, 기도를 하는 것도 그만두는 순간, 그 순간 룰렛이 멈추었다.

[철인 스킬을 습득하셨습니다.]

"어?"
-어?
보석과도 같은 칸에.

"승리의 함성을 다 같이 외쳐라! 엔젤스의 승리를 위하여
~!"

잠실구장.

그 드넓은 구장이 수천 명의 일제히 내지르는 합창 속에 진
한 울음을 토해냈다.

"워! 어! 워어어어~!"

그 울음은 명백한 증거였다.

"무! 적! 엔! 젤!"

오늘 이곳, 잠실구장의 승리자가 엔젤스라는 증거.

그리고 오늘 승리가 단순한 승리가 아니라, 엔젤스 팬들을
천국으로 보내기에 부족함이 없는 끝내주는 승리라는 증거이
기도 했다.

"어디 있어?"

그 열기 속에서 마이크 달린 헤드폰을 쓴 방송국 직원들이

엔젤스 관계자와 함께 분주하게 움직이고 있었다.

"그 친구 어디 있어? 인터뷰 빨리 들어가야 한다고!"

그들이 찾는 건 다름 아니라 오늘 경기, 1 대 0으로 끝난 잠실혈투의 주인공.

"이진용 찾았습니다!"

바로 이진용이었다.

"아니, 그 친구 어디 있었데?"

"화장실에 있었답니다."

"화장실? 빨리 데려와서 헤드폰 씌우고 마이크 건네주고, 인터뷰 시간 많이 없으니까 답변은 짧게 끊고, 최대한 많이 질문해!"

11타자 연속 탈삼진!

어쩌면 앞으로 한국프로야구 역사가 끝날 때까지 깨지지 않을 신기록.

그 신기록의 주인공을 보기 위해 이미 잠실구장 그라운드에는 무수히 많은 이들이 대기하고 있었다.

대포와도 같은 카메라 렌즈를 앞세운 기자들부터, 그런 기자들보다 더 비싼 카메라를 앞세운 팬들까지!

이윽고 그들 앞에 이진용이 모습을 드러냈다.

우아아아!

이제까지 잠실구장을 채웠던 함성들을 무색하게 만드는 함성이 잠실구장을 뒤흔들기 시작했다.

찰칵찰칵!

동시에 태양보다 더 눈부실 것 같은 카메라 플래시들이 터지기 시작했다.

그 모든 것은 눈과 귀를 멀게 하기에 부족함이 없었다.

그래서일까?

모습을 드러낸 이진용의 모습이 퍽 이상했다. 마치 좀비처럼, 눈은 죽어 있고 표정은 멍청했다.

"이진용 선수, 일단 축하드립니다. 한국프로야구 역사의 새로운 주인공이 되셨습니다."

그런 이진용을 향해 이진용보다 훨씬 키가 큰 아름다운 여자 아나운서가 말을 걸었다.

그런 여자 아나운서의 말에 이진용이 대답했다.

"에……."

그 순간 아나운서, 서영은은 생각했다.

'아…….'

이진용의 상태가 이상하다고.

오늘 이 자그마한 투수가 뭔가 사고를 칠 것 같다고.

'맛 간 거 같은데?'

하지만 이 순간 인터뷰를 멋대로 끝낼 권한 같은 건 서영은에게 있을 리 만무.

"소감 한 말씀 부탁드려요."

그녀는 인터뷰를 이어갔고, 이진용은 그 인터뷰에 슬그머니 서영은을 바라봤다.

그러고는 대답했다.

"저기 이거 꿈은 아니죠?"

그 말에 서영은이 어색한 웃음소리를 흘린 후에 말했다.

"정말 본인 스스로도 놀라신 모양이시네요. 네, 맞습니다. 지금 이건 꿈이 아닙니다."

말을 하는 서영은의 이어폰을 향해 어떻게든 이진용의 소감을 얻어내라는 담당 PD의 불호령이 거듭 터지고 있었다.

'제발 좀 무슨 말이든 좋으니 대답해 주세요.'

그녀 입장에서는 미칠 노릇.

"그러니까 팬들을 향해 한 말씀 부탁드립니다."

그 순간 이진용이 정신을 차렸다.

그리고 그와 동시에 이진용과 비슷하게 얼빠진 표정을 짓고 있던 김진호도 정신을 차렸다.

그렇게 정신을 차린 그 둘의 머릿속으로 다시 한번 조금 전 화장실에서 일어난 사건이 떠올랐다.

철인 그리고 볼 마스터.

그 두 글자를 떠올린 이진용의 눈빛에 초점이 돌아왔다.

곧바로 이진용이 마이크를 고쳐 잡으며 말했다.

"아아, 마이크 테스트."

그 순간 좌중이 침묵했다.

"죄송합니다. 잠시 정신이 없어서요."

갑자기 변해버린 이진용의 모습에 모두가 그대로 굳어버렸다.

그 상황 속에서 마이크를 잡은 이진용이 말을 이어갔다.

"그럼 본론으로 돌아오겠습니다. 일단 이 인터뷰 보고 있을 우리 야구 좋아하시는 아버지께 말씀드립니다. 아버지, 아들이 해냈습니다. 뭐, 제 신기록 희생양이 아버지가 사랑하는 타이탄스지만 어쩌겠습니까?"

그 침묵 속에서 이제까지 이진용이 보여준 모습과는 달리 너무나도 태연하게 그리고 술술 말을 이어갔다.

"그리고 오늘 응원하러 와주신 팬들께 감사합니다. 다들 제가 이길 거라고는 눈곱만큼도 기대하지 않으셨겠지만 그래서 더 기쁘시죠? 일요일 서프라이즈 파티라고 생각하시고, 다음에는 더 좋은 경기력 보여드릴 테니 꼭 경기 보러 와주세요. 오시는 길에 저 보면 사인 요청 좀 해주시고요. 제가 지금까지 사인을 해본 적이 없습니다."

그렇게 시작된 이진용의 소감은 끊임없이 계속됐다.

"아, 그리고 삼진 잡았을 때 느낌이 어땠냐고 물어보신다면, 대답해 드리는 게 인지상정! 사실 잡을 때는 좋은데, 그 전에는 미칠 노릇이었습니다. 특히 김태용 타자 상대로 마지막 스트라이크 잡을 때 이퓨스볼은 수명을 깎아 던지는 기분이었죠. 절대 그건 김태용 타자를 얕잡아서 던진 게 아닙니다. 좀더 돌리면 사실 키포인트는 이형섭 선수를 상대로 던진 커브볼이었습니다. 거기서 커브볼을 던진 이유는……."

끊임없이…….

"그리고 오늘 홈런 쳐준 박준형 선수. 같은 고양 스타즈 출신치고 사실 별로 친하진 않지만, 그럼에도 홈런 하나 까주셔서 감사합니다. 앞으로도 그 꽃길만 걸으시기를 진심으로 기원합니다. 그리고 절 믿고 선발로 올려주신 봉준식 감독님. 앞으로도 계속 믿음을 주시면 그 믿음에 보답하겠습니다. 우지욱 2군 감독님께도 감사드립니다. 그래도 절 믿고 기회를 주신 덕분에 여기까지 올 수 있었습니다. 제가 연봉이 부족해 한우는 좀 힘들고, 홍삼까지는……"

"이, 이진용 선수 잠시만 대화를 끊어서 죄송합니다."

결국 서영은 아나운서가 나서서 이진용의 말을 끊었다.

말문이 강제로 막힌 이진용이 뚱한 표정으로 서영은 아나운서를 바라봤다.

"하실 말씀이 많으신 것 같지만, 인터뷰 시간이 제한되어 있어서요. 오늘 경기에 대한 소감을 짧게 간추려 주셨으면 합니다."

그 말에 이진용이 좌중을 둘러본 후에 씨익, 웃으며 마이크를 양손으로 잡으며 소리쳤다.

"호우!"

방송 사고가 터지는 순간이었다.

"죄송합니다."

사과 인사와 함께 감독실 밖으로 나온 이진용은 문이 닫히는 소리와 함께 긴 한숨을 내뱉었다.

그런 그를 김진호가 정말 또라이 보듯 바라보며 말했다.

-또라이 새끼.

"왜 그러세요?"

-또라이 새끼보고 또라이라고 하는데 무슨 문제라도 있냐?

"분위기에 취하면 좀 그럴 수도 있죠."

말과 함께 이진용은 그야말로 스펙타클했던 오늘 하루를 머릿속으로 다시 한번 되새김질했다.

벤치 클리어링, 11타자 연속 탈삼진, 다이아몬드 룰렛…… 그야말로 황홀하기 그지없던 느낌의 기억들은 인터뷰 장면에 이르는 순간 조금씩 안 좋은 느낌으로 변하기 시작했다.

"쳇, 난들 알았습니까? 방송 중에 그렇게 갑자기 소리 지르면 안 된다는 걸."

그 안 좋은 느낌의 절정은 이진용이 뜬금없이 환호성을 내지르는 순간이었다.

-야, 인마. 그걸 꼭 누가 가르쳐 줘야 아냐? 방송 중에 이상한 짓 하지 않는 건 상식이잖아, 상식!

방송이란 건 불특정 다수를 상대하기 때문에 갑작스러운 무언가가 있어서는 안 된다.

당연히 인터뷰 도중에 갑자기 누군가 말도 안 되는 소리를 내지르면, 그건 충분히 방송 사고감이었다.

-내가 너 그러다가 언젠가 사고 칠 줄 알았다! 내가 그럴 줄 알았어!

심지어 이진용이 내지른 호우 소리에 서영은 아나운서가 놀라며 꺄악! 소리까지 내지르고, 놀란 담당 PD가 급하게 인터뷰를 종료하면서 정말 사고가 터진 것 같은 분위기가 생겼다.

사고가 아니었어도 사고가 된 상황.

"어휴."

이진용이 재차 긴 한숨을 내뱉으며 스마트폰을 꺼냈다.

그리고는 곧바로 포털 사이트의 야구 코너의 메인에 뜬 자신의 기사를 터치했다.

일단 댓글부터 확인했다.

가장 많은 공감수를 받은 댓글들이 주르륵 모습을 드러냈다.

-또라이 새끼네.

-미친 또라이 새끼네.

-미친 또라이 호우 새끼네.

정상적인 댓글은 보이지 않았고, 이진용의 표정이 자연스레 찌푸려졌다.

-캬!

물론 김진호의 표정은 환해졌다.

-역시 사람들 보는 눈은 다 똑같네, 똑같아! 안 그러냐 미친 또라이 호우 새끼 이진용아?

"좀 닥쳐요."

-닥치기 싫은데요, 미친 또라이 호우 새끼 씨?

"에이, 진짜."

투정과 함께 이진용이 스크롤을 올려 기사 내용을 천천히 읽기 시작했다.

그 순간 이진용이 무언가를 발견한 듯 말했다.

"이렇게 사고를 친 게 제가 두 번째라네요."

-방송 사고?

그 말에 김진호가 비웃음을 머금은 채 말했다.

-너 같은 또라이가 처음이 아니라고? 대체 어떤 또라이가 또 있었던 거냐? 응? 내가 아는 애냐?

"아는 사람일 것 같은데요?"

-누군데?

"……이번 방송 사고는 17년 전, 2000년 시드니 올림픽의 국가대표로 참가했던 고(故) 김진호 선수가 인터뷰 도중에 욕설을 한 이후 두 번째다."

말과 함께 이진용이 스윽 김진호를 바라봤고, 김진호는 스윽 이진용의 시선을 피하며 말했다.

-방송 사고라니, 그냥 기분이 좋아서 소리 지르다가 욕설 비슷한 게 나온 것뿐인데…… 알다시피 내가 미국에서 좀 살았잖아?

"참 퍽퍽한 세상이죠? 퍽퍽합니다, 퍽퍽해."

-야, 그보다 이번에 스킬 짱 좋더라. 한번 보자.

그 말에 이진용이 고개를 끄덕였다.

타협의 표시였고, 이진용이 곧바로 새롭게 얻은 두 개의 소득을 꺼냈다.

[볼 마스터]

-보유한 A랭크 구질 중 하나를 마스터 랭크로 만든다.

[철인]
-스킬 등급 : 없음
-스킬 효과 : 체력 소모 없이 스킬을 사용할 수 있다.
-철인 효과는 최대 9이닝까지만 적용됩니다.

그렇게 꺼낸 소득을 보는 순간 이진용의 심장이 다시금 뛰기 시작했다. 설레기 시작했다.

너무나도 마땅한 일이었다.

-젠장, 이거 보니까 갑자기 기분 또 나빠지네.

그 정도로 이번 수확은 엄청났으니까.

-볼 마스터는 그렇다고 쳐도, 철인 스킬은 완전히 사기잖아?

일단 철인 스킬은 체력에 허덕이는 이진용에게 있어서 상상 그 이상의 스킬이었다.

-진짜 아주 그냥 날로 먹는구나, 날로 먹어!

철인 효과를 받는다면 라이징 패스트볼이나, 심기일전을 사용할 때 체력이 추가로 소모되는 일은 없을 테니까.

"마법의 1이닝이 효용성이 떨어졌잖아요?"

물론 철인 효과와 마법의 1이닝 효과는 사실상 중복되기 때문에, 철인 스킬 때문에 마법의 1이닝 스킬이 무의미해졌다.

-지랄하네.

그러나 그것은 고민할 문제조차 되지 않는 일이었다.

이진용은 이제부터 마법의 1이닝 아니라, 마법의 9이닝을 사용하게 된 셈이니까.

불만을 가지고 자시고 할 문제가 아니었다.

더욱이 이제 이진용에게는 이것과는 비교도 할 수 없는 새로운 무기가 생겼다.

"그보다 투심하고 스플리터, 둘 중 뭘 마스터할까요?"

볼 마스터.

말 그대로 구질 하나를 마스터 랭크, S랭크로 올려주는 아이템이었다.

더불어 현재 이진용이 가진 A랭크 구질은 투심 패스트볼과 스플릿 핑거 패스트볼.

"둘 다 너무 장점이 많아서 골치 아프네요."

두 구질은 가진 특징이 명확하게 달랐다.

"범타를 유도하는 데에는 투심만 한 게 없고, 헛스윙을 유도하는 데에는 스플리터만 한 게 없으니……."

그야말로 엄마가 좋아, 아빠가 좋아 수준의 고민.

-진용아.

그런 고민에 빠진 이진용에게 김진호가 기꺼이 조언을 해줬다.

-합리적으로 생각해보자.

"합리적이요?"

-볼 마스터란 아이템이 언제 또 나올 것 같냐?

김진호의 그 질문에 이진용이 짧은 고민 후에 대답했다.

"당장 나오긴 힘들겠죠. 어쩌면 이번 시즌 내내 나오지 않을

지도 모르고."

다이아몬드 룰렛은 기본적으로 10만 포인트를 소모하거나 혹은 역사에 길이 남을 기록을 남겨야만 얻을 수 있다.

"내년 시즌에도 못 얻을 수도 있겠죠."

쉽게 얻을 수 있는 게 아니며, 그렇게 얻은 다이아몬드 룰렛에서 볼 마스터가 나올 확률은 더 적다.

이진용의 말대로 올해는 물론 내년 어쩌면 내후년에도 볼 마스터 아이템을 얻지 못할 수도 있다

-그렇지? 그런데 그런 아이템을 여기서 그냥 써버리기에는 너무 아깝지 않냐?

말과 함께 김진호가 스윽, 이진용의 뒤로 와 그의 양어깨에 손을 올려놓으며 말했다.

-투심도 좋고, 스플리터도 좋지. 하지만 생각해 봐. 과연 네가 앞으로 야구 인생을 하면서 과연 가장 많이 던지게 될 공이 무엇인지. 뭘 것 같아?

"그야 포심이겠죠."

-그래, 너클볼러가 아닌 이상 투수가 살아생전 가장 많이 던지는 건 포심이지. 그리고 또 하나, 슬라이더가 있지.

"슬라이더요?"

이진용의 눈빛이 빛났다.

-마스터 랭크의 슬라이더가 어떨지 궁금하지 않아?

"궁금하죠."

-그렇지? 하물며 슬라이더는 만능이야. 어떤 의미에서 투심

과 스플리터의 장점만을 합쳤지. 범타도 유도하고, 헛스윙도 유도하고. 안 그래?

"그렇죠."

-자, 그럼 상식적으로 보자고. 투수 백 명에게 포심을 제외한 변화구 구종 중에 마스터 랭크로 만들 변화구를 선택하라면 슬라이더를 선택하는 애들이 몇 명 정도 될 거 같냐?

"한 육십에서 칠십 정도?"

이진용이 대답에 김진호가 씨익 웃으며 말했다.

-그리고 체인지업도 있지.

"아!"

-진용아, 난 많은 투수를 존경하지만 사실 내가 나보다 잘 던졌다고 인정하는 투수는 많지 않아. 그중에서 내가 진짜 분명하게 이 새낀 나보다 잘 던졌다고 인정하는 투수가 한 명 있어.

"페드로 마르티네즈……."

-그래, 그 인간 같지 않은 인간. 그런 그를 인간 같지 않은 인간으로 만들어준 게 뭐지?

"체인지업이죠."

그 대답에 김진호는 더 이상 말을 이어가지 않았다.

그런 김진호의 조언에 이진용이 고민을 시작했고, 그 고민 끝에 한숨을 내뱉었다.

"김진호 선수 조언이 맞아요. 확실히 지금 쓰긴 아깝죠."

-그렇지?

반색하는 김진호.

[스플리터의 랭크가 마스터 랭크가 되었습니다.]

그 순간 이진용이 볼 마스터 스킬을 곧바로 스플리터에 사용했다.

-어? 진용아?

"그렇긴 뭐가 그렇습니까?"

이진용이 어이가 없다는 표정으로 김진호를 바라보며 말했다.

"저번에도 그렇고 요즘 자꾸 약을 파시는데, 말이 되는 소리를 하셔야지. 아끼긴 뭘 아껴요? 당장 이거 써서 포인트 벌어먹는 게 누가 봐도 이익이구먼."

-에이, 진짜!

"약을 팔려면 좀 제대로 팔아봐요."

원하는 바를 이루지 못한 김진호가 그 말을 끝으로 입을 꽉 다물었고, 그런 김진호를 보며 이진용이 비웃음을 머금었다.

그렇게 이진용의 화려한 일요일이 끝났다.

대구구장.

레이번스와 엔젤스의 주중 3연전의 마지막 경기가 펼쳐지는 그곳은 모여든 사람들의 열기로 이미 절정의 여름이나 다름없는 상황이 되어 있었다.

이미 1승 그리고 1패씩을 주고받은 상황에서 이루어진 세 번째 경기이기에 그 열기는 더 심했다.

심지어 7회에 양 팀의 점수는 2 대 4로 엔젤스가 레이번스를 상대로 2점 차, 안심은커녕 주자가 출루하는 순간 심장이 쫄깃해지는 점수 차였다.

"레이번스 이 십새끼들아 어떻게든 2점만 내라고!"

"엔젤스 이 개새끼들아 어떻게든 막아! 어깨를 뽑아서라도 막아!"

양 팀의 팬들은 그야말로 악에 받친 응원을 하는 중이었고, 양 팀의 코칭스태프들은 쉴 새 없이 의견을 주고받으며 상대를 뚫을 창을, 그 창을 막을 방패를 이야기하고 있었다.

그야말로 필사의 현장.

그 현장 속에서 유일하게 여유를 가진 채 경기를 관람하는 부류가 둘 있었다.

"두 팀 다 아주 필사적으로 싸우네."

"두 팀 다 어떻게든 승수를 벌어야 6월부터 시작될 순위 다툼에 끼어들 수 있으니까."

"하긴, 7월에 순위 다툼은 힘들지. 그때부터는 순위 지키기도 바쁠 테니."

한 부류는 기자들이었다.

굳이 승패에 열광할 필요가 없이, 그저 결과만을 객관적으로 받아들이면 되는 부류들.

"그보다 레인저스는 돈도 없으면서, 전력분석팀은 아주 빵빵하게 데리고 다니네. 오늘도 여기에만 다섯 명 왔지?"

"구단주 방침이잖아? 선수 몸값으로 줄 돈 2, 3억 정도 아껴서 전력분석원 서너 명 더 고용하는 거. 실제로 결과도 나오고. 전력분석팀은 리그 최고 수준이지."

나머지 하나는 다름 아니라 오늘 경기를 분석하기 위해 온 고척 레인저스 구단의 전력분석팀이었다.

그런 레인저스의 전력분석팀이 이곳, 대구구장으로 적지 않은 인원을 이끌고 온 이유는 엔젤스 때문이었다.

"엔젤스 타자들이 컨디션이 올라오는 것 같네?"

"원래 몸값이 보통은 아니잖습니까? 솔직히 몸값이나, 그동안의 커리어를 보면 지금까지 성적이 이해가 안 갔죠."

이번 주말, 레인저스는 자신들의 홈구장인 고척 돔구장에서 맞이하는 팀이 바로 엔젤스였으니까.

더불어 이 전력분석팀이 레인저스가 다른 프로야구구단들과 달리, 대기업의 든든한 지원이 없는 상황 속에서 최근 좋은 성적을 거두는 비결 중 하나였다.

"그보다 박준형, 이 녀석 확실히 물건이네요."

다른 구단들이 수십억 원이 넘는 비용을 지불해 FA로 대어들을 낚아채는 것과 같은 짓을 할 수 없는 레인저스 입장에서는 어떻게든 저비용 고효율을 추구해야 했고, 그런 그들은 과거 오클랜드 애슬레틱스의 단장인 빌리 빈처럼 남들보다 더 뛰어난 분석 능력을 가져야만 살아남을 수 있었으니까.

"변형채 팀장이 원래 여기 있을 수준은 아니지. 메이저리그에서도 날아다녔던 실력자라고."

그 중심에는 레인저스 전력분석팀의 팀장, 오재우가 있었다.

"팀장님도 메이저리그 출신이잖아요?"

"메이저리그 출신이라고 다 김진호는 아니지."

오재우.

그 역시 메이저리그에서 스카우트이자, 전력분석관으로 활약하며 그곳에서 뼈가 굵어진 사내였다.

"에이, 오 팀장님도 다저스 출신 아니십니까?"

그것도 그냥 어중이떠중이가 아니라 LA다저스라는 명문 구단에서 충분한 결과를 만들고, 그만한 대우를 받았던 전문가였다.

"다저스 출신 스카우트랑 전력분석관이 몇 명인데…… 의미 없어."

사실 그는 한국에 올 생각이 없었다.

메이저리그, 그것도 그저 그곳에서 일한다는 사실만으로도 존경받을 수 있는 명문 구단에 속한 그가 굳이 자신이 마땅히 활동할 곳도, 대우받을 곳도 없는 한국프로야구 무대에 올 이유는 없었으니까.

"그래도 만약 그곳에 남아 계셨으면……."

"야구에 만약은 없지."

만약 아내의 병만 아니었다면.

그랬다면 그는 지금도 메이저리그 구단의 스카우트 혹은 전력분석관으로 활약했을 것이다.

물론 그의 말대로 야구에 그리고 인생에 만약은 없었다.

그는 이제 레인저스의 전력분석팀을 이끄는 팀장이었고, 그의 역할은 내일부터 시작되는 레인저스와 엔젤스의 경기에서 레인저스가 이길 수 있도록 분석된 자료를 제공하는 것이었다.

"내일 우리 상대로 엔젤스 선발은 이진용인가?"

그리고 그 분석의 첫 번째 재료는 하루아침에 한국프로야구의 기린아이자, 문제가 되어버린 이진용이었다.

"예."

"참 대단한 선수야."

"대단하죠."

일요일 등판 이후 월화수목, 나흘 동안 휴식을 취한 상황.

무엇보다 이미 자신의 가치와 실력을 세상천지에 명명백백하게 보여준 이진용이 이제는 엔젤스의 4선발이 되어 레인저스와의 주말 3연전 첫 경기에 나오는 건 전혀 이상한 일이 아니었다.

"그 스펙으로 그런 피칭을 하다니, 배포도 배포이지만 정말 영리한 투수입니다."

하지만 레인저스는 그런 이진용이 두렵지 않았다.

"그래, 그 스펙이 그런 성적을 거두는 게 참 대단하지."

"그렇죠. 그 스펙으로 그런 성적을 거두는 게."

이진용, 그는 분명 대단했다.

하지만 사실을 놓고 말하자면 그가 대단함은 가지고 있는 스펙의 대단함이 결코 아니었다.

"달리 말하면 스펙이 부족하다는 치명적인 단점이 있다는 의미이지만."

뛰어난 변화구를 던지고, 볼배합을 가지고, 배포를 가지고, 제구력을 가지고 있지만 결국 그가 가진 투수의 가장 기본적인 스펙, 구속은 한국프로야구 평균 이하였다.

"스타일을 파악하고, 그 스타일을 통해 노림수를 파악하면 무너뜨리지 못할 이유는 없죠. 그게 프로의 세계가 무서운 이유고요."

만약 이진용의 변화구를 읽을 수 있다면, 그의 스타일을 읽을 수 있다면, 볼배합을 예상할 수 있다면 프로 레벨에서 그의 공을 공략하지 못할 이유는 없었다.

그리고 지금 레인저스 전력분석팀은 그것에 대한 분석을 이미 마친 상황이었다.

"이진용이 타이탄스전 그대로 마운드에 올라와 준다면, 경기는 생각보다 쉽게 풀리겠지."

"당연히 그렇게 올라오겠죠. 설마 11타자 연속 탈삼진을 거둔 피칭 스타일을 바꿀까요?"

이진용의 피칭 스타일과 그가 레인저스를 상대로 어떻게 나올지 예상을 마친 상황이었다.

그런 레인저스 전력분석팀하고 똑같은 결론을 내린 이가 지금 이곳, 대구구장에 있었다.

-진용아.

"이번에는 또 무슨 헛소리를 하시려고요?"

-헛소리라니? 내가 너한테 언제 헛소리했냐?

"조금 전에 화장실 갔을 때 건너편에 여자 화장실이라는 말에 벽 통과하시려고 하다가 안 되니까 나보고 뭐라고 했잖아요?"

-내가 언제?

"좀 더 가까이 벽에 가라면서요?"

-오줌 튀니까 변기에 가까이 붙으라고 그런 거지, 그게 어떻게 그런 의미로 해석이 되냐?

"예예, 그러시겠죠. 그래서 이번에는 또 뭔 헛소리를 하시려고요?"

-너, 혹시 톰 글래빈 알고 있냐?

"당연히 알죠."

-그럼 너 톰 글래빈처럼 던질 수 있겠어?

"예?"

김진호.

그가 이진용에게 새로운 과제를 줬다.

3화
늘어나라 존, 존!

5월 18일, 대구구장에서 치러진 레이번스와 엔젤스의 주중 3연전의 최종 승자는 엔젤스였다.

-공이 높게 떴네요.
-경기 끝! 11회 말, 엔젤스가 드디어 이 긴 승부에 마침표를 찍습니다!

11회 말.
접전을 넘어, 격전이자 혈전에 이르는 승부였다.
"아, 이제야 끝났네."
패자는 물론, 이긴 승자마저 승리에 대한 환호성 대신에 한숨을 내뱉을 승부.

"이게 주중 경기라는 게 더 절망적이야."

그리고 이번 경기를 끝으로 곧바로 주말 경기를 치러야 한다는 사실에 탄식이 나오는 승부였다.

"그냥 9회에 점수 지켰으면 곱게 끝났잖아?"

"그냥 9회에 점수 안 냈으면 곱게 끝났잖아?"

그렇게 레이번스와 엔젤스, 양 팀 선수들이 상처뿐인 승패를 짊어진 채 다음 경기를 치르기 위해 대구구장이란 무대를 떠났다.

"엔젤스에 대한 정보는 다 모았군. 생각보다 훨씬 더 잘 모인 것 같은데, 안 그래?"

"예. 그게 아니더라도 엔젤스가 필승조를 전부 소모했으니, 이번 주말 3연전은 생각보다 쉽게 풀릴지도 모르겠습니다."

"너무 낙관하지는 말자고. 야구는 끝날 때까지 모르는 거니까. 일단 마지막으로 검토해서 선수단에 보내주자고."

"예."

자신들의 상대가 피투성이가 된 채 자신들의 홈그라운드로 온다는 사실을 파악한 레인저스 전력분석팀은 미소를 지은 채 무대를 떠났다.

-진용아, 내가 하는 말이 무슨 말인지 알지?

"예."

-그럼 내일을 기원하며 주문을 외우자.

"그거 꼭 해야 해요?"

-안 하면 나 삐질 거야. 너 귀신이 작심하고 삐지는 거 본 적
없지?

"젠장, 할게요."

그리고 내일 고척 레인저스와의 경기에서 출전하게 될 선발
투수 역시 무대를 떠났다.

-늘어나라 존, 존!

"늘어나라 존, 존!"

좀 더 또라이가 된 채로.

5월 19일 금요일.

한국 유일의 돔구장인 고척 돔구장은 불타는 금요일을 야
구와 함께 태우기 위해 일찌감치 찾아온 팬들과 불타는 금요
일 내내 일을 해야 하는 기자들로 북적거렸다.

황선우가 그런 고척 돔구장을 찾아온 건, 오후 4시가 조금
지난 후였다.

평소처럼 전자 담배를 목에 걸고 등장한 그는 몇몇 선수들
그리고 기자들과 인사를 나눈 후 라커룸으로 향했다.

라커룸으로 향하는 그의 입가에는 실소가 걸려 있었다.

'인터뷰 한 번 하기 참 힘들군.'

오늘 황선우 기자가 고척 돔구장을 방문한 이유는 다름 아
니라 한 선수와의 인터뷰 때문이었다.

'이진용, 하루아침에 대단한 선수가 됐어.'

인터뷰 대상은 다름 아닌 이진용.

한국프로야구 역사상 유일무이한 11타자 연속 탈삼진 기록 보유자가 된 그의 몸값은 현재 가장 뜨겁게 달아오른 상황이었다.

당연한 말이지만 그런 이진용과 인터뷰를 하고자 하는 기자들은 넘쳐났다.

엔젤스 구단과 별 관계가 없는 기자들조차도 무작정 엔젤스 구단에 이진용에 대한 인터뷰 요청을 했을 정도.

'여러모로 대단한 선수가 됐지.'

그러나 막상 이진용과 독대 수준의 인터뷰를 한 기자는 이제까지 없었다.

물론 엔젤스 구단이 이진용을 남에게 보여줄 수 없는 절대 반지처럼 꼭꼭 숨기려고 하거나, 이진용의 콧대가 하루아침에 솟아올라 기자들의 인터뷰를 거절하거나 그런 이유 때문은 아니었다.

'여러모로······.'

이유는 다름 아니라 이진용이 경기 후 인터뷰에서 만들어 낸 방송 사고였다.

'······여러모로 대단한 또라이야.'

이진용이 거기서 전국에 자신의 또라이 기질을 증명하는 순간, 홍보팀이 해야 할 일은 간단해졌다.

이진용, 이 새끼 사고 치지 못하게 막아!

자연스레 홍보팀은 이진용이 또 한 번 사고를 칠 수 없도록, 언제나 홍보팀 직원이 같이 움직였고 인터뷰 일정도 최대한 줄였다.

그 누구보다 이슈를 원하는 기자들과 이진용을 단둘이 붙여두면 어떤 사고가 또 터질지 몰랐다. 실제로 기자들 입장에서는 이진용이 또라이 짓을 해주는 게 그들에게는 특종이었으니까.

특히 이진용이 선발로 출전하는 오늘, 금요일에는 이진용의 인터뷰를 허락하지 않을 예정이었다.

선발 출전을 앞둔 선발투수가 무슨 짓을 할지는 하늘 위의 신조차 모르기에.

그런 상황에서 황선우 기자가 이진용과의 인터뷰를 할 수 있게 된 건, 그동안 황선우 기자가 엔젤스 구단과의 돈독한 관계를 유지한 덕분이었다.

여러모로 귀중한 기회.

'하지만 어쩌면 오늘 이후로는 만나기가 쉬워질지도 모르겠군.'

그러나 이 순간 황선우 기자의 머릿속에 맴도는 건, 이진용에 대한 우려였다.

'오재우, 그 양반이라면 이진용의 피칭 스타일을 이미 완벽하게 파악했을 테니까.'

이진용, 그가 오늘 레인저스전에서 참담한 패배를 당할지도 모른다는 우려.

레인저스라는 팀은 어떤 의미에서 이진용과 같이 분명하게 보이는 압도적인 스펙이 아니라 수싸움과 볼배합으로 싸우는 투수들에게 있어서 킬러와 같은 팀이었으니까.

실제로 구속은 느리되 영리한 피칭을 하는 투수들은 한국 프로야구에 제법 있었다.

정확히 말하면 구속이 느린 투수가 살아남는 방법은 보다 영리하고, 영악해지는 수밖에 없다.

하지만 그런 투수들 중에 레인저스를 상대로 좋은 승수를 거둔 선수는 최소한 황선우의 기억에는 없었다.

'만약 여기서 무너지면, 이제까지 영광이 신기루처럼 되겠지.'

더불어 여기서 이진용이 레인저스를 상대로 참담한 모습을 보인다면 세상은 이진용이 생각하는 것보다 더 매몰차게 그를 외면하고, 무시하고, 버릴 것이다.

'스펙이 부족한 투수의 숙명이지.'

그게 현실이었다.

빠른 공을 던지는 투수는 무슨 모습을 보여주든 언젠가 기회를 더 받을 수 있지만, 스펙이 부족한 투수는 그런 기회를 얻기 위해 다시 한번 밑바닥부터 치열한 경쟁을 뚫어야 한다.

'심리적인 부담감도 상당하겠지.'

그게 아니더라도 모든 투수들이 기념비적인 기록을 거둔 이후 부진한 모습을 보이고는 한다.

촛불이 평소보다 더 크게 불꽃을 태웠다는 건 분명 무언가를 소모했다는 의미이며, 무엇보다 그때보다 더 나은 피칭을 보여주기란 사실상 불가능한 일이니까.

11타자 연속 탈삼진 기록이 다시 나올 가능성은 누가 보더라도 없지 않은가?

'궁금하군.'

때문에 황선우는 더더욱 기대했다.

이진용이란 투수가 과연 이번에는 어떤 모습을 보여줄지.

'적어도 평범함과는 다른 모습을 보여주겠지.'

하물며 황선우가 알고 있는 이진용이란 투수는 그 어떤 투수와도 비교를 거부하는 비범한 사내였다.

당연히 이번 상황에서도 이제까지 황선우가 보았던 그 어떤 투수와도 비교되지 않을 모습을 보여줄 터.

그런 황선우의 예상은 적중했다.

"늘어나라 존, 존!"

'응?'

이진용은 정말 다른 모습을 보여줬다.

"늘어나라 존, 존!"

정말 남다른 모습을.

-진용아, 이제 슬슬 주문 외워야지.

김진호의 말에 이진용이 긴 한숨을 내뱉었다. 그 한숨 끝에 이진용은 김진호를 바라보며 말했다.

"김진호 선수, 이거 효과 있는 거죠?"

-효과는 모르겠지만, 분명한 건 톰 글래빈이 경기 동안 그런 주문을 외운 걸 내가 들었어.

"사실이죠?"

-아니, 구라 같으면 톰 글래빈에게 전화 걸어서 물어보든가. 너 톰 글래빈 만나봤어?

"아뇨."

-난 인마 톰 글래빈하고 격식 없이 지내던 사람이야. 아마 메이저리그에서 톰 글래빈 면전에 '새끼 경기 좆나 재미없게 하네. 빨리빨리 좀 합시다, 예?'라고 말한 사람은 나 포함해서 몇 없을걸?

"그게 격식 없이 지내는 겁니까?"

-격식이 있게 지낸 건 아니잖아?

이진용은 대답 대신 다시 한숨을 내뱉었다.

그런 그의 머릿속으로 김진호와 나눈 대화들이 떠올렸다.

김진호, 그는 이진용에게 말했다.

톰 글래빈처럼 던져보라고.

그 말에 이진용은 당연히 대답했다.

드디어 미치셨군요!

그런 이진용에게 김진호는 설명을 해줬다.

이제부터는 넌 모든 구단들의 현미경 위에 올라왔고, 기본적인 스펙이 부족한 너로서는 거기서 살아남기 위해 최대한 다양한 무기를 손에 넣어야 한다고.

무엇보다 이제부터는 제구가 되니까 스트라이크존을 보다 확실하게 다룰 줄 알아야 한다고.

메이저리그의 위대한 투수의 조언이었고, 그 조언에 이진용은 감히 반문 따위를 지껄이지 않았다.

그때부터 김진호는 자신이 아닌 톰 글래빈이란 투수의 피칭 스타일에 대해서 말해줬다.

그리고 동시에 톰 글래빈이 경기 전후로 언제나 하던 자신만의 주문도 알려줬다.

-솔직히 효과가 있는지는 나도 모르지만, 해서 손해 볼 건 없지. 안 그래?

"그렇죠."

-자, 그럼 주문을 외워보자.

"늘어나라 존, 존."

늘어나라 존, 존.

그것이 김진호가 가르쳐준 주문이었고, 이진용은 그 주문을 지금 이 순간 외쳤다.

-목소리가 작네. 더 크게!

"늘어나라 존, 존!"

-어, 손님이다.

황선우 기자가 라커룸에 들어온 건 그 무렵이었다.

"예?"

놀람과 동시에 고개를 돌린 이진용의 눈에 이제는 익숙한 얼굴인 황선우 기자의 어색한 표정을 짓고 있는 얼굴이 보였다.

"아, 황 기자님."

이진용도 그런 황선우를 보며 어색한 웃음을 흘렸다.

감히 그 어떤 상황과도 비유할 수 없는 어색한 분위기였다.

"그건 주문인가?"

그 어색한 분위기를 푼 건 황선우였다.

"예? 아, 예."

"기합이 단단히 들어간 모양이군."

인터뷰를 하러 온 황선우 입장에서는 이진용하고 어색한 분위기는 좋을 게 없었으니까.

"예, 두 번째 선발 등판이니까요. 그보다 인터뷰하시러 오셨죠? 성심성의껏 답변해드리겠습니다!"

이진용은 그 배려를 감사히 받아들이며 잽싸게 화두를 돌렸다.

─인터뷰고 자시고 할 게 뭐 있어? 이미 기삿거리는 다 나왔는데. 이진용, 정신병 의심돼! 이진용 병원으로 긴급 이송, 부상 부위는 뇌! 이진용, 정신병으로 은퇴!

김진호가 그런 이진용에게 시비를 걸었으나, 이진용은 상큼한 미소를 짓는 것으로 그 말을 무시했다.

그리고 곧바로 제대로 된 인터뷰가 시작됐다.

제대로 된 인터뷰답게 아주 특별한 질문은 오고 가지 않았다.

신기록을 세울 때 기분은 어떠했는가?

좋아하는 건 무엇인가?

야구를 할 때 무슨 생각을 했는가?

자신의 장점이 무엇인가?

그런 특별할 것 없는 질문들이 나왔고, 이진용은 대답했다.

그 질문도 그랬다.

"존경하는 선수는 누구지?"

특별할 것 없는 질문이었고, 이진용은 그 질문에 기꺼이 대답했다.

"존경하는 선수는 많죠. 개중에서도 가장 존경하는 건 역시 김진호 선수입니다."

그 말에 황선우는 동감한다는 듯이 고개를 끄덕였다.

"역시 다들 그렇지. 한국 국적의 투수로 뛰는 선수 중 그를 존경하지 않을 투수는 없을 테니까. 참 대단하고 위대한 선수였어."

그리고 김진호도 동감한다는 듯이 황선우 뒤에서 고개를 끄덕였다.

"혹시 김진호 선수에 대해서 잘 아시나요?"

"딱히…… 김진호 선수가 활약했던 당시 나는 선배들 쫓아다니면서 메이저리그를 구경하기 바빴으니까."

그 말에 고개를 끄덕이던 김진호가 황선우를 스윽 내려다봤다. 뭔가 불길한 낌새를 느낀 듯한 표정으로.

그사이 이진용이 질문했다.

"그래도 뭐 소문은 있지 않습니까? 김진호 선수가 술 마시고 사고를 쳤다거나, 여자에게 차였다거나, 길을 가다 똥을 쌌다거나, 바지에 오줌을 지렸다거나……."

"음…… 잘 모르겠군."

황선우의 대답에 이진용이 아쉽다는 듯 혀를 찼고, 김진호가 안도의 한숨을 내뱉었다.

"그럼 롤모델은 누구인가? 피칭 스타일을 본다면 역시 그렉 매덕스가 롤 모델이겠지? 투심도 그렇고."

이번에는 황선우가 기습적으로 질문을 던졌고, 그 질문에 이진용이 고개를 끄덕였다.

"그렇게 될 수 있다면, 정말 더 이상 바랄 게 없겠죠."

"그럼 오늘도 그렉 매덕스처럼 피칭할 셈인가?"

그 말에 이진용이 대답을 잠시 망설였다.

그 모습이 황선우가 눈빛을 빛냈다.

'뭔가 있군.'

드디어 드리운 낚싯대에 물고기가 걸린 느낌.

그 누구도 예상하지 못했던 아주 신선한 것이 걸려 올라올 것 같은 느낌.

그런 황선우 기자에게 이진용에 정말 신선한 것을 줬다.

"오늘은 톰 글래빈처럼 던질 겁니다."

"뭐?"

충격적일 정도로 신선한 것을.

고척 돔구장.

대한민국 유일의 돔구장이자, 레인저스의 홈구장인 그곳은 야구장이라기보다는 콘서트장을 떠올리게 하는 곳이었다.

때문에 고척 돔구장의 마운드가 뿜어대는 존재감은 다른 야구장들보다 더 강렬했다.

그리고 그 마운드의 주인들, 투수들에서 느껴지는 존재감 역시 다른 야구장보다 강렬했다.

펑!

"스트라이크, 아웃!"

레인저스의 선발투수인 한강훈은 그런 무대 위에서 자신의 심볼이자, 전부라고 할 수 있는 152짜리 패스트볼을 선보였다.

"이야, 한강훈이 1회부터 150이 넘네?"

"토종 투수 중에 패스트볼 구속으로는 세 손가락 안에 드는 놈이니까."

"그래, 투수는 저래야지. 시원시원하게 존에 꽂아 넣어야지."

한강훈.

최고 153킬로미터까지 나오는 포심 패스트볼을 던질 수 있는 오른팔을 가진 투수.

동시에 마운드 위에서 거리낄 것이 없고, 가릴 것도 없는 그는 타자의 스트라이크존을 향해 쳐볼 테면 쳐보란 듯이 공을 던지는 배포를 가진 투수.

그런 그가 호탕하기 그지없는 피칭을 통해 엔젤스 타자들로부터 삼자범퇴를 얻어내는 모습은 콘서트장 같은 고척 돔구장의 마운드에 너무나도 잘 어울리는 피칭이었다.

"한강훈 최고다!"

"천사 새끼들 조져 버려!"

그런 한강훈의 피칭에 레인저스의 팬들은 격렬하기 그지없는 환호로 보답했다.

"젠장, 저런 게 제일 빡친다니까. 일단 150짜리 나오면 존에 오는 걸 알아도 칠 수가 없잖아."

"부럽다, 부러워. 누군 그냥 숨만 쉬어도 150짜리 던지고, 누군 아득바득 이를 갈고 트레이닝해도 140짜리 간신히 던지니까."

반면 한강훈의 제물이 된 엔젤스에서는 질시 어린 푸념이 나왔다.

그렇게 1회 초가 끝나고 시작된 1회 말, 오늘 한강훈과 마운드를 공유할 또 한 명의 투수가 마운드에 올랐다.

-이야, 한국에도 이제 돔구장이 있네. 그러고 보니까 그때 기억난다. WBC에서 도쿄 돔구장에서 일본 애들 상대했을 때. 그때 내가 일본 애들 상대로 1피안타 완봉승 거두면서 아가리 싸물게 했었는데. 아마 그때 도쿄 돔구장이 도서관보다 조용했을걸? 아, 그때 안타 안 맞았으면 퍼펙트게임으로 일본 애들 나랑 눈도 못 마주치게 할 수 있었을 텐데.

"저기, 야구 좀 하게 좀 닥쳐주시겠어요?"

-왜 갑자기 그래?

"왜 갑자기? 그게 말도 안 되는 구라친 귀신이 할 말이에요?"

-에이, 그거 가지고 삐졌냐? 속 좁은 새끼.

"젠장, 톰 글래빈이 메이저리그에서도 손꼽히는 포커페이스 투수였고, 마운드 위에서 웃기지도 않는 주문을 외우기는커녕 표정 변화조차 없었던 투수라는 걸 진작 알았어야 했는데……."

-진작 좀 알고 있지 그랬냐? 그거 알았으면 속을 일도 없었을 텐데? 안 그래?

"닥쳐요."

글러브로 입을 가린 채 귀신과 대화를 하며 등장한 투수.

[일일 특급 효과에 의해 슬라이더의 구질 랭크가 B랭크로 상승했습니다.]

베이스볼 매니저의 알림을 들으며 마운드에 올라오는 투수.

이진용이었다.

"왔다!"

그런 이진용의 등장에 3루 쪽 원정관중석을 채운 엔젤스 팬들이 그의 이름을 호명했다.

"이호우다! 우아아!"

"이호우 선수 파이팅!"

"이호우 최고다!"

그와 동시에 1루 쪽 더그아웃을 가득 채운 고척 레인저스 선수들이 눈빛을 날카롭게 빛내기 시작했다.

"저놈이 이호우…… 아니, 이진용이군."

그 날카로운 눈빛에는 두려움 따위는 없었다.

"봤던 것보다 더 작은데?"

"구속이 130이라서 그런 놈이 무슨 프로냐고 생각했는데 체구를 보니까 용케 130을 던지네."

그렇다고 해서 방심이 섞여 있는 것도 아니었다.

"저 구속으로 스트라이크존에 제대로 공을 꽂아 넣는 배포를 생각하면 보통 놈은 아니지."

"볼배합도 장난 아니지. 타자가 예상치 못한 공만을 골라서 던져. 진짜 악마 같은 놈이라니까."

그들은 오히려 이진용을 제대로 보고 있었다.

"절대 쉽지 않을 거야. 스카우팅 리포트 내용대로라면, 이진용이란 놈은 절대 쉽게 무너지지 않을 테니까."

오재우 전력분석팀장, 그가 정리해서 건네준 이진용에 대한 스카우팅 리포트 내용이 그렇게 하라고, 이진용을 상대로 결코 방심하지 말고 낙관하지 말라고 적혀 있었으니까.

"그러니까 모두 침착하게 스카우팅 리포트대로 대응하자고."

동시에 그 스카우팅 리포트에는 이진용을 공략할 수 있는 방법도 적혀 있었다.

그게 레인저스가 이진용을 보고 방심하지 않으며 두려워하지 않는 이유였다.

'첫 타자 상대로 초구가 스트라이크존에 들어올 확률이 82퍼센트.'

그리고 지금 1회 말, 레인저스의 1번 타자로 출전한 좌타자 김영후가, 작년까지만 해도 고등학교 3학년에 불과했던 고졸 신인이, 그러나 고졸 신임임에도 이번 시즌 3할 3푼에 이르는 타율을 기록 중인 그가 이진용을 상대로 충분한 자신감을 가지는 이유였다.

자신감을 가질 수밖에 없었다.

'포심일 확률은 32퍼센트, 스플리터일 확률이 35퍼센트, 투심일 확률이 25퍼센트.'

레인저스 전력분석팀이 마련해 준 이진용에 대한 자료는 타자들 입장에서는 과학 그 자체일 정도로 대단했으니까.

고민 따위를 용납하지 않을 정도였다.

'좋아, 스플리터는 버리자.'

오로지 선택만 하면 될 뿐.

'무리하게 타격하지도 말고, 가볍게 친다는 마음으로. 자신 있게 휘둘러보자.'

당연히 김영후는 기꺼이 그중 하나를 선택했다.

그리고 그 선택에 자신감을 가졌다.

'그럼 릴렉스.'

의심을 가질 이유는 없었고, 자신을 가지지 않을 이유도 없었다.

그런 그를 향해 이진용이 초구를 던졌다.

'응?'

좌타자의 바깥쪽 낮은 코스에 꽂히는 공.

'빠지는 공?'

펑!

"볼!"

김영후의 생각 그대로 스트라이크존을 빠지는 바깥쪽 그리고 낮은 공이었다.

'초구가 빠졌네?'

예상치 못한 그 공에 김영후가 1루 쪽으로 고개를 돌려 레인저스의 더그아웃에 있는 타격코치를 바라봤다.

타격코치가 그런 김영후에게 조금 멈칫거린 후에 사인을 줬다.

오더대로 타격할 것.

'예, 알겠습니다.'

괜한 생각 하지 말고 오더대로 하라는 그 말에 김영후가 고개를 끄덕인 후에 다시 마운드 위의 투수를 바라봤다.

그리고 곧바로 이진용이 2구째를 던졌다.

구질은 포심 패스트볼.

펑!

이번에도 조금 전과 비슷한 코스, 그러나 좀 더 스트라이크존에 가깝게 들어오는 공이었다.

"볼!"

물론 볼이었다.

그 공에 김영후가 마운드 위의 투수를 바라봤다.

'뭐지?'

자그마한 체격, 그렇기에 그 누구와도 헷갈릴 수 없음에도 김영후는 마운드의 투수가 달라진 것 같은 느낌이 들었다.

그 생각은 이진용이 3구째를 던졌을 때 더 강해졌다.

펑!

"볼!"

3볼 노 스트라이크.

타자에게 급격하게 유리해진 볼카운트.

그러나 김영후는 그 사실에 기쁨을 느끼기보다는 오히려 영문을 모르겠다는 시선으로 마운드 위의 투수를 바라봤다.

'뭐지?'

그런 김영후에게 이진용이 4구째를 던졌다.

당연한 말이지만 김영후는 그 공을 노리지 않았다.

3볼 노 스트라이크 상황에서 타격을 하는 건 바보짓일뿐더러, 이진용이 던진 그 공은 앞서 볼을 판정받은 곳과 똑같은 코스로 향하고 있었으니까.

펑!

그렇게 들어온 공이 전광판에 130킬로미터로 찍혔다.

"스트라이크!"

그리고 그 공에 주심이 처음으로 스트라이크 판정을 내렸다.

'또 바깥쪽?'

김영후는 그 사실에 놀라기보다는 영문을 모르겠다는 듯 고개를 절레절레 흔든 후에 다시 타석에 섰다.

그런 김영훈은 당연히 보지 못했다.

5구째를 준비하는 이진용이 글러브로 입을 가린 채 주문을 읊조리는 모습을.

"늘어나라 존, 존."

-이 새끼 봐라? 그렇게 지랄하더니 결국 지가 알아서 하네?

이진용, 그가 새로운 무대에서 새로운 얼굴을 꺼내 들었다.

"톰 글래빈?"

톰 글래빈.

메이저리그 통산 305승을 거두며, 56번의 완투와 25번의 완봉승을 거두는 동안 방어율은 3.54를 기록했던 투수.

그리고 1991년 사이영상을 수상하며, 그렉 매덕스와 존 스몰츠와 함께 그야말로 전설을 만들었던 투수.

종국에는 쿠퍼스 타운, 명예의 전당이라는 위대한 곳에 자신의 이름을 올린 투수.

"자신의 모든 공을 바깥쪽에만 집어넣는 투수죠."

그런 어마어마한 업적을 오로지 하나, 타자의 스트라이크 존 바깥쪽만을 노리는 피칭으로 이룩한 투수.

당연한 말이지만 그 누구도 톰 글래빈이 이룩한 커리어에 대해서는 토를 달지 않는다.

"별로 좋아하는 선수는 아닙니다."

그러나 톰 글래빈이란 투수의 피칭 스타일에 대해서는 적지 않은 이들이 부정적인 시선을 보내고는 했다.

이 역시 당연한 일이었다.

"일단 저랑 성향부터 다르죠."

톰 글래빈의 피칭에는 타자에게서 삼진을 뜯어내기 위한 공격성은 같은 건 없었다.

"그리고 솔직히 그하고 마운드를 같이 쓰면 경기 시간이 30분은 더 늘어납니다."

동시에 타자와 타이밍 승부를 하느라 투구 사이사이의 시간도 길었기에 그의 피칭에서 관중들은 짙은 지루함과 피곤함을 느끼고는 했다.

때문에 몇몇 이들은 톰 글래빈의 피칭을 도망가는 피칭으로 치부하며, 피투성이가 되어 쓰러질지언정 정면승부가 미덕인 메이저리그에 어울리지 않는 도망자라고 조롱하기까지 할 정도였다.

"더 짜증나는 건 그가 정말 도망가는 피칭을 하는 도망자가 아니라는 거죠."

그러나 절대 톰 글래빈은 도망자가 아니었다.

"장담컨대 누가 마운드 위에서 그의 머리에 총을 겨눈 채 타자 몸쪽으로 공을 던지라고 해도 그는 타자의 스트라이크존 바깥쪽에 무슨 공이든 한 치의 오차도 없이 찔러 넣을 겁니다. 그래서 더 짜증 나는 거죠. 톰 글래빈과 마운드를 같이 쓰면 시간도 시간대로 끌리면서도 그날 승리를 장담할 수 없으니까."

김진호, 톰 글래빈이란 전설과 비교해 부족함이 없는 그가 보기에는 분명 그랬다.

즉, 김진호는 알고 있었다.

톰 글래빈의 피칭을 따라 하기 위해 필요한 것이 그저 타자의 바깥쪽만을 공략할 수 있는 제구가 아님을.

"볼!"

"풀카운트네."

"여기서는 하나 집어넣겠지? 빠지면 볼넷인데?"

당연히 김진호는 이진용에게 가르쳐준 것도 그런 것들이었다.

-진용아, 볼 나오면 볼넷인데, 괜히 무리하지 말고 그냥 하던 대로 던지는 게 어때?

톰 글래빈, 그가 가진 가장 무서운 건 그저 바깥쪽을 노릴 수 있는 제구력이 아니라 물방울이 바위를 뚫는 것과 같은 집 요함을 고수할 수 있는 정신력과 그것을 실행할 수 있는 강심장이라는 것을.

그렇기에 이진용은 그런 김진호의 가르침을 그대로 실현했다.

풀카운트 상황.

김진호 말대로, 경기를 보는 모든 이들 말대로 볼 판정을 받으면 타자를 볼넷으로 출루시키는 상황.

당연히 스트라이크존 바깥쪽 아슬아슬한 코스를 노리기보다는 타자의 헛스윙을 유도하는 스플리터나, 땅볼을 유도하는 체인지업 또는 투심 패스트볼을 스트라이크존 안에 찔러 넣는 게 안전한 상황.

"늘어나라 존, 존."

-짜식.

그러나 그런 상황에서 이진용은 김진호가 가르친 그대로.

그리고 김진호가 말해준 톰 글래빈이 그랬던 것처럼 왼쪽 타석에 선 레인저스의 5번 타자 이제욱의 스트라이크존 바깥쪽 낮은 코스를 향해 공을 던졌다.

펑!

"……스트라이크!"

그리고 그 공에 주심은 짧게 머뭇거린 후에 곧바로 스트라이크 콜을 소리쳤다.

"아아아웃!"

마지막으로 아웃 콜을 외치는 순간, 타석에 있던 이제욱이 주심을 바라보며 말했다.

"예? 이게 왜 스트입……."

그것은 과거 톰 글래빈을 상대하던 타자들이 무수히 많이 보이던 모습이었다.

달리 말하면 이진용, 그가 톰 글래빈이 보여주는 모습을 그대로 보여주고 있다는 의미.

물론 이진용은 톰 글래빈조차 가지지 못한 것을, 보여주지 못한 것을 가지고 있었다.

"호우!"

"……니, 저 개새끼가! 아, 아니, 주심한테 욕한 게 아닙니다. 그, 그게 그러니까 저 투수 새끼한테…… 죄송합니다."

이진용, 그가 그렇게 새로운 마법을 부리기 시작했다.

분석하고 예상한 후 대비하는 것.

그것은 인류가 역사 속에서 오랜 세월 당연하게 해오는 것이었다.

당연한 말이지만 야구도 그랬다.

야구가 태어나는 순간부터 타자는 그리고 투수는 서로를 분석하고, 분석함으로써 그가 자신을 상대로 어떻게 나올지 예상하고, 예상함으로써 대비를 했었다.

이진용을 홈구장에서 맞이한 레인저스 역시 그렇게 했다.

"이진용의 구속이 느리지만, 탈삼진 능력이 타의 추종을 불허하는 건, 유리한 볼카운트를 만든 후 아주 뛰어난 투심 패스트볼이나 스플리터 그리고 체인지업을 결정구로 삼기 때문이지."

그들은 이진용을 분석했다.

"당연히 우리를 상대로도 그 피칭 스타일 그대로 나올 거다. 코너워크 공략을 통해 2스트라이크를 잡은 후에 결정구로 삼진 혹은 땅볼을 유도하는 식. 동시에 이진용은 볼넷을 주지 않는다. 그건 달리 말하면 공격적인 투수라는 의미. 좌우 코너워크 제구를 하더라도 절묘하게 스트라이크존을 노릴 거다."

분석을 통해 그가 어떤 피칭을 할지도 예상했다.

"볼넷을 주는 경우가 적은 만큼, 공을 보고 볼넷으로 걸어나갈 생각은 포기하는 게 좋아. 오히려 스트라이크존에 적극적으로 공을 넣는다는 걸 노려서 공격적으로 맞불을 놓아야 한

다. 좀 더 들어가면 카운트가 만들어지기 전에 승부를 보는 것
도 좋지. 초구나 2구째 구질을 예상하고 적극적으로 노리는
거다."

마지막으로 대비했다.

여러모로 완벽한 대비였다.

분석부터 예상까지, 어느 것 하나 흠잡을 것 없는 대비.

물론 변수는 있었다.

이진용이 자신의 피칭 스타일을 바꿀 경우.

하지만 그건 있을 수 없는 일이었다.

투수의 피칭 스타일이란 건 바꾸고 싶다고 바꿀 수 있는 게
아닐뿐더러, 결정적으로 이진용은 그런 피칭 스타일로 11타자
연속 탈삼진이라는 한국프로야구 신기록을 세웠다.

자신을 패전처리투수에서 단숨에 한국프로야구 신기록 보
유자로 만든 피칭 스타일을 바꾼다?

있을 수 없는 일.

분명 있을 수 없는 일인데…….

"스트라이크, 아웃!"

"예? 이게 왜 스트입니…… 저 개새끼가! 아, 아니, 주심한테
욕한 게 아닙니다."

지금 고척 돔구장에서 그런 일이 일어나고 있었다.

"1회부터 3회까지, 모든 공이 타자 바깥쪽만을 노리고 있습
니다. 몸쪽 공은커녕 스트라이크존 가운데 들어오는 공조차
없습니다."

이진용, 그는 경기가 시작한 후 모든 공을 좌타자, 우타자 가리 것 없이 스트라이크존 바깥쪽에 집어넣었다.

"때문에 볼넷도 3회까지 5개로 많고……"

물론 이진용이 그런 피칭을 한다고 해서 상황이 아주 그에게 유리한 건 아니었다.

오히려 반대, 이진용의 이러한 피칭 스타일은 오히려 볼넷을 남발하는 피칭이 됐다.

1회에 볼넷 2개, 2회에 볼넷 2개 그리고 3회에 볼넷 1개.

3회까지 무려 볼넷으로 다섯 명을 출루시켰다.

출전한 경기가 많진 않지만, 1군 콜업 이후 단 한 번도 볼넷을 준 적 없는 이진용답지 않은 피칭이었다.

투구수도 많았다.

"투구수도 3회를 끝으로 61구, 많습니다."

3회까지 61구.

1이닝에 20구 정도를 소모하는 셈이다.

보통 선발투수의 투구수를 100구 정도로 잡는 걸 염두에 둔다면 이진용을 이대로 두면 그는 5이닝에 기름이 떨어진 자동차가 되어버릴 것이다.

사실 그런 관점에서 본다면 지금 이진용의 피칭은 분석하고, 예상하고, 대비해 온 것과 전혀 다른 피칭이지만 굳이 문제될 건 없었다.

이대로 가면 이진용은 자멸할 수도 있으니까.

그럼에도 불구하고 이 사실을 보고하는 레인저스의 수석코치의 표정은 굳어 있었다.

"문제는…… 우리가 뭔가 할 게 없다는 겁니다."

그 이유는 수석코치가 말한 그대로였다.

지금 이 순간 레인저스가 이진용을 상대로 할 수 있는 게 아무것도 없다는 것.

"아시다시피 바깥쪽 공은 무리하게 노려서 좋은 결과를 보기 힘듭니다."

기본적으로 스트라이크존 바깥쪽 공은 타자 입장에서는 치기가 쉽지 않다.

"더욱이 이진용은 지금 바깥쪽 낮은 코스를 더 집중적으로 노리고 있습니다."

특히 스트라이크존 바깥쪽 낮은 코스의 공은 리그 수준급 타자들에게도 쉽지 않은 코스다.

타자의 타격 메커니즘 때문이다.

먼 곳에 있는 공을 건드리기 위해서는 배트를 더 뻗어야 하는데, 이렇게 되면 제대로 힘이 실린 스윙을 하기도 힘들뿐더러, 질 좋은 타구가 나오는 히팅 포인트에 맞추기도 어렵다.

물론 바깥쪽 코스만 노리는 건 투수 입장에서도 어려운 일이다.

막말로 바깥쪽 코스만을 노리는 게 그토록 효과적인 일이었다면 모든 투수가 그리했겠지만, 현실은 기나긴 역사를 자랑하는 메이저리그에서도 바깥쪽만 노려서 역사에 남을 결과를 만든 투수는 한 명, 톰 글래빈밖에 없다.

그만큼 바깥쪽만 노린다는 건 어렵다.

일단 기본적으로 제구가 되어야 한다.

제구를 할 줄 모르는데 바깥쪽만 노리는 건 노리는 게 아니라 그냥 도망치는 거다.

스트라이크존을 파악할 줄 아는 능력도 가져야 한다.

그리고 타자의 심리도 읽어야 한다. 바깥쪽 승부만 하면 자연스레 타자도 바깥쪽 공에만 집중하게 되고, 그런 타자를 상대로 유리한 결과를 얻으려면 타자의 허를 찔러야 하니까.

결정적으로 심장이 튼튼해야 한다.

"변하지 않은 건 배짱이 보통이 아니라는 것뿐입니다."

예를 들어 두 명의 타자를 이미 볼넷으로 내보낸 상황에서 풀카운트 상황에 직면했을 때, 투수들은 과연 바깥쪽 공을 던질 수 있을까?

볼이 되면 볼넷으로 타자가 출루하고, 볼넷만으로 만루가 되는 상황인데?

그런 상황에서는 오히려 포수나 투수코치가 마운드에 올라온 후에 맞아도 좋으니 스트라이크존에 넣으라고 말한다.

그런데 지금 이진용은 자신의 피칭을 고집하고 있었다.

"그리고 엔젤스는 이런 이진용의 피칭 스타일을 굳이 바꿀 생각이 없는 듯합니다."

엔젤스 역시 그런 이진용을 터치하지 않고 있었다.

"어떻게 할까요?"

그렇게 수석코치의 보고가 끝났을 때, 보고를 받은 레인저스의 고경수 감독은 고민을 시작했다.

'이진용이 이대로 공을 던지면 길어야 7회다.'

고경수.

그는 감이나, 촉에 의존하기보다는 계산적이고, 합리적인 사고와 선택을 추구하는 감독이었다.

당연히 지금도 그는 합리적으로 생각했다.

'그리고 엔젤스는 어제 레이번스와의 경기에서 불펜을 다수 소모했다.'

이진용이 지금처럼 던진다면 그가 소화할 수 있는 이닝은 7이닝이 한계이며, 어제 레이번스와 11회 말까지 가는 경기를 치르며 불펜을 소모한 엔젤스에 불펜 싸움으로 가서 밀릴 건 없다고.

'무엇보다 강훈이의 공이 좋다.'

마지막으로 오늘 레인저스의 선발로 올라온 한강훈의 공이 여느 때보다 좋았다.

'강훈이라면 오늘 완투는 물론 완봉도 가능하다.'

생각은 그 정도면 충분했다.

"괜히 타자들에게 바깥쪽 공을 치기 위한 무리한 타격보다는 애매한 공은 그냥 거르고 볼넷으로 골라내는 식으로, 이진용이 자멸하게 놔두지."

"예."

고경수 감독이 오더를 내렸고, 수석코치가 고개를 끄덕인 후 곧바로 투수코치와 타격코치를 불렀다.

그 광경을 끝으로 고경수 감독이 다시금 그라운드를 바라봤다.

　어느새 바뀌어버린 그라운드의 풍경을, 4회 초의 풍경을 바라봤다.

　바라보며 느꼈다.

　'느낌이 안 좋군. 안 좋을 이유가 없는데……'

　알 수 없는 싸늘함이 자신의 등골을 뱀처럼 지나가는 것을.

　[109포인트를 획득하셨습니다.]

　[3이닝 무실점 피칭 중입니다.]

　[현재 누적 포인트는 10,901포인트입니다.]

　"호우!"

　3회 말, 5번 타자 이제욱을 상대로 마지막 아웃카운트를 잡은 후에 마운드를 내려가는 이진용의 모습에 김진호가 말했다.

　-진용아, 잘했다.

　그 칭찬에 이진용이 고개를 갸웃했다. 갸웃하는 이진용의 얼굴은 썩 좋지 못했다.

　'이 양반이 또 뭔 소리를 하려고?'

　김진호, 그는 칭찬에 인색했다.

　좀 더 들어가면 그가 뭔가 좋은 말을 하는 경우는 대개 정말 좋은 말을 해주기보다는 안 좋은 말을 하기 전에 밑밥으로 던지는 경우였다.

때문에 이진용은 기울어진 고개를 똑바로 하며, 글러브로 입을 가리며 말했다.

"진심에서 우러나오는 칭찬일 리는 없고, 또 무슨 짓을 한 겁니까? 사과할 거 있으면 솔직하게 사과하세요."

-응, 솔직하게 말해서 이렇게 잘 될 줄 몰랐다!

이진용의 말에 김진호가 맑은 미소를 지으며 말했다.

"예?"

-내가 하라고 시키긴 했지만, 사실 난 네가 3회쯤에 볼넷 남발하다가 자멸하고 교체될 거라고 예상했거든.

자멸!

그 섬뜩한 단어의 등장에 이진용이 으르렁거리듯 작게 말했다.

"⋯⋯그런 건 보통 경기 시작 전에 말해줘야 하는 거 아닙니까?"

-말해주면 이렇게 안 했을 거 아니야?

"당연히 안 했죠!"

말과 함께 이진용이 좀 더 굳은 표정으로 말했다.

"그래서 이대로 가면 어떻게 됩니까?"

-그야 이 페이스대로 던지면 6회쯤에 투구수가 100구 근처가 될 테고⋯⋯ 그나마 철인 스킬이 있으니까 6회까지 버틸만 한 거고 그게 아니었으면 이미 3회 끝났을 때 체력 오링 났겠지.

그 말에 이진용이 이를 꽉 물었다.

사실 이진용은 그걸 알고 있었다.

아니, 모를 리가 없었다.

자신이 이제까지와는 전혀 다르게 굉장히 비효율적인 피칭을 하고 있다는 사실을.

투구수가 그 증거였고, 볼넷이 그 증거였다.

김진호 말대로 철인 스킬이 아니었다면, 어쩌면 이진용은 5회를 버티지도 못했을 것이다.

그럼에도 불구하고 이진용이 기꺼이 이런 피칭을 한 건, 김진호가 그러라고 했기 때문이었다.

김진호에 대한 이진용의 믿음은 그랬다.

아무리 티격태격 싸워도, 야구에 있어서만큼 이진용이 신보다 더 믿을 수 있는 존재.

김진호 역시 마찬가지였다.

그가 만약 이진용의 패배를 바란다면 그것은 이진용이 그 패배에서 배울 것이 있기 때문일 것이다.

그저 무의미한 패배는 이진용 본인이 용납해도, 김진호가 용납하지 않을 테니까.

-뭐, 그런데 네가 내 상상 이상으로 잘해서 말이야. 덕분에 재미난 일이 일어났지.

"재미난 게 뭔데요?"

이번에도 마찬가지였다.

김진호, 그가 이진용에게 스트라이크존의 바깥쪽만을 노리는 아웃라이너 피칭을 요구한 건 그것으로부터 배울 게 있었기 때문이다.

-조금 전 스트라이크존에 대한 느낌이 어땠지?

"예?"

-스트라이크존이 늘어난 느낌이 들어?

그 말에 이진용은 3회 말 주심의 스트라이크 판정을 떠올렸다.

그러자 굳어 있던 이진용의 표정, 그 표정 사이에 박힌 그의 눈동자 두 개가 커지기 시작했다.

-공 반 개 분량 정도보다 좀 더, 한 개 분량은 안 되는 만큼이 늘어났지?

"……정확하시네요."

-존 잡는 능력은 내가 귀신같거든. 아, 지금은 귀신이긴 하지만.

김진호의 말 그대로였다.

3회 말, 주심이 잡아주는 스트라이크존의 바깥쪽 판정은 1회 때보다 공 반 개 분량 정도 더 커져 있었다.

-소름 돋지?

이진용은 그 사실에 정말 소름이 돋았다.

스트라이크존이 실시간으로 늘어나는 일은 장담컨대 그의 일생에서 느낀 적이 없었으니까.

-왜 그런지 알아?

당연히 그 이유를 알 리가 없는 이진용이 고개를 저었다.

-볼넷이 많이 나와서 그래.

"그게 무슨……."

"진용아 수고했다."

그때 더그아웃으로 들어온 이진용에게 투수코치가 다가왔다.

"그런데 투구수가 너무 많다. 네 피칭에 딱히 뭐라고 하진 않겠지만 좀 더 투구수를 줄일 수 있는 피칭을 해라."

투수코치가 간략한 조언을 해줬다.

이진용은 입을 꾹 다문 채 고개만 끄덕인 후 어깨가 식지 않도록 점퍼를 입은 채 벤치에 앉았다.

그런 이진용에게 조금 전 투수코치가 한 말은 머릿속에 들어오지 않았다.

지금 이진용의 모든 관심은 김진호가 하던 말에 집중되어 있었기에.

그렇기에 자리에 앉은 이진용은 먹이를 물고 온 어미새를 보는 아기새처럼 김진호를 올려다봤다.

-3볼 상황에서 주심은 스트라이크 판정이 후해져. 그게 부담감이 적거든.

김진호가 그런 그에게 먹이를 주었다.

-예를 들어 3볼 노 스트라이크 상황을 보자고. 여기서 애매한 공이 왔을 때 주심이 볼을 선언하면 볼넷으로 타자는 출루하고, 투수는 길길이 날뛰면서 '주심, 이 개새끼야 눈알 박혔으면 똑바로 봐!' 하고 화를 내겠지. 하지만 스트라이크를 판정하면 3볼 1스트라이크가 되고, 타자는 그냥 눈살만 찌푸리고 넘

어갈 거야.

그 설명에 이진용이 잽싸게 고개를 끄덕였다.

-그런 스트라이크 콜이 쌓이다 보면 어느 순간 바깥쪽 공에 대해서 스트라이크가 후해지지. 1회부터 피칭할 때, 풀카운트 상황에서 주심의 스트라이크 콜을 떠올려 봐. 내 말이 맞았는지 틀렸는지.

다시금 이진용이 고개를 끄덕였다.

-이게 톰 글래빈이 부리던 마법의 비결 중 하나야. 어때? 대단하지?

이 말에도 이진용이 열심히 고개를 끄덕였다.

-자, 그럼 스트라이크존이 늘어났으니 이제 어떻게 하면 될까? 내가 이런 것까지 일일이 말해줄 필요는 없지?

그리고 이 말에 이진용이 미소를 지으며 고개를 다시 끄덕였다.

그리고 그 모습을 본 엔젤스 벤치의 선수, 코치들은 생각했다.

'저 새끼 미친 건가? 왜 허공에 대고 고개를 끄덕이지?'

'진짜 여러모로 또라이 새끼라니까.'

더그아웃에 또라이 한 명이 있다고.

그리고 그 또라이가 4회 말, 다시금 마운드에 올랐다.

말도 안 되는 마법을 부리기 위해.

퍼엉!

한강훈, 그가 던진 공이 포수 미트에 꽂히는 수준을 넘어 미트를 터뜨리는 듯한 소리가 고척 돔구장 안을 메아리처럼 울렸다.

"스트라이크, 아웃!"

그 메아리에 응답하듯, 주심이 곧바로 야구장의 모두가 볼 수 있을 정도로 큼지막한 아웃 제스처를 취했다.

그러나 오늘 고척 돔구장을 찾아온 이들의 시선은 그런 주심을 향하지 않았다.

"우와!"

"154 떴다!"

관중들의 시선이 향한 곳은 전광판, 그 위에 뜬 숫자였다.

"한강훈 최고구속 153 아니었어?"

154킬로미터.

한국프로야구 무대에서는 보기 힘든, 더 나아가 토종 투수들에게서 보기 힘든 구속.

"한강훈이 대단하네."

고척 돔구장의 분위기를 있는 힘껏 끌어올리기에 부족함이라고는 조금도 없는 구속이었다.

"대단한 놈이야."

"싹수부터 남달랐지. 중학생 때 140짜리 패스트볼을 던지던 녀석이었잖아?"

당연히 경기를 보고 있던 모든 이들은 자신의 최고구속을 갱신하고 마운드를 내려가는 한강훈에 대한 이야기로 꽃을 피웠다.

그렇게 피어난 이야기들은 좋은 이야기들뿐이었다.

"비시즌 동안 제대로 몸을 만들었네."

"레인저스 트레이닝 방법이 적중한 거지. 자기 최고구속을 더 올렸으니까."

"구속도 구속인데 구위가 남달라. 공의 힘이 작년 시즌과는 비교할 수가 없어."

"레인저스가 또 한 번 걸출한 신인을 키우는군. 앞으로 이대로만 가면 한강훈이는 국가대표급 투수가 될 수 있을 거야."

"구속 나오지, 구위 좋지, 그리고 스트라이크존에 집어넣는 배짱과 공격성 두둑하지."

"그보다 지금 한강훈 볼넷 하나 없으니까 퍼펙트게임 페이스지? 이러다 정말 기록 나오는 거 아니야?"

극찬의 연속!

그게 바로 한강훈이란 투수에 대한 한국야구계의 관심이자, 사랑이었다.

그에게는 재능이 있었으니까.

프로에 입단하기 전부터 150킬로미터가 넘는 패스트볼을 던지는 재능!

그런 재능이 만개하는 상황에서 극찬을 보내지 않을 이가 있을까?

더욱이 그의 피칭은 누가 보더라도 시원했다.

칠 테면 쳐봐라!

그 기세로 스트라이크존에 공을 던지며 타자를 잡아내는 모습은 그야말로 투수의 로망, 그 자체였기에.

"이진용 올라오네."

반면 4회 말이 되며 마운드에 올라오는 이진용에 대한 좌중의 눈빛은 전혀 달랐다.

"평소에도 이상한 놈이지만 오늘 진짜 이상하게 던진단 말이야."

"저번 그 기록이 뽀록이었던 거고 지금 모습이 진짜 모습이겠지."

최고구속은 130킬로미터.

그 느리디느린 공을 한없이, 하염없이 타자의 스트라이크존 바깥쪽으로만 던지는 이진용에 대해 호감 어린 시선과 청찬 가득한 말을 뱉는 이는 단 한 명도 없었다.

"어떤 게 진짜 모습이든 간에 오늘 경기가 재미없는 게 진실이지."

더 나아가 오늘 지루하기 그지없는 경기를 펼치는 그가 찬사를 받을 자격은 어디에도 없었다.

이곳은 프로야구 무대.

단순히 좋은 성적을 거두는 수준을 넘어 팬들에게 돈과 시간을 투자해도 볼 만한 가치가 있는 플레이를 보여주는 무대였으니까.

'분위기는 나쁘지 않아.'

하지만 레인저스의 6번 타자 한지석은 지금 이 분위기가 마음에 들었다.

'어차피 보기만 하면 되니까.'

사실 그는 오늘을 포함해 최근 타격감이 별로 좋지 않았다.

최근 6경기 동안 그는 고작 2개의 안타만을 기록한 것이 그 증거였다.

그런 상황에서 이진용을 상대해야 한다는 걸 알았을 때, 그의 기분은 참담했다.

그러나 막상 오늘 경기 뚜껑을 열어보니 상황은 꽤 괜찮았다.

'아까도 볼넷으로 나갔고.'

일단 첫 타석에서 이진용을 상대로 볼넷을 얻어냈다. 최근 안 좋던 성적에 단비와 같은 볼넷이었다.

또한 벤치에서는 모든 타자들에게 적극적인 승부가 아니라, 이진용의 공을 최대한 보라는 오더를 내려줬다.

타격감이 안 좋은 타자 입장에서는 가장 바라는 오더였다.

굳이 무리한 타격을 할 필요도 없고, 혹여 삼진을 당하더라도 팀 오더에 의한 것이기에 감점 요인은 거의 없으니까.

'존을 좁게 보고 안에 들어오는 것만 노리자고.'

때문에 한지석에게 이 모든 건 그동안 고생한 자신을 향해 신이 배려를 해주는 것처럼 느껴질 정도였다.

'빠지는 건 그냥 놔두고.'

한지석은 그 배려를 기꺼이 음미할 생각이었다.

"플레이볼!"

그렇기에 주심의 플레이볼 선언이 있었을 때, 타석에 선 한지석은 이진용이 던진 초구를 그냥 지켜만 봤다.

'바깥쪽.'

그건 스트라이크존 바깥쪽을 노리고 들어오는 공이었으니까.

'볼이다!'

더 나아가 한지석은 그게 볼이라고 확신했다.

펑!

확신했기에 주심의 입에서 곧바로 나지막한 목소리의 볼이란 소리가 나오리라 생각했다.

"스트라이크!"

'응?'

그러나 주심의 입에서 나온 말은 그의 생각과 달랐다.

한지석이 놀란 눈으로 주심을 바라봤다.

거기까지였다.

'뭐야?'

한지석은 주심을 향해 무어라 자신의 의지를 표현하지 않았다.

주심의 초구를 가지고 무어라 하는 것만큼 주심의 심기를 건드리는 일은 없기에.

'쳇.'

주심의 심기를 건드려서 괜한 눈총을 받고 싶은 생각은 추호도 없었기에.

'어디 보자.'

그렇게 용케 인내심을 발휘한 한지석이 다시 타석에 선 채 마운드 위의 투수를 집중했다.

그 투수가 2구째를 던졌다.

이번 공도 스트라이크존 바깥쪽 낮은 코스를 노리는 공이었다.

'바깥쪽, 볼 같은데?'

그리고 한지석이 보기에는 자신의 스트라이크존에서 분명하게 빠지는 공이었다.

펑!

"스트라이크!"

그렇기에 한지석은 그 공에 스트라이크 콜을 외치는 주심을 보고 참을 수 없었다.

"씨팔, 이게 무슨 스트……!"

저도 모르게 튀쳐나온 말을 간신히 머금은 한지석이 슬그머니 주심을 바라봤다.

주심의 날카로운 눈빛이 보였다.

그사이 포수 이호천이 말했다.

"존에 걸쳐서 들어왔고, 아까부터 잡아줬는데 무슨 문제야?"

이호천의 말에 한지석이 이를 꽉 물었다.

반면 이호천은 미소를 지으며 마운드 위의 이진용을 바라보며 말했다.

'말도 안 되는 새끼.'

그런 해프닝을 알 리 없는 이진용은 곧바로 3구째를 던졌다.

이번에도 바깥쪽 빠지는 공.

'빠지는 공이야!'

한지석이 보기엔 자신의 스트라이크존에서 벗어나는 공이었다.

'볼이야!'

볼 판정을 받아야 하는 공이었다.

후웅!

하지만 앞서서 이미 두 번이나 이 코스의 공에 스트라이크를 당한 한지석은 저도 모르게 배트를 휘둘렀다.

먼 공을 치기 위해 불안정한 폼으로.

그렇게 그가 배트를 휘두르는 순간 그 공이 마치 마법을 부리듯 감속하기 시작했다.

'체인지……'

후웅!

'……업.'

그 공의 정체를 알았을 때 이미 한지석의 배트는 허공을 가른 뒤였다.

"스윙, 스트라이크. 아아아아아아웃!"

그리고 이미 이진용의 마법이 발동한 뒤였다.

메이저리그를 즐겨보는 야구팬 중에 톰 글래빈에 대해서 모르는 이는 거의 없다.

그가 타자의 스트라이크존 바깥쪽만을 물고 늘어지는 독특한 투수라는 것을 모르는 이도 없다.

그럼 과연 톰 글래빈은 비효율적인 피칭을 하는 투수였을까?

-톰 글래빈은 절대 비효율적인 피칭을 하는 투수가 아니었어. 이유? 비효율적인 피칭을 하는 인간이 메이저리그에서 20시즌 넘게 뛰면서 4,400이닝을 소화하고, 200이닝을 넘게 소화한 시즌이 14시즌이나 될 리가 없으니까.

절대 아니다.

-하물며 그가 활약한 시기는 아주 빌어먹을 약쟁이 새끼들이 넘치던 시기였지.

메이저리그란 무대는 비효율적인 무언가가 있는 투수에게 기록을 허락하는 무대가 아니니까.

-그런데 분명 톰 글래빈은 이닝 초반에 되게 비효율적인 피칭을 하거든? 볼넷도 많고, 투구수도 많아. 그럼 과연 어떻게 된 걸까?

하지만 톰 글래빈의 기록을 보면 그가 1회를 비롯해 경기 초반에 볼넷이 많고, 방어율이 높은 것도 분명한 사실.

그럼 진실은 무엇일까?

의외로 간단하다.

-사실 어려울 것도 없는 문제지. 톰 글래빈이 말도 안 될 정도로 효율적인 피칭을 하는 구간이 있다는 거니까.

김진호의 말대로 톰 글래빈에게 그야말로 마법과도 같은 효율적인 피칭을 하는 구간이 있었다.

-스트라이크존이 넓어진 이후 그리고 주심이 빠른 게임 진행을 위해 투수에게 유리한 볼 판정을 내릴 무렵, 바로 4회부터 6회의 톰 글래빈은 볼드모트도 오줌 지릴 만한 마법사야.

그리고 지금 이진용에게 그 마법의 시간이 왔다.

4회 말.

마운드에 올라온 이진용은 앞선 3이닝 동안 보여준 그대로 공을 던졌다.

타자의 스트라이크존 바깥쪽만을 아주 집요하다 못해 치졸할 정도로 노렸다.

그러나 그에 대한 결과물은 앞선 3이닝과 전혀 달랐다.

"스트라이크 아웃!"

"스트라이크 아웃!"

"스트라이크 아아아아아웃!"

세 타자 연속 삼진!

"뭐야? 세 타자 연속 삼진이라고?"

심지어 삼진을 당한 세 명 중 두 명은 루킹 삼진이었다.

'이게 스트라이크? 볼이 아니라?'

'어떻게 이게 스트라이크야?'

레인저스의 타자들은 그 공을 치기는커녕 칠 생각조차 하지 않은 채 멍하니 그 공을 지켜만 봤다.

당연한 말이지만 경기를 보던 관중들도, 관계자들도 그 광경을 멍하니 바라봤다.

"어…… 아!"

실시간으로 기사를 작성해서 올리던 기자들조차 잠시 동안 노트북 키보드에서 손과 넋을 놓을 정도.

"아!"

사진기자들도 뒤늦게 마운드를 내려오는 이진용의 모습만을 향해 카메라 셔터를 누르기 시작할 정도.

놀라운 일.

평소의 이진용이라면 이 사실에 우렁찬 환호성을 내지르고도 남았을 상황이었다.

그러나 마운드를 내려오는 이진용은 그 여느 때보다 침착했다.

알고 있었으니까.

아직 놀라기에는 부족하며, 지금 이건 진짜 마법이 시작된 것조차 아니라는 것을.

때문에 이진용은 그저 침착하게 읊조릴 뿐이었다.

"늘어났다 존, 존."

더 대단한 마법을 부리기 위한 주문을.

그런 그를 김진호가 말없이 바라봤다.

5회 초.

앞서서 154킬로미터, 자신의 최고구속을 갱신한 한강훈은

5회에도 기꺼이 그 모습을 보여줬다.

퍼엉!

통쾌하다 못해 오싹할 정도로 빠른 패스트볼을 타자의 스트라이크존에 뿌렸다.

그렇게 뿌려진 패스트볼 중 150 아래로 떨어지는 게 하나도 없을 정도.

"떴다!"

"마이 볼! 마이 볼!"

심지어 5회 마지막 아웃카운트를 중견수 플라이로 잡아내며 5이닝 퍼펙트게임 페이스를 이어가며 오늘 고척 돔구장을 역사적인 무대로 만들지도 모른다는 기대감을 품게 만들었다.

"수고했다, 강훈아!"

"이야, 우리 강훈이 오늘 미쳤네?"

"그래, 이제 강훈이도 미칠 때가 됐지. 이대로 그냥 메이저리그까지 가는 거다!"

레인저스 선수들과 코칭스태프도 그런 한강훈의 피칭에 기꺼이 찬사와 응원을 보냈다.

그러나 이 순간 한강훈은 어렴풋이 느끼고 있었다.

'뭔가 분위기가 달라진 것 같다.'

이제까지 자신을 위한 콘서트장이었던 고척 돔구장이, 자신만을 위한 마운드가 더 이상 자신만의 것이 아니게 된 듯한 느낌을.

'뭐지?'

물론 한강훈은 그것이 절대 이진용 때문이라는 생각은 하지 못했다.

그렇게 생각하고 싶지도 않았고, 그게 사실이라고 해도 인정하고 싶지 않았다.

'기분 탓인가?'

최고구속이 고작 130대에 불과한, 자신의 변화구보다 느린 패스트볼을 타자의 스트라이크존 바깥쪽에 던지는 그 조잡한 도망자와 비교되는 것을 용납할 수 없었으니까.

그리고 코칭스태프 역시 마찬가지였다.

'강훈이 페이스가 좋다. 괜한 말로 심기를 건드릴 필요는 없어.'

'이미 기록이 신경 쓰이기 시작할 텐데, 신경 쓸 걸 더 만들어줄 필요는 없지.'

절정에 다다른 한강훈의 피칭에 괜한 잡음 따위를 넣고 싶지 않았다.

하지만 잡음이란 건 본래 원치 않아도 끼어들기에 잡음이라고 하는 법.

"호우!"

"에이, 진짜."

5회 말, 마운드 위의 잡음이 레인저스의 더그아웃을 아주 시끄럽게, 소란스럽게 만들었다.

"호우!"

"씨발, 우리도 벤클 한 번 일으킬까? 저 새끼 주둥이 박살 낼까?"

그것도 한 번이 아니라 두 번.

"호우!"

"미치겠네, 주심은 왜 저딴 공을 잡아주고 지랄이야!"

그리고 세 번!

그 거듭된 잡음에 레인저스 더그아웃 분위기는 더 이상 예전 그대로를 유지할 수 없었다.

레인저스의 코칭스태프 역시 더 이상 이대로 내린 오더를 고수할 수 없었다.

"5회까지 이진용 투구수가 몇 개지?"

"3회까지 61구였고, 5회까지…… 79구였습니다."

"6회부터는 바깥쪽 빠지는 공도 노릴 수 있으면 노리라고 전달하도록."

"예?"

"이진용이 자멸할 것 같지 않으니까."

이진용이 자멸하도록 놔두고자 했던 고경수 감독은 자신의 실수를 인정했다.

"그럼 어떻게든 우리가 나서서 잡아야지."

이진용, 11타자 연속 탈삼진을 잡아낸 투수가 자멸하기를 바라는 게 멍청한 짓이었음을 인정했다.

인정했기에 그에 대응하고자 움직였다.

-왔군.

"예?"

-그런 게 있어.

조용하던 사냥감이 드디어 움직이는 순간이었다.

프로의 무대에서 투수가 살아남기 위해 가장 먼저 습득해야 하는 건 타자의 낌새를 읽는 능력이다.

뭐든 좋다.

타석에 들어서기 전 보여주는 모습에서든, 타석에 선 후 보여주는 모습에서든, 배트를 쥔 위치든, 눈빛이든.

타자가 품은 낌새를 파악하는 투수만이 승리하고, 그럼으로써 살아남을 수 있다.

김진호가 이진용에게 가장 우선적으로 그리고 가장 집중적으로 키워주고자 했던 능력도 바로 그런 능력이었다.

그리고 지금 이진용의 그 능력이 말해줬다.

"레인저스 벤치 오더가 달라졌군요."

6회 말 타석에 선 레인저스 타자들이 이제는 이진용의 공을 치고자 한다는 것을.

그것도 아주 적극적으로 친다는 것을.

-아, 눈치 깠네. 모를 줄 알았는데.

물론 김진호도 진작 그 사실을 눈치채고 있었다.

-뭐, 저렇게 아주 대놓고 치고 싶다는 의지를 풍기는데 모르면 그게 병신이지만.

레인저스 타자들은 너무나도 분명하게 이진용에 대한 적의를 드러내고 있었으니까.

-너한테 쌓인 게 많은 모양이다.

그건 이제까지 이진용에게 당한 것에 대한 분노의 적의였다.

-하긴, 호우 소리를 열다섯 번 정도 들었으면 쌓일 만했지. 야, 진용아 우리 내기할래? 네가 여기서 타자 엉덩이에 공 꽂으면 타자가 마운드에 달려올지 안 올지? 벤클 날지 안 날지? 나는 난다에 내 돈 모두와 내 손모가지를 건다.

이제까지 마운드에서 자신들을 조롱한 이진용에게 제대로 된 이빨 한 번 드러내지 못했던 것에 대한 적의.

"돈도 없고, 손모가지도 안 잘리는 유령 주제에 무슨 개소리예요?"

하지만 이진용은 그렇게 드러낸 레인저스 타자들의 적의에 오히려 미소를 지었다.

'이럴 때 존에 들어가는 공을 넣어주면, 망설임 없이 배트를 휘두르겠지.'

그려졌으니까.

'그런데 그 공이 투심 패스트볼이면……'

몇 분 후에 자신이 보게 될 광경이.

'끝내주겠군.'

그 광경이 너무나도 선명하게 보였으니까.

'그럼 감사히 먹어줘야지.'

그 순간 이진용은 더 이상 그 주문을 외우지 않았다.

"라이징 패스트볼."

대신 새로운 주문을 외웠다.

그리고 그 새로운 주문을 통해 만들었다.

딱!

빡!

뻑!

[3구 쓰리아웃에 성공하셨습니다. 보너스 포인트가 지급됩니다.]

-캬! 진용이 대단······.

3구만으로 쓰리아웃을 잡아내는 마법을!

그리고 새로운 마법을 통해 얻어냈다.

[최초로 3구 쓰리아웃에 성공하셨습니다. 골드 룰렛 이용권이 지급됩니다.]

-씨발, 이건 또 뭐야?

다시 한번 한국프로야구 역사에 남을 만한 멋진 결과물을!

물론 이진용은 그 사실에 기뻐하지만 않았다.

[무쇠팔 효과가 발동합니다.]

'오늘은 끝까지 간다.'

이진용, 그에게는 팬들에게 갚아야 하는 빚이 있었으니까.

◆ 4화 ◆

히트다, 히트!

일주일 중 가장 불타오르기 좋은 금요일의 밤.

"레인저스 파이팅!"

고척 돔구장은 그런 금요일 밤에 어울리는 열기로 가득 차 있었다.

"한강훈 파이팅!"

그 열기의 중심에는 레인저스의 선발투수 한강훈이 있었다.

퍼엉!

1회부터 마운드 위에서 쉴 새 없이 그리고 거침없이 150짜리 패스트볼을 뿌리는 그의 피칭에 마운드는 어느새 캠프파이어가, 열광의 도가니가 되어 있었다.

퍼엉!

"그렇지!"

"터진다, 터져!"

몇몇 이들의 귀에는 미트를 파고드는 소리가 폭죽 터지는 소리처럼 들릴 정도였다.

퍼엉!

"스윙, 스트라이크 아우우웃!"

그렇게 한강훈이 7회 초, 엔젤스의 3번 타자인 홍우형을 상대로 헛스윙을 잡아내는 순간.

우아아아!

고척 돔구장이 콘서트장조차 우습게 만드는 거대한 함성으로 채워지기 시작했다.

우아아아!

채워진 함성이 메아리치기 시작했다.

"음······."

"엄······."

그 광경 앞에서 기자석에 앉아 있던 기자들이 슬그머니 서로의 눈치를 보기 시작했다.

뭔가 냄새를 맡은 하이에나 무리들처럼.

황선우 기자 역시 마찬가지였다.

그 역시 주변의 눈치를 살폈고, 그와 동시에 전광판을 바라봤다.

그리고 떠올렸다.

'퍼펙트게임까지 남은 아웃카운트는 여섯 개.'

지금 이 순간 한강훈이라는 올해 프로 3년 차 투수는 퍼펙트게임이라는 한국프로야구 역사에 존재치 않는, 투수가 기록할 수 있는 가장 가치 있고, 위대한 기록을 향한 도전자가 되었다는 사실을.

그 사실이 기자들이 서로 눈치를 보는 이유였다.

꿀꺽!

누군가가 마른 목구멍으로 침을 삼키는 이유이기도 했다.

역사적인 순간이 될지도 모르는 순간을 함께 한다는 건 기자들에게 보통 일이 아니기에.

그 상황에서 누군가 기어코 말했다.

"퍼펙트 페이스 맞지?"

퍼펙트게임.

"그렇지. 안타 없고, 볼넷 없으니까."

모두가 알고 있지만, 쉽사리 내뱉을 수 없던 그 단어가 기자석을 맴돌기 시작했다.

"투구수는 7회까지 95구인가?"

"8회에도 이 페이스를 이어갔는데 투구수가 100구가 넘었다고 강판할 리는 없지."

그렇게 물꼬가 터지면서 시작된 이야기는 곧바로 기자석 전체를 떠들썩하게 만들었다.

모두가 저마다의 의견을 던졌다.

"진짜 그거 나오나?"

"쉽진 않겠지. 한국프로야구 역사에 퍼펙트게임은 단 한 번도 없으니까 말이야."

"그래도 이 정도 페이스면 모르잖아? 오늘 한강훈 공은 진짜 미쳤다고!"

그런 대화에 황선우는 참가하지 않았다.

이런 대화가 별 소용도, 별 영양가도 없음을 알고 있었으니까.

'한강훈은 100구를 넘겨도 150대 패스트볼을 던질 수 있는, 그야말로 신이 내린 어깨를 가진 투수다.'

때문에 그는 대화에 끼어드는 대신 머릿속으로 한강훈과 엔젤스의 타선을 뒤섞었다.

'그리고 노리는 코스도 좋아. 엔젤스 타선의 약점을 분명하게 파악하고 던지고 있어.'

그렇게 뒤섞자 그림이 그려지기 시작했다.

'무엇보다 오늘 한강훈의 피칭은 평소와 다르다. 볼 끝도 볼 끝이지만, 타이밍이 뭔가 달라. 그게 엔젤스가 한강훈의 피칭에 제대로 대응을 못 하는 이유고.'

더 나아가 황선우가 가진 기자의 감이, 이제까지 그를 기자로 살아남게 해준 그 감이 말해줬다.

'그리고 오늘 뭔가 터질 것 같은 날이야.'

오늘 이곳 고척 돔구장에서 놀랄 만한 무언가가 일어날 것 같다고.

'분명, 뭔가 터진다.'

그렇게 모두가 한강훈이 다시 마운드에 올라오는 8회 초가 오기를 기다리고 있는 가운데.

그런 가운데 7회 말이 시작됐다.

7회 말, 마운드에 올라가는 이진용은 긴 한숨을 내뱉었다.

"에이, 진짜."

그 한숨 끝에 이내 불만을 토해냈다.

-왜 그래?

김진호가 그런 이진용의 모습에 눈살을 찌푸리며 질문했고, 그 질문에 이진용은 대답 대신 고개를 돌려 1루 쪽 더그아웃, 레인저스의 벤치를 슬쩍 바라봤다.

그런 이진용의 시선 끝에는 유일하게 점퍼를 입은 선수가 보였다.

한강훈.

188센티미터의 신장, 그런 장신임에도 우람하기 그지없는 피지컬을 가진 투수.

중3 때 140이 넘는 패스트볼을 뿌리며, 자신이 신으로부터 재능을 받았음을 보여준 투수.

그를 바라보는 이진용의 모습에 김진호가 조소를 머금었다.

그리고 김진호의 그 조소를 바라본 이진용이 글러브로 입을 가렸다.

"왜 하필 나하고 붙을 때 저런 겁니까?"

그렇게 가린 입으로 푸념을 토해냈다.

사실 당연한 푸념이었다.

이진용, 현재 그는 6이닝 무실점 그야말로 호투 중의 호투, 자신의 커리어에 1승을 챙기기에는 충분하기 그지없는 호투를 보이고 있었다.

"퍼펙트라니……."

그러나 그런 이진용의 호투는 지금 맞상대하고 있는 한강훈의 피칭 앞에서 무색해졌다.

퍼펙트게임 페이스!

한국프로야구 역사에 존재하지 않는 기록에 도전하는 한강훈의 피칭 앞에서는 그 무엇도 감히 자기 색을 내세울 수 없으니까.

그리고 그건 그 투수와 같은 마운드를 밟는 투수에게 있어 비참한 일이기도 했다.

'젠장.'

마운드 위에서 조명을 받지 못하는 건 물론, 다른 놈에게 그 조명을 빼앗긴다는 것보다 비참한 일은 없을 테니까.

그게 바로 마운드란 무대였다.

누군가 더 강렬한 스포트라이트를 받을수록 그 마운드 옆에 선 이는 더 비참해지는 무대.

한 명의 영광이 다른 한 명의 절망이 되는 무대.

하나의 역사가 다른 이에게는 흑역사가 되는 무대.

때문에 투수들은 절대 마운드를 공유하려고 하지 않았다.

어떻게든 그 마운드 위에서 투수들은 자신이 이 마운드의 주인임을 모든 수단과 방법을 동원해서 증명하고자 할 뿐.

하지만 과연 퍼펙트게임 투수로부터 스포트라이트를 뺏을 수 있는 방법이 있을까?

"아, 젠장."

있을 리 없다.

"아!"

있을 리 없기에 이진용은 마치 바람에 흔들리는 나무처럼 재차 한숨만 내뱉었다.

-진용아…….

이진용의 그런 모습에 김진호가 말했다.

-드디어 신이 네가 꿀 빠는 걸 보기 싫어진 모양이다.

당연한 말이지만 김진호는 이런 이진용을 격려한다거나, 다독이는 짓 따위는 하지 않았다.

-아니면 드디어 내 기도가 하늘에 닿았거나.

김진호는 그렇게까지 인자한 성격이 아닐뿐더러, 마운드 위의 투수에게 필요한 것이 그런 게 아니라는 것을 누구보다 잘 알고 있었으니까.

"대체 뭘 기도했는데요?"

-그야 당연히 진용이 만수무강하게 해달라고 기도했지.

"퍽이나."

-진짜야. 부디 우리 진용이 벽에다가 Howoo라고 똥칠할 때까지 살게 해달라고 기도했어.

"그게 무강입니까?"

-똥 잘 싸는 게 얼마나 축복인데? 장수하는데 똥 못 싼다고

생각해 봐라. 얼마나 섬뜩한 일이니?

"좀 닥쳐요."

-아니, 지가 먼저 말 걸어서 대답해 줬는데 닥치래. 신이시여, 보셨죠? 이진용, 이 새끼 아주 순 못된 새끼라니까요? 이제라도 늦지 않았습니다. 시련 좀 줍시다.

김진호의 그 기도에 이진용은 대답 대신 입을 가리고 있던 글러브를 치웠다.

충분했으니까.

김진호와의 대화 속에서 이진용의 머릿속에 있던 한강훈에 대한 생각이나, 잡념은 사라지고 없었다.

'한강훈은 퍼펙트게임 페이스. 그런 그에게 신기록을 주기 위해서는 1점이 필요한 상황.'

그 대신 타석에 선 레인저스의 6번 타자를 바라보며 그 타자를 잡아낼 생각을 했다.

'달리 말하면 1점만 내기 위해 레인저스는 작심을 하겠지.'

그러나 6번 타자만을 염두에 두진 않았다.

'하위타순부터 시작되는 만큼 레인저스는 오히려 8회, 상위 타순이 시작되는 이닝을 승부수로 잡고, 이번 7회에는 나를 끈질기게 물고 늘어질 거다. 스트라이크존을 좁게 잡고, 안에 들어오는 공에는 적극 스윙. 그리고 빠지는 공은…… 슬슬 주심에게 어필을 하겠지.'

자신이 상대하는 팀을 염두에 두었다.

'주심 판정도 7회부터는 달라질 거야. 노골적으로 뺀 공은 분명 잡아주지 않겠지. 하지만 상대도 스트라이크존을 넓게 보지 않으니…… 확실하게 걸치는 공을 던지면 되겠지.'

김진호가 그동안 말해준 그대로.

'공 9개로 끝낸다.'

그의 가르침대로 이진용의 7회 말 피칭을 시작했다.

7회 말, 이진용의 피칭은 1회와 똑같았다.

타자의 스트라이크존 바깥쪽만을 집요하게 공략했다.

"스트라이크!"

그러면서도 스트라이크를 귀신같이 잡아냈다.

"아, 진짜. 좀 봐주세요. 이런 걸 어떻게 칩니까?"

그러나 그 사실에 레인저스 타자들은 더 이상 신사처럼 잠 자코 있지 않았다.

"아니, 여기로 들어왔다고요, 여기로. 이건 원숭이도 못 쳐요!"

타자들이 주심의 판정에 꽤 적극적으로 어필했다.

"조용히 해."

물론 주심은 그런 레인저스 타자들의 불만에 대응하기보다는 담백하게 경고만 했다.

애초에 판정에 대한 주심의 권한은 절대적이었고, 그렇게 타자와 주심이 대화를 나누는 것을 용납할 생각이 없는 이호찬이 그 둘의 대화를 잽싸게 끼어들어 막았다.

"투수는 벌써 투구 준비 끝났는데, 빨리빨리 합시다."

이호찬이 경기 속행을 주문했다.

"속행한다."

주심은 바로 경기 속행을 명령했다.

그 사실에 타자가 입술을 삐쭉 내밀었다.

당연한 말이지만 타자는 이런 자신의 행동이 자신에게 유리하지 않으리란 걸 알고 있었다.

'그래, 나는 엿 먹어도 좋아.'

그리고 그것을 굳이 기대하지도 않았다.

'하지만 내 다음은 보상해 줘야지.'

기대하는 건 자신의 뒤에 나올 타자들에 대한 판정이었다.

이렇게 어필을 하면, 최소한 뒤에 나오는 타자들은 좀 더 나은 판정을 받을 테니까.

7회 말, 레인저스 타자들의 목적은 바로 그런 것이었다.

8회 말을 위한 밑밥을 까는 것.

밑밥인 만큼 이번 이닝에서 이빨을 드러낼 생각도, 그렇게 드러낸 이빨로 투수를 물어뜯을 생각도 없었다.

당연한 말이지만 이진용은 그런 레인저스의 타자들을 상대로, 사냥개가 아닌 밑밥이 되고자 작심한 그들을 상대로 괜히 간을 보고, 투구를 낭비할 생각이 없었다.

펑!

"스트라이크!"

이진용, 그는 전투 의지가 없는 타자들의 스트라이크존 바끝쪽을 정확하게 파고들었다.

"아아아웃!"

볼이기를 소망하는 타자들에게, 실투가 나오기를 바라는 타자들에게 비정한 비수를 꽂아 넣었다.

[105포인트를 획득하셨습니다.]
[현재 7이닝 무실점 피칭 중입니다.]
[누적 포인트는 13,553포인트입니다.]

"호우!"

그렇게 7회 말의 끝에 완벽하게 마침표를 찍은 이진용이 마운드를 내려왔다.

물론 그 사실에 관심을 가지는 이들은 없었다.

"온다!"

"한강훈이 올라온다!"

8회 초, 이제 위대한 도전을 시작한 한강훈에게만 관심을 가질 뿐.

─아이고, 우리 진용이 취급이 아주 그냥 꿔다놓은 개밥그릇 취급이네! 아이고 우리 진용이 불쌍해서 어떻게 하냐? 진용아, 이제라도 늦지 않았다. 김진호 귀신이 보인다고 말해. 그럼 관심받을 수 있어.

그러나 그 사실에 이진용은 더 이상 불만이나, 시샘 따위를 토로하지 않았다.

그렇다고 포기한 것도 아니었다.

"닥쳐요, 8회 말 준비해야 하니까."

이진용은 그저 기다릴 뿐이었다.

'8회 막고, 9회 말까지 무실점으로 막으면…… 오냐, 누가 끝까지 살아남는지 보자고.'

이 금요일 밤의 마운드를 빼앗을 기회가 오기를.

그렇게 모두가 마운드만을 바라보는 가운데 8회 초가 시작됐다.

퍼펙트게임.

말 그대로 완벽한 게임.

이런 퍼펙트게임 기록은 메이저리그에서도 고작 23회만 기록될 정도로 보기 힘든 기록이었고, 한국프로야구 역사에서는 단 한 번도, 그 누구도 퍼펙트게임이란 기록을 이룩한 적이 없었다.

퍼펙트게임이란 그런 기록이었다.

신의 사랑을 받으며 남들은 가지지 못한 말도 안 되는 재능을 가진 투수들조차 감히 이룩할 수 없는 기록.

빠악!

그렇기에 8회 초가 시작되는 순간, 모두가 퍼펙트게임을 바라며 야구를 보는 순간 모든 것이 신기루가 된 건 결코 이상한 일이 아니었다.

"아……."

퍼펙트게임이란 그러한 기록이었으니까.

신조차 쉬이 허락하지 않는 기록이었으니까.

"아."

그런 기록이었기에 모두가 안타까움 가득한 탄식을 내뱉을 뿐이었다.

"아!"

동시에 모두가 납득했다.

고척 돔구장을 가득 채운 금요일 밤의 열기를 하룻밤의 신기루로 만든 것이 그 누구도 아닌 박준형이었으니까.

신이 내린 재능을 가진 타자라는 표현이 부족하지 않은 그가 한강훈의 영광에 비수를 꽂았다는 사실은 어떻게 보면 납득할 수밖에 없는 일이었다.

처벅처벅!

그렇기에 홈런을 친 박준형은 자신이 홈런을 쳤다는 사실에 크게 기뻐하기보다는 홈런을 친 타자가 언제나 그러하듯, 1루부터 시작되는 가장 고요한 베이스러닝을 시작했다.

"후우."

단 한 방에, 손에 살짝 움켜쥔 듯한 모든 영광을 잃어버린 한강훈 역시 다른 누구도 아닌 박준형이란 타자가 자신의 공을 쳤다는 사실에 분노를 품을지언정 그 사실 자체를 부정하지 않았다.

'젠장!'

이 씁쓸한 현실을 납득했다.

"우아!"

그리고 이진용은, 당연한 말이지만 이 현실에 환호했다.

짝짝짝짝!

"호우! 호우다, 호우!"

더그아웃 벤치에 앉아 거듭 박수를 치는 그 모습이 물개를 떠올리게 할 정도, 그 정도로 이진용은 격렬하게 환호했다.

좀 더 직설적으로 말하면 미친놈처럼 보였다.

-야! 진용아!

그런 이진용을 김진호가 불렀고, 이진용이 거듭 박수를 치며 슬쩍 김진호를 바라봤다.

-너 맞았냐?

그리고 이어진 김진호의 질문에 이진용이 눈살을 찌푸리며, 아주 작은 목소리로 말했다.

"뭔 개소리예요?"

-맞았냐고.

"맞은 건 저 새끼죠."

대답과 함께 이진용이 턱짓으로 애꿎은 마운드를 발로 두드리는 한강훈을 가리켰다.

-저 새끼가 맞은 건 홈런이고, 너 말이야, 너.

그러나 김진호는 그런 한강훈에게 시선을 던지지 않았다.

-너 오늘 안타 맞았어?

이진용만을 바라보며 질문했다.

장난기 한 점조차 없는 진지하기 그지없고, 그렇게 날카롭기 그지없는 눈빛과 표정을 지은 채로.

그 표정 앞에서 이진용이 살짝 눈살을 찌푸린 후에 머릿속의 기억을 되감기 시작했다.

몇 분 전으로, 몇 시간 전으로…… 자신한테 안타를 뽑아낸 가장 최근의 타자가 누구인지 찾기 위해 계속 기억을 되감았다.

'응?'

그렇게 되감던 기억의 시점이 몇 시간 전이 아니라 며칠 전이 되는 순간, 이진용은 드디어 알 수 있었다.

"어머나."

마운드의 주인공이 바뀌었다는 것을.

빠악!

뇌성, 벼락 소리 한 점이 고척 돔구장을 관통하는 순간 그 소리를 들은 기자들은 직감과 동시에 탄식을 내뱉었다.

"아!"

퍼펙트게임이 깨지는 순간, 그 순간에 대한 탄식이었다.

"박준형이구나."

그러고는 곧바로 납득했다.

"하긴, 박준형이라면……."

퍼펙트게임을 부순 것이 그 누구도 아닌 박준형이란 사실이 납득을 가능케 했다.

아니, 일부는 이미 준비해 두었다.

"오히려 여기서 박준형이 하나 쳐줄 줄 알았지."

"난놈이라니까. 특히 클러치 히터 기질이 남다르지. 위기 때, 필요할 때 하나 해주는 녀석이야."

박준형이 순순히 한강훈의 퍼펙트게임 제물이 되지 않으리란 걸 예상한 기자들은 그에 맞는 기사를 미리 써두었다.

그렇게 결과를 보고, 탄식을 뱉은 기자들은 이내 본연의 역할을 수행했다.

타다닥!

탄식으로 물들었던 기자석에 키보드 두드리는 소리가 퍼지기 시작했다.

물론 모두가 본연의 임무에 충실한 건 아니었다.

"아! 일어나 볼까!"

"어휴, 이제 좀 움직일 수 있겠네."

일부는 기사를 쓰지 않은 채 그냥 그대로 자리에서 일어났다.

그렇게 일어난 기자들이 눈빛을 교환했다.

기나긴 긴장의 끝을 알리는 담배나 한 대 피우자, 전 세계의 모든 흡연자들이 공유하는 신호였다.

"황 기자!"

개중 한 명은 황선우를 불렀다.

"어차피 오늘 볼 건 다 봤는데 한 대 피우자고."

"잠깐."

그러나 황선우는 그런 기자의 말에 자리에서 일어나는 대신 손만 들었다.

"왜? 무슨 일이야?"

기자가 그런 황선우에게 의문을 던졌다.

"기록 깨졌잖아?"

퍼펙트게임이 깨진 이상, 사실상 고척 돔구장에서 나올 수 있는 이야기는 끝난 것과 마찬가지였으니까.

남은 건 이제 그다지 중요치 않은 승패뿐.

반면 그동안 자리를 비울 수가 없어 담배를 참고, 참았던 탓에 흡연자들은 여느 때보다 담배가 간절한 상황이었다.

"잠깐만."

하지만 황선우는 그런 기자의 말에도 여전히 자리에서 일어나지 않았다.

'뭔가 있어.'

감이 말해줬으니까.

'아직 뭔가 있어.'

여전히 이곳 고척 돔구장에는 무언가 대단한 것이, 특종이라고 할 만한 것이 있다고.

"어, 그런데 박준형이 오늘 첫 안타 맞지?"

그때 기사를 쓰기 위해 오늘 경기 기록을 체크하던 누군가가 말했다.

"그렇지. 오늘 첫 안타지. 퍼펙트 깨졌잖아?"

그러자 누군가가 당연한 소리를 왜 지껄이고 있어? 라는 뉘앙스로 대답했다.

"아니, 그게 아니라……."

"그게 아니면 뭐?"

"오늘 경기 첫 안타지? 기록상으로는 그런데?"

그 순간 모두가 떠올렸다.

"어."

"어?"

"어!"

퍼펙트게임에 감춰져 있던 또 다른 신기록.

"히트다, 히트! 노히트! 이진용 노히트 페이스다!"

이진용의 노히트노런을.

내야 뜬공.

펙!

그 공이 유격수의 글러브로 들어가는 순간 마운드에 있던 한강훈은 모자를 벗고 땀을 훔쳤다.

"후우."

그러나 막상 흐르는 땀은 많지 않았다.

더 이상 긴장할 이유가, 이제 모든 타자들을 상대로 아웃카운트를 잡기 위해 모든 집중력을 모아야 할 이유가 사라진 지금 한강훈의 상태는 긴 사우나를 마치고 시원한 바람 앞에 선 것과 같았다.

'끝났다.'

시원하지만, 그만큼 몸이 녹아내리는 느낌.

8회 초가 그렇게 끝났다.

그리고 이제 시작될 8회 말을 위해 엔젤스 선수들이 그라운들 향하기 시작했다.

"후-우."

이진용, 그 역시 더그아웃을 나와 마운드를 향해 걸어갔다.

그런 그의 걸음걸이는 여느 때보다 좁고 또한 느렸다.

처벅……

마치 발목에 쇠사슬이 묶인 노예처럼.

질퍽거리는 늪지대를 지나가는 것처럼.

어깨에 한없이 무거운 짐을 짊어진 것처럼.

처벅……

천천히 마운드로 향했다.

그 모습에 김진호가 말했다.

-이진용, 역시 너도 사람이구나. 이런 상황에서 긴장하는 걸 보니까, 귀신은 아닌 모양이다.

말을 하는 김진호는 옅은 미소를 지었다.

노히트노런.

투수에게 있어 평생토록 간직할 만한 가치가 있는 이 영광을 쟁취할 기회를 앞둔 이진용이 그 기회 앞에서 부담감을 느끼고, 긴장한다는 사실이 김진호는 재미있으면서도, 대견했다.

-그래, 그게 당연한 거다.

언제나 마운드 위에서 미친개처럼 날뛰던 이진용에게서 이런 모습을 볼 수 있다는 것이 귀엽기도 했다.

"뭔 개소리예요?"

그런 김진호의 말에 이진용이 글러브로 입을 가린 채 말했다.

-응? 아니, 너 지금 긴장해서 걸음이 느릿느릿하잖아? 누가 봐도 바짝 쫄았는데.

"일부러 느리게 걷는 건데요?"

-뭐?

이어진 이진용의 말에 김진호가 당연히 질문했다.

-일부러? 왜?

"그래야 관중들이 제게 더 집중하고, 집중한 만큼 더 크게 환호할 거 아닙니까?"

이진용! 이진용! 이진용!

그런 이진용의 말이 끝나기 무섭게 3루 쪽 관중석, 엔젤스 팬들로 채워진 그곳에서 이진용을 향한 응원 소리가 흘러나오기 시작했다.

그들도 깨달은 것이다.

한강훈의 퍼펙트게임이 깨진 이 순간, 고척 돔구장은 더 이상 그의 무대가 아니라 이진용의 현재 진행 중인 노히트노런을 위한 무대가 되었다는 것을.

이진용! 이진용! 이호우!

그런 팬들의 환호와도 같은 호명에 이진용은 어깨를 으쓱했다.

-와.

그 모습을 본 김진호가 어처구니가 없다는 듯이 이진용을 바라봤다.

-진짜 말도 안 되는 또라이 새끼일세.

이 상황에서 오히려 더 많은 환호를 받기 위해 일부러 마운드까지 천천히 걷다니?

또라이라는 표현조차 무색한 수준.

물론 이진용은 그런 김진호의 말에 반박 대신 깊은 미소를 지었다.

'드디어 내 무대가 됐다.'

이제 마운드가 자신의 무대가 됐다는 사실에 대한 기쁨, 그 기쁨을 표현하기 위한 미소였다.

당연한 말이지만 이 순간 이진용의 사전에 긴장감이나 부담감이란 단어는 없었다.

'자, 그럼 노히트를 시작해 볼까?'

레인저스 타자들의 악몽은 그렇게 시작됐다.

8회 초 한강훈이 솔로 홈런으로 선취점을 엔젤스에 내주는 순간 레인저스 타자들은 생각했다.

'어떻게든 점수를 내야 해.'

한강훈의 기념비적인 기록이 깨진 것과는 별개로 팀의 승리를 위해서는 어떻게든 점수를 내야 한다고.

"뭐? 이진용이 노히트노런 중이라고?"

그런 그들에게 이진용의 노히트노런 소식은 너무나도 충격적인 소식이었다.

"어, 그러네?"

"맙소사, 왜 그걸 몰랐지?"

심지어 그 사실을 모르는 레인저스 타자들이 제법 됐다.

레인저스 타자들 대부분이 한강훈의 퍼펙트게임 페이스에 집중하는 것이 첫 번째 이유였고, 그 사실을 알고 있는 이들이 굳이 그 사실을 언급해서 타자들에게 부담감을 주고 싶지 않아 침묵을 고수한 것이 두 번째 이유였다.

이진용이 노히트노런 페이스란 걸 타자들이 인식하고 타석에 서면 그 기록을 깨는 것에만 집중하게 될 게 뻔했으니까.

기록을 깨는 것이 아니라 점수가 필요한 상황에서는 그건 결코 좋은 일이 아니었으니까.

하지만 상황은 달라졌다.

한강훈의 퍼펙트게임은 깨졌고, 이제 이진용의 노히트노런을 막아야 할 때.

"알다시피 이진용이 지금 노히트 게임 중이다."

레인저스의 최우선 목표는 그것이 됐다.

그리고 그에 맞는 작전을 새로이 수습했다.

"그런 이진용은 당연히 기록을 내기 위한 피칭을 할 것이다."

그 첫 번째로 일단 분석했다.

"당연한 말이지만 차라리 볼넷을 내줄지언정 안타는 내주지 않는 피칭을 할 거다."

노히트노런은 볼넷을 내줘도 유지된다.

볼넷을 10개를 줘도 안타만 없다면, 실점만 없다면 노히트 게임이 되는 것이다.

때문에 이진용이 그 기록을 위해서 안타를 맞는 것보단 차라리 볼넷을 주는 피칭을 할 가능성 높다고 분석하는 건 너무나도 타당했다.

"당연히 피칭 스타일은 바깥쪽을 노릴 거다."

그런 이진용의 피칭은 이제까지와 크게 달라질 게 없었다.

스트라이크존 바깥쪽, 볼넷이 나올 확률도 높지만, 타자가 안타를 치기도 힘든 코스만을 집중적으로 노릴 것이라 예상했다.

"볼넷도 좋다. 일단 출루를 하는 거다. 일단 주자가 나가면 어떻게든 흔들 수 있다. 아니, 이진용은 기껏해야 프로 1년 차다. 루상에 주자가 있는데 흔들리지 않을 리가 없어 또한 8회 말은 9번부터 시작이다. 주자가 나가면…… 주자들이 어떻게든 흔든다."

레인저스는 그런 이진용의 피칭에 거부하기보다는 그 피칭을 이용하기로 했다.

그가 볼넷을 준다면 감사히 받을 생각이었다.

"무엇보다 지금 이진용은 기록에 대한 부담감 때문에 제대로 된 피칭을 할 수 없을 거다. 그 점을 노리면…… 충분히 역전할 수 있다. 우리가 오늘 이길 수 있다."

그렇게 받은 볼넷을 기반으로 이진용으로부터 안타가 아니라, 승리를 위한 점수를 뽑을 속셈이었다.

그 각오를 가장 먼저 실천하게 된 건 9번 타자를 대신해 대타로 올라온 손우형이었다.

빠른 발과 정교한 타격 능력을 가진 좌타자인 그는 타석에 서는 순간 홈플레이트에 바짝 붙었다.

의지의 표현이었다.

'어떻게든 살아 나간다.'

바깥쪽을 거듭 찌를 이진용과 승부에서 물러서지 않고 정면으로 붙겠다는 의지.

그런 의지는 곧 각오가 되어 선우형의 감각을 날카롭게, 예리하게 다듬기 시작했다.

그리고 이진용 역시 그런 손우형의 각오에 어울려줬다.

괜한 뜸 따윈 들이지 않은 채, 손우형이 모든 준비를 마치는 순간 이진용도 투구 준비를 시작했다.

왼 다리를 뒤로 뺐고, 포수의 미트를 노려보며 뺐던 왼 다리를 들며, 자신의 몸을 꽈배기처럼 꼬았다. 자신의 몸을 토네이도처럼, 폭풍처럼 만들었다.

'와라!'

이윽고 이진용의 오른손이 공을 뿜었다.

그렇게 뿜어진 공이 손우형의 몸쪽을 향해 날아왔다.

'어?'

오늘 등장한 첫 번째 몸쪽 공.

그 공에 가뜩이나 홈플레이트에 가까이 붙어 있던 손우형이 기겁하며 뒤로 몸을 뺐다.

펑!

당연히 타자가 포기한 공은 그대로 포수의 미트를 두드렸고, 그 소리에 주심이 소리쳤다.

"스트라이크!"

초구 스트라이크.

투수가 잡을 수 있는 달콤한 스트라이크.

반대로 타자가 당할 수 있는 씁쓸한 스트라이크.

그러나 이 순간 손우형의 머릿속에 그런 달콤함이나 씁쓸함 따위는 떠오르지 않았다.

그는 그저 놀란 눈으로, 멍한 눈으로 마운드 위의 이진용을 바라볼 뿐이었다.

그런 손우형의 눈빛에 이진용이 눈빛으로 대답했다.

"노히트가 걸렸는데, 톰 글래빈 스타일이고 나발이고 알게 뭐야!"

노히트노런 기록을 위해서, 레인저스 타자들을 잡기 위해서는 모든 수단과 방법을 동원하겠다고.

이진용이 그 눈빛을 지은 채 미소를 지었다.

세월 앞에 장사가 없듯이, 제아무리 시대를 풍미한 선수들도 세월 앞에서는 무너졌다.

톰 글래빈, 그 역시 그러했다.

언제나 마운드 위에서 터미네이터 같은 포커페이스를 유지한 채, 타자들의 스트라이크존 바깥쪽만을 물고 늘어질 것 같던 그도 나이를 먹어가며 기량이 쇠퇴했고, 결국 변할 수밖에 없었다.

톰 글래빈이 어느 순간부터 몸쪽 공을 던지기 시작했다.

메이저리그란 맹수들의 세상에서 살아남기 위해 자신의 프라이드와 같던 스타일을 바꾼 것이다.

그리고 그는 그 변화를 통해 기어코 메이저리그 통산 300승이라는 말도 안 되는 승수를 기록한 투수가 될 수 있었다.

그 정도였다.

바깥쪽만을 집요하게 노리는 투수가 몸쪽을 던진다는 건, 이빨 빠진 호랑이도 맹수를 잡게 만들 정도로 위력적이었다.

그 사실을 메이저리그로부터 머나먼 곳에 있는 대한민국의 땅에서, 톰 글래빈이 은퇴하고 10년이란 시간이 훌쩍 지나 2017년에 레인저스의 타자들이 느끼고 있었다.

펑!

"스트라이크!"

그것도 다른 누군가의 조언이나 충고가 아닌 몸으로 뼈저리게, 정말 뼈저리게 느끼고 있었다.

물론 그 가르침은 공짜가 아니었다.

그들에게 그 뼈와 살이 되는 가르침을 준 투수는 그들에게서 아주 제대로 대가를 징수했다.

"아우우우웃!"

아웃카운트 세 개.

"호우!"

그리고 이 소리를 세 번 듣는 것이 바로 그 대가였다.

그렇게 대가를 치른 레인저스 타자들이 멍한 눈으로 마운드의 투수, 이진용을 바라봤다.

바라보며 생각했다.

'미친 또라이 새끼!'

지금 마운드 위에 있는 투수가 결코 정상일 리 없다고.

그저 단순히 그 투수가 8이닝 동안 단 하나의 피안타도 내주지 않아서 그런 생각을 하는 게 아니었다.

'어떻게 이런 상황에서 제구가 안 흔들리지?'

노히트노런 기록을 앞둔 8회.

이미 앞에 나온 투수가 퍼펙트게임에 실패하는 걸 본 상황.

그런 상황 속에서 대타가 나오는 9번 타순부터 시작되는 승부.

그야말로 백척간두에 올라선 것과 같은 상황이다.

그저 숨을 쉬는 것만으로도 오금이 서늘해지고, 손발이 떨리며 머릿속이 하얗게 변하는 상황.

흔들려도 이상할 게 없고, 도리어 흔들리는 것이 마땅한 상황.

그런데 그런 상황에서 이진용은 흔들림은커녕, 단 하나의 실투도 없이 자신이 원하는 코스에 정확하게 공을 꽂아 넣었다.

그것도 몸쪽과 바깥쪽을, 심지어 스트라이크존의 위아래를 능수능란하게 넘나들었다.

'절대 제정신이 아니야. 제정신이면 이런 피칭을 할 수 있을 리가 없어.'

제구도 제구이지만, 그런 제구에 흔들림 없다는 사실이 레인저스 타자들이 그를 괴물 보듯 보는 이유였다.

-역시 넌 또라이 새끼가 맞아.

김진호 역시 마찬가지였다.

-대체 네 가슴속에 뭐가 있는지 궁금하다.

김진호 역시 이진용이 보여주는 멘탈과 심장 앞에서는 진심으로 혀를 내두를 수밖에 없었다.

심지어 김진호는 말해준 적 없었다.

-그리고 내가 톰 글래빈이 말년에 몸쪽 공을 섞었다는 것도 말해준 적 없는데, 그건 어떻게 알고 한 거냐?

톰 글래빈이 자신의 야구 인생 끝자락에 몸쪽 공을 섞었다는 것을.

김진호에게 있어 오늘 이진용의 경기는 성적을 내기 위한 피칭이 아니라, 그가 보다 높은 수준에 이르게 해주기 위한 발판이었기에, 그렇기에 김진호는 그것을 가르쳐 주지 않았다.

그런데 그걸 이진용은 저 스스로 꺼내 썼다.

심지어 그 이유도 아주 단순했다.

"그야 홈플레이트에 바짝 붙는 놈들한테 몸쪽을 던져야 오줌 지리고 뒷걸음질 칠 거 아닙니까?"

그리고 너무나도 타당한 그 이유에 김진호가 피식 웃었다.

-아주 그냥 노히트 한 번 하겠다고 악착같이 야구하는구나,
악착같이 야구해.

그 말에 이진용은 오른손으로 V자 표시를 하며, 그렇게 편
검지와 중지를 구부리며 말했다.

"아직 벌리는 건 하지도 않았는데요, 뭘."

그 말과 함께 비릿한 미소를 짓는 이진용의 모습에 김진호
는 더 이상 말을 이어가지 않았다.

그저 괴물 보듯 이진용을 바라볼 뿐.

그렇게 괴물이 마운드를 내려오며 드디어 8회라는 막이 끝
났음을 모두에게 알렸다.

그리고 이제 마지막 막이 올랐다.

9회가 시작됐다.

"스트라이크, 아웃!"

9회 초.

한강훈의 기나긴 여정의 마침표는 150킬로미터짜리 포심 패
스트볼이 만들어낸 스트라이크였다.

단 하나의 비수에 영광을 빼앗겼음에도 한강훈은 끝까지
자신다움을 잃지 않았다.

"끄아앗!"

그렇기에 한강훈은 마지막 아웃카운트를 잡는 순간 마운드 위에서 절규와도 같은 환호성을 내질렀다.

이곳에 한강훈이 있었다!

1회부터 9회까지, 한강훈이 존재했다!

그러한 외침이었고 동시에 비명이기도 했다.

그뿐이었다.

9이닝 1실점, 완투라는 값진 결과물의 마침표와도 같은 한강훈의 외침은 그저 그만의 외침으로 남을 뿐이었다.

고척 돔구장을 채운 이들은 그런 한강훈의 외침에 제대로 된 관심을 보내지 않았다.

'아.'

그제야 한강훈은 알 수 있었다.

자신이 마운드를 내려올 때마다 자신을 덮던 뜨거운 열기가 사라졌으며, 자신의 무대였던 마운드가 이제는 더 이상 자신의 무대가 아니게 되었다는 사실을.

"이호우 올라온다!"

"호우가 노히트에 도전한다!"

이제 이곳, 고척 돔구장의 무대는 지금 자신이 마운드를 내려가기를 기다리는 작은 키의 사내의 것이 되었다는 사실을.

그 사실에 한강훈이 고개를 푹 숙인 채 마운드를 내려갔다.

그리고 이진용이 이제 자신의 무대가 되어버린 마운드를 향해 발걸음을 내디뎠다.

당연한 말이지만 이번 발걸음도 8회 말처럼 느릿했다.

천천히.

이진용은 마치 걸음걸이를 음미하듯 마운드를 향해 느긋하게 걸음을 옮겼다.

"이호우 파이팅!"

"너만 믿는다!"

"호우우우우! 호우우우우!"

그런 이진용을 향해 3루 쪽 더그아웃의 엔젤스 팬들이 열광을 넘어, 광기 넘치는 응원을 내뱉었다.

그 분위기 속에서 마운드에 선 이진용이 그대로 길게 숨을 들이마시기 시작했다.

"아."

그 후 들이마신 것을 토해냈다.

"이 느낌 끝내주네요."

숨을 토해낸 이진용의 입가에는 더 이상 그어지지 않을 정도로 깊은 미소가 걸려 있었다.

그 모습에 김진호는 혀를 내둘렀다.

-1 대 0 상황에서, 안타로 홈런 하나 맞으면 기록이 문제가 아니라 질지도 모르는 게임에서 그딴 소리가 나오냐? 그리고 지금 9회 초도 아니고, 9회 말이다. 여기서 2점 내주면 끝내기 패배야. 부담 안 돼?

김진호의 말에 이진용이 도리어 반문했다.

"그러는 김진호 선수는 이런 상황에서 부담됐습니까?"

-그럴 리가 있나.

그 반문에 대답하는 김진호의 입가에는 이미 이진용과 비슷한 미소가 걸려 있었다.

-오히려 끝내주는 거지. 그래서 내가 원래 원정경기를 좋아했지. 이렇게 1점 차로 리드하는 상황에서 9회 말에 올라와서 삼진 잡으면 분위기 싸해지면서……

김진호야말로 이런 무대를 그 누구보다 즐기던 투수였으니까.

그리고 이진용도 이 무대를 즐기는 투수였다.

-뭐, 그랬다고.

때문에 김진호는 굳이 긴 설명을 하지 않았다.

지금 필요한 건 그런 설명 따위가 아니라, 이진용에게 말해주는 것이었으니까.

-그럼 알아서 잘해봐.

알아서 잘해봐.

그건 곧 김진호가 더 이상 이진용의 피칭에 그 어떤 개입도 하지 않는다는 표현임과 동시에 이진용이 마운드를 이제 오롯이 사용하게 됐다는 의미였다.

그렇게 마운드를 독점하게 된 이진용이 두 눈을 감았다.

'타순은 3번부터 시작, 분명 어떻게든 내 기록을 막기 위해 배트를 휘두르겠지.'

두 눈을 감은 채 분석하고, 예상했다.

하지만 대비를 하진 않았다.

'뭐, 뭘 하든 상관없지만.'

이진용, 그에게는 아직 꺼내 들지 않은 가장 강력한 무기가 있었으니까.

9회 말, 레인저스 더그아웃 분위기는 어느 때보다 무거웠다.

그 누구도 말 한마디 뱉지 않은 채 침묵을 고수했다.

벤치 한 곳에 아이싱을 한 채 바닥을 향해 고개를 푹 숙인 한강훈의 모습은 그런 침묵을 더 무겁게, 더 처절하게 만들었다.

"플레이볼!"

이윽고 주심의 선언과 함께 9회 말이 시작되는 순간 레인저스 타자들은 침묵 속에서 모든 감각을 마운드를 향해 집중했다.

'초구로 뭘 던질 거지?'

이 순간 레인저스 타자들의 생각은 오로지 하나, 바로 이진용의 초구에 대한 것이었다.

과연 바깥쪽을 노릴 것인가?

아니면 몸쪽을 파고들 것인가?

높은 공?

그것도 아니면 낮은 공?

그런 그들의 관심 속에서 던진 이진용의 초구는 그런 모두의 예상을 벗어나는 것이었다.

'어?'

스트라이크존 한가운데, 그 중심을 향해 이진용의 공이 날아오기 시작했다.

'한가운데?'

오늘 이진용이 단 한 번도 던지지 않은 코스였다.

하지만 반대로 그 사실에 당황하는 이는 없었다.

찰나의 순간, 몇몇 타자들은 생각했다.

'칠 수 있다!'

분명 스트라이크존 한가운데 코스는 오늘 이진용이 처음으로 노리는 코스였지만, 반대로 그 코스는 모든 타자들이 노리는 코스이기도 했다.

'정근이라면 칠 수 있어!'

무엇보다 지금 타석에 선 레인저스의 3번 타자 박정근은 레인저스에서 가장 뛰어난 타자 중 한 명이었다.

2016시즌 타율 3할 2푼 3리, 21홈런 그리고 12개의 도루를 기록하며 한국프로야구를 대표하는 타자 중 한 명!

재능 면에서도, 기량 면에서도 그리고 경력 면에서도 부족한 것은 없는 타자, 한가운데 들어오는 공을 그저 멀뚱히 바라보다 놓치기보다는 그 공을 때릴 수 있는 타자였다.

'존에 들어온다.'

실제로 박정근은 이진용이 오늘 처음 던진 그 코스의 공에 제대로 반응했다.

사고를 통한 반응이 아니라, 본능적인 반응이었다.

초등학교 시절부터 20년 넘게 배트를 휘두르며 만들어낸 본능이 보여주는 반응!

그렇기에 그 여느 때보다 완벽한 스윙이 이루어졌다.

타이밍, 배트 스피드, 몸의 밸런스!

훗날 이 타격 영상을 교본으로 써도 될 만큼, 박정근 입장에서도 한 시즌에 여러 번 하기 힘든 완벽한 스윙이었다.

후우우!

배트가 바람을 가르는 소리조차 완벽했다.

심지어 날아오는 공은, 이진용이 던진 공은 전형적인 포심 패스트볼의 궤적을 그리며 날아오고 있었다.

130대에 불과한 패스트볼이 스트라이크존 한가운데로 날아오고 있었다.

'끝났어!'

당연히 박정근은 자신이 이진용의 공을 저 먼 곳으로, 담장 너머로 보내리란 사실을 의심하지 않았다.

의심은커녕 오히려 박정근은 자신이 프로에서 기록한 155개의 홈런을 쳤을 때의 느낌을 받았다.

'홈런이다!'

치기도 전에 홈런임을 직감하는 느낌!

후우웅!

때문에 박정근은 자신의 배트가 공이 아니라, 그저 애꿎은 허공만을 가르는 순간.

펑!

그라운드를 뒤흔들 뇌성과도 같은 타격음 대신 포수 미트에 공이 꽂히는 소리가 들리는 순간.

그러한 순간을 도저히 믿을 수가 없었다.

'어?'

믿지 못한 채 그대로 굳어버렸다.

"어……"

그리고 그 경기를 보던 모두도 그대로 굳어버렸다.

'끝내주네.'

마스터 랭크의 스플리터가 처음으로 데뷔전을 치르는 순간 이었다.

마구(魔球).

야구에 관심이 있다면, 저절로 심장을 두근두근거리게 만드 는 마법과도 같은 단어다.

때문에 무수히 많은 이들이 마구를 찾아다녔다.

물론 마구는 존재하지 않는다.

공, 그 자체만으로도 완벽한 경우는 없으니까. 제아무리 위 력적인 공도, 결국 공이다.

하지만 상황이 어우러지면 마구와도 같은 공이 만들어질 수 있다.

예를 들어 144킬로미터짜리 고속 슬라이더는 마구라고 할 정도로 위력적인 공이지만, 그 누구도 이 고속 슬라이더 자체 를 마구라고 부르지는 않는다.

그러나 랜디 존슨이 144킬로미터짜리 고속 슬라이더를 던진다면, 그건 마구가 될 수 있다.

그는 좌완으로 101마일, 161킬로미터짜리 패스트볼을 던질 수도 있을뿐더러 그가 가진 큰 키와 긴 팔은 다른 투수와는 전혀 다른 곳에서 그 말도 안 되는 공이 나오게 하니까.

마구란 그런 거다.

구질 자체가 뛰어난 건 물론, 그 구질을 더 대단하게 해주는 요소들이 합쳐졌을 경우.

그럴 때에만 마구가 나온다.

그런 의미에서 이진용의 그 스플리터는 마구라고 불리기에 충분했다.

"스윙 스트라이크!"

일단 상황이 특별했다.

1회부터 7회까지, 오로지 자신의 스트라이크존 바깥쪽 공만 공략당한 타자들의 눈은 당연히 바깥쪽 공에만 익숙해진 상황.

그런 바깥쪽 공을 공략하기 위해 평소보다 홈플레이트에 더 가깝게 붙은 상황에서 갑자기 몸쪽으로 바짝 붙는 공에 가슴이 놀랄 수밖에 없는 상황.

그런 상황에서 9회 말, 스트라이크존 한가운데로 공이 들어온다면 그리고 그 공이 말도 안 되는 궤적을 만들어내는 스플리터라면?

그렇다면 치고 자시고는 문제가 되지 않는다.

'공이 사라진다……'

공을 제대로 볼 수 있는지, 없는지가 문제가 될 뿐.

레인저스의 5번 타자 지성현이 그랬다.

그의 눈에 비친 이진용의 스플리터는 그가 보던 스플리터가 아니었다.

'이게 말이 돼?'

지성현은 홈플레이트 근처에서 문자 그대로 사라지는 스플리터를 본 적은 없었으니까.

'진짜 마법이라도 쓰는 건가?'

마법과도 같은 일.

가히 마구라고 해도 과언이 아닌 그 공 앞에서 지성현은 당연히 제정신이지 못했다.

'미치겠네.'

그런 그의 눈에 비치는 건 오직 하나, 전광판이었다.

전광판을 통해 지금 상황이 9회 말 2아웃, 1볼 2스트라이크 상황만이 눈에 들어왔다.

'아.'

그리고 그게 눈에 들어오는 순간 그는 그대로 굳어버렸다.

그는 결국 승부를 포기했다.

자신의 눈앞에 있는 맹수에게 자신의 목덜미를 주고, 그를 위한 제물이자 먹잇감이 되고자 했다.

그런 그에게 이진용이 공을 던졌다.

스트라이크존 바깥쪽 낮은 곳.

그야말로 스트라이크존의 꼭짓점을 향하는 공.

펑!

오늘 이진용이 타자들을 상대로 가장 많은 스트라이크를 잡은 곳.

"스트라아아이크, 아웃!"

그곳에서 이진용이 영광을 잡았다.

이진용.

그가 처음 야구를 했을 때 그는 마운드 위의 왕이었다.

분명 그랬다.

그는 남다른 선수였고, 남다른 천재였다.

그래서 야구를 했다.

그 어디에서도 느낄 수 없는 것을 마운드 위에서는 느낄 수 있었고, 얻을 수 있었으니까.

그렇게 마운드 위에서 꿈을 꾸기 시작했다.

이대로 프로야구선수가 되어 프로의 마운드 위에 오르는 꿈을, 그렇게 오른 마운드 위에서 역사적인 영광을 손에 넣는 꿈을.

펑!

"스트라아아이크, 아웃!"

그렇기에 이진용은 그 꿈이 이루어지는 순간, 그는 조금도 망설이지 않았다.

그 꿈을 그대로 현실에 재현했다.

'왔다.'

이진용은 마운드 위에서 자신의 오른손을 번쩍 들었다.

'드디어 이날이 왔어!'

모든 영광을 만든 그 손을 하늘 높이 들었다.

'그래, 꿈꾸던 대로 가자, 이진용!'

그렇게 번쩍 든 그 오른손으로 3루 쪽 관중석을 가리키며 소리쳤다.

"Say 호우!"

그러자 놀라울 정도로 진한 침묵이 고척 돔구장에 가라앉기 시작했다.

3루 쪽 관중석을 채운 엔젤스 팬들이 그리고 그 아래 더그 아웃을 채운 엔젤스 선수들과 코칭스태프들이 멍한 눈으로, 일그러진 표정으로 마운드 위의 투수를 바라봤다.

'어라?'

꿈에서 본 적 없는 광경이었고, 그 광경을 바꾸기 위해 이진용이 재차 말했다.

"Say 호우……."

기어들어 가는 목소리로 말했다.

그러자 드디어 호응이 들렸다.

[노히트노런에 성공했습니다. 보너스 포인트를 지급됩니다.]

[완봉승에 성공하셨습니다. 보너스 포인트가 지급됩니다.]

[최초로 노히트노런에 성공했습니다. 다이아몬드 룰렛 이용권이 지급됩니다.]

[최초로 완봉승에 성공했습니다. 플래티넘 룰렛 이용권이 지급됩니다.]

[현재 누적 포인트는 28,321포인트입니다.]

-신이시여, 이 또라이를 구원하소서.

베이스볼 매니저와 김진호가 호응했다.

그리고 그게 호응의 전부였다.

"Say 호⋯⋯."

-진용아, 그냥 좀 닥치고 벤치로 들어가면 안 되겠니? 응? 이러다 내가 쪽팔려서 성불하겠다.

"⋯⋯넵."

그렇게 이진용이 자신의 역사적인 노히트노런 순간을 흑역사로 장식했다.

금요일 밤, 고척 돔구장에서 치러진 레인저스 대 엔젤스의 주말 3연전의 첫 경기는 엔젤스의 승리로 끝났다.

물론 금요일 밤의 하이라이트는 엔젤스의 승리가 아니었다.

노히트노런.

한국프로야구 정규시즌 역사 속에서 고작 열세 번, 포스트시즌의 기록을 포함해도 열네 번에 불과한 그 대기록이 주인이었고, 그 대기록의 주인인 이진용이 주인공이었다.

지금 그 이진용이 말했다.

"저기 화장실 다녀오면 안 될까요?"

화장실 좀 가겠다고.

"뭔 헛소리예요?"

그 말에 엔젤스 홍보팀 소속 김가인은 어처구니가 없다는 표정으로 이진용을 향해 말했다.

"인터뷰하셔야죠!"

당연한 말이지만 경기가 끝난 지금 남은 건 MVP 인터뷰였고, 그 대상은 더 당연하게도 이진용이었다.

심지어 노히트노런, 경기의 끝까지 서 있던 이진용에게 화장실로 갈 시간적 여유 같은 건 조금도 없었다.

"그리고 명심하세요!"

더 나아가 오늘 인터뷰는 이진용 본인은 물론 홍보팀에게도 매우 중요했다.

"절대 저번처럼 사고 치면 안 돼요."

이진용에게 있어 이번 인터뷰는 지난번에 저지른 방송 사고에서의 이미지를 씻을 수 있는 기회였으니까.

"이번에도 사고 치면 제가 모가지예요, 모가지!"

그리고 홍보팀에게 있어 이번 인터뷰는 당장 올해 추석에 회사에서 보낸 치약, 스팸 세트를 받을 수 있느냐, 없느냐가 걸린 아주 중대한 일이었으니까.

"제발 그냥 평범하게 하세요."

"예."

"인터뷰 도중에 호우 그러면 저 진짜 팀장님한테 불려가요. 그리고 팀장님은 운영팀장님한테 쪼인트 까이…… 아니, 아니에요. 여하튼 무조건 평범하게, 무난하게. 그냥 인터뷰에 대답만 하세요."

거듭된 김가인의 부탁에 이진용은 더 이상 말없이 고개만 끄덕였다.

"이진용 선수, 대기해주세요!"

그 사이 방송국 직원이 이진용을 불렀다.

김가인은 이진용을 향해 애절하기 그지없는 눈빛으로 바라봤고, 이진용이 그런 김가인을 뒤로한 채, 한국프로야구 후원사들의 로고가 가득한 간판이 세워진 인터뷰 장소로 이동했다.

이동하면서 이진용이 긴 한숨을 내뱉었다.

"최악의 날이네."

최악의 날.

한국프로야구의 열다섯 번째 노히트노런 달성자의 입에서 나올 만한 말이 아니었다.

-그래, 최악의 날이겠지.

우스운 건 그 말이 틀린 말이 아니라는 점이었다.

-네가 노히트노런 달성하고 관중석을 향해 호우 콜 외쳤다가 외면당한 영상이 이미 유튜브에서 조회수가 수십만이 넘어가고 있을 테니까. 나 같으면 쪽팔려서라도 은퇴했다.

이진용에게 있어 가장 화려하고 완벽해야 할 노히트노런의 마침표, 오늘 잡은 스물일곱 번째 아웃카운트는 이제까지 그가 잡은 무수히 많은 아웃카운트 중에 가장 처참했으니까.

"외면당한 거 아니거든요?"

물론 이진용은 그 사실을, 이 현실을 부정했다.

이진용이 손으로 입을 가린 채 나지막이 말했다.

-뭔 개소리야?

"아직 익숙하지 않아서 그런 겁니다. 다들 당황한 거예요."

그런 이진용의 현실 부정에 김진호가 가당치도 않다는 듯한 미소를 지으며 대답했다.

-그래, 당황은 했지. 얼마나 당황했으면 너한테 물 끼얹으라고 뛰쳐나오려던 팀원들이 그대로 일시 정지했을까? 난 시간이 멈춘 줄 알았다니까?

"제가 인터뷰에서 상황을 설명하면 다음번에는……."

-야, 아까 홍보팀 직원 얼굴을 보고도 그런 말이 나오냐? 괜히 이상한 짓 하지 말고 질문하는 것에만 대답해.

김진호의 말에 이진용은 더 이상 대답하지 않았다. 그저 입을 꾹 다문 채 입술만 내밀뿐.

그 모습에 김진호가 혀를 찼다.

이윽고 인터뷰 장소에 선 이진용이 주변을 둘러봤다.

큼지막한 방송용 카메라와 기자들의 대포 같은 카메라들이 이진용을 녹일 듯한 플래시를 토해내며 그를 찍었다.

그리고 그 앞에서 이진용은 자세를 잡았다.

당연히 입도 다물었다.

이토록 카메라가 넘치는 곳에서 김진호와 대화를 한다면, 정말 다음 대면 상대는 상대 팀 타자가 아니라 정신과 의사가 될 테니까.

-그보다 화장실은 왜 갑자기 가려고 한 거야?

물론 카메라가 수십 수백 대가 있든 말든 상관없는 김진호의 입은 쉬지 않았다.

-진짜 똥 마려워? 응?

그런 거듭된 김진호의 물음에 이진용은 머릿속으로만 대답했다.

'그야 플래티넘 룰렛하고 다이아몬드 룰렛 돌리려고 했죠!'

그 순간.

[플래티넘 룰렛 이용권을 사용하셨습니다.]

갑자기 플래티넘 룰렛이 활성화됐다.

-깜짝이야! 야, 이진용! 너 진짜 이럴래? 깜빡이 켜고 들어오라니까!

김진호가 그 사실에 기겁했다.

"헉!"

그리고 이진용도 기겁했다.

그 기겁하는 이진용의 모습에 김진호가 상황을 파악하고는 어이가 없다는 표정으로 이진용을 바라봤다.

"축하합니다, 이진용 선수!"

그와 동시에 인터뷰가 시작했다.

"일단 소감 한 말씀 부탁합니다!"

인터뷰 시작과 함께 아나운서, 이혜선이 자신이 쥔 마이크를 이진용의 입에 가져다 댔다.

당연한 말이지만 이진용은 그 마이크에 집중할 수 없었다.

'어? 어? 어!'

정면에 있는 카메라와 옆에 있는 아나운서 그리고 눈앞에 있는 룰렛을 보느라 눈알이 돌아가느라 정신이 없었으니까.

그런 상황에서 소감이 나올 리도 만무했다.

-돈다, 진용아. 룰렛 돈다!

심지어 룰렛이 돌아가기 시작했다.

백금색의 룰렛이 이진용의 마음과 상관없이 힘차게, 세차게 돌아가기 시작했다.

'미치겠네!'

이진용의 눈알도 데굴데굴 돌아가기 시작했다.

이 순간 이진용의 머릿속은 블랙아웃 상태였다.

-야, 나 기도할까 저주할까? 진용아, 어떻게 해줄까? 응?

김진호의 말조차 귀에 들어오지 않는 상황.

"어, 음……."

그렇게 머릿속이 새카맣게 변해버린 이진용의 입에서는 불길하기 그지없는 조짐이 흘러나왔다.

"이진용 선수?"

그 사실을 곁에서 본 이혜선은 당연히 떠올렸다.

이미 일찍이 이진용이 저지른 방송 사고를.

그 사고를 떠올린 그녀가 잽싸게 이진용의 입가에 있던 마이크를 제 입 앞으로 가져왔다.

"말문이 막힐 정도로 감정이 복받치시는 모양입니다."

그녀가 잽싸게 상황을 정리했다.

"그래도 역시 기분은 좋으시죠?"

그러고는 이진용에게 단답을 요구했다.

"네, 기분은 당연히……."

그때였다.

[구질 상승 비약(A랭크)을 획득하셨습니다.]

플래티넘 룰렛이 멈추며 아이템을 토해냈다.

그리고 그 아이템을 보는 순간 이진용은 저도 모르게 내뱉었다.

"와우!"

A랭크 구질 상승 비약!

대박이라고 하기에 부족함이 없는 그 아이템 앞에서 저도 모르게 나온 환호성이었다.

하지만 그 환호성은 지금 이곳에 있는 이들 중 그 누구도 이해할 수 없는 환호성이기도 했다.

"예?"

이혜선 아나운서가 굳은 미소를 지으며 반문했다.

-야, 이진용 이 미친 새끼야 정신 차려! 너 또 사고 칠래?

그리고 김진호가 경고했다.

"와우! 그런 말밖에 안 나오는 기분이었죠."

그제야 정신을 차린 이진용이 상황을 수습하기 시작했다.

"정말 마지막 아웃카운트를 잡는 순간에는 모든 걸 가진 기분이었습니다. 너무 복잡해서…… 도무지 표현할 도리가 없을 정도라서……"

"아."

그제야 이혜선 아나운서가 굳었던 표정을 풀었다.

"정말 기분이 좋으셨나 보네요."

"예, 너무 갑작스러운 기록이라서 지금도 그때를 떠올릴 때마다 저도 모르게 환호성이 나옵니다. 하, 하, 하."

이진용의 어색한 웃음과 함께 질문이 마무리됐고, 이혜선 아나운서는 잠시 이진용의 낌새를 본 후에 그가 제정신이라는 것을 파악한 후에 다음 질문을 뱉었다.

"오늘 이진용 선수의 피칭 스타일에 대해서 궁금하신 분이 많으실 것 같습니다. 바깥쪽 공략을 집중적으로 하셨는데, 이에 대해서 설명해 주실 수 있나요?"

"구속이 느린 저는 뭐든 해야 하는 투수입니다. 때문에 다양한 방법을 시도할 수밖에 없었습니다. 오늘 피칭은 그 시도 중 하나였습니다. 그리고 앞으로도 보다 다양한 피칭을 할 것입니다. 그게 제가 프로의 무대에서 살아남을 수 있는 유일한 방법이니까요."

이번 질문에는 이진용이 능숙하게 그리고 수려하기 그지없는 말솜씨로 대답했다.

이혜선 아나운서가 그제야 눈빛을 바꿨다.

무언가 정상적인 인터뷰가 되겠구나, 방송 사고는 없겠구나, 하는 안도의 눈빛이었다.

-야, 어떻게 된 거야? 룰렛이 갑자기 돌아가?

그 사이 김진호가 질문을 던졌고, 이진용이 그 질문에 대답 대신 머릿속으로 조금 전 상황을 생각했다.

'아니, 왜 갑자기? 그냥 머릿속으로 룰렛을 돌리겠다고 생각했을 뿐인데?'

베이스볼 매니저의 기능인 룰렛을 사용하는 방법은 사실 제대로 정해진 게 없었다.

이진용이 그 룰렛 이용권을 사용하고자 하는 의지를 보여주면 될 뿐이었으니까.

그러나 이런 식으로, 오로지 그저 생각만으로 룰렛이 돌아간 적은 이번이 처음이었다.

'그저 의지만으로도 룰렛이 돌아갈 수 있었던 건가? 다이아몬드 룰렛 돌리고 싶어? 이렇게 간절히 바라면?'

그리고 다시 한번 시도를 해봤다.

[다이아몬드 룰렛 이용권을 사용하셨습니다.]

그러자 이번에도 룰렛이 활성화됐다.

다이아몬드 룰렛이 모습을 드러냈다.

-아이, 깜짝이야!

이번에도 김진호가 기겁했다.

"헉!"

이진용도 기겁했다.

"이진용 선수?"

그리고 그런 이진용이 갑작스럽게 내뱉은 숨넘어가는 소리에 이혜선 아나운서도 기겁했다.

좌중의 반응도 싸해졌다.

모두가 의심과 우려 어린 눈초리로 이진용을 바라봤다.

"아, 그게……."

무언가가 필요할 때였다.

"다시 생각해도 제가 노히트노런을 달성했다는 게 너무 꿈만 같아서…… 솔직히 저번에 11타자 연속 탈삼진 신기록을 달성하고 마음고생이 심했었습니다."

그리고 이진용이 그 무언가를 보여주기 시작했다.

"아."

"그 이상을 보여줘야 한다고 하지만, 아시다시피 그런 게 하고 싶다고 할 수 있는 게 아니라서, 제가 팬들의 기대에 부응할 수 없을 것 같아서…… 크흑!"

말을 하던 이진용이 그대로 고개를 돌린 채 자신의 미간을 가볍게 꼬집었다.

연기, 이진용이 꺼낸 무언가는 바로 눈물 연기였다.

-헐, 이 새끼 이제 연기도 하네?

물론 모든 사정을 알고 있는 김진호가 그런 이진용을 미친 놈 보듯이 바라봤다.

반면 장내 분위기는 그런 이진용의 모습 엄숙해졌다.

엄숙한 분위기 속에서 모두가 생각했다.

'하긴, 스펙을 보면 프로에 올라온 게 기적이나 다름없으니까……'

'그런 말도 안 되는 기록을 처음에 거뒀으니, 기쁨보다는 오히려 걱정이 앞섰겠지.'

이진용이 남들은 모르는 깊은 마음고생과 함께 마운드에 올라섰으며, 누구보다 힘들게 공을 던졌다고.

"이진용 선수, 정말 고생하셨습니다."

그런 이진용에게 이혜선 아나운서 역시 진심 어린 다독임을 건넸다.

"예, 고맙습니다. 모든 여러분께 감사합니다."

이진용이 그 다독임에 울먹거리는 듯한 어조로 대답했다.

울지 마! 울지 마!

그리고 조금 한 박자 늦게, 스마트폰으로 현장보다 좀 더 늦게 송출되는 영상을 통해 이진용의 행동을 본 관중들이 이진용을 향해 격려의 응원을 던지기 시작했다.

그라운드의 분위기가 아름답게, 낭만적으로 변하기 시작했다.

그림이 만들어지기 시작했다.

노히트노런이란 대기록, 그 대기록을 마무리하기에 너무나도 적당한 그림이.

　그렇기에 방송국 PD는 이혜선 아나운서에게 주문했다.

　이 분위기대로 인터뷰를 마치자고.

　그 명령을 받은 이혜선 아나운서가 곧바로 이진용에게 마이크를 댄 채 마지막 질문을 했다.

　"그럼 마지막 소감 한마디 부탁합니다."

　그와 동시에 돌아가던 다이아몬드 룰렛이 멈췄다.

　[볼 마스터를 획득하셨습니다.]

　당연히 이진용은 소리쳤다.

　"호우!"

　두 번째 방송 사고였다.

　노히트노런.

　한국프로야구에서 보기 드문 기록이 나오는 순간 그리고 그 주인공이 인터뷰를 위해 그라운드에 나온 순간.

　당연히 그 순간을 찍기 위해 무수히 많은 기자들이 그라운드로 내려와 있었다.

　황선우도 마찬가지였다.

'오랜만이군.'

물론 그가 내려온 이유는 사진을 찍기 위함이 아니었다.

'그러고 보니 그런 느낌을 받은 건…… 유현이 메이저리그에 간 이후로는 처음이었지.'

유현.

한국프로야구 무대의 지배자가 되어 당당히 메이저리그 무대, LA다저스란 팀의 일원이 된 투수.

그런 그가 떠나버린 이후 오랜만에 자신의 심장을 두근거리게 만든 투수를 보기 위함이었다.

'이진용, 놈은 무조건 메이저리그로 갈 거다.'

그 정도였다.

황선우, 그가 보기에 이진용에게 한국프로야구 무대는 너무나도 작은 무대였고 때문에 황선우는 이진용이 한국프로야구 무대를 발판 삼아 하늘 위의 세계, 별들의 세계에 도전하리라 확신했다.

"호우!"

확신했기에 황선우는 이진용이 다시 한번 방송 사고를 일으켰을 때, 모두가 놀라는 상황 속에서 오히려 미소를 지었다.

그때 황선우의 스마트폰이 진동을 토해냈다.

황선우가 곧바로 스마트폰을 꺼낸 후에 잠금을 풀었다.

그러자 후배 기자로부터 온 문자가 보였다.

[안찬섭 6월 1일부터 리그 복귀합니다!]

그 사실에 황선우가 실소를 머금었다.

'안찬섭에게서 뭔가를 느꼈던 적이 있었지.'

안찬섭.

제2의 김진호라고 불릴 정도로 신이 내린 재능을 가지고 있던 그에게도 두근거림을 느낀 적이 있었다.

하지만 그 두근거림은 오래 가지 않았다.

'데뷔 시즌에만 느낀 거지만.'

발전이 없었으니까.

안찬섭은 그저 타고난 재능만으로 살아가는 선수일 뿐이었으니까.

'그래도 안찬섭이 데뷔했던 시즌에는 정말 김진호가 등장한 느낌을 받고는 했는데.'

그렇기에 더더욱 황선우는 이진용의 등장이 반가웠다.

'아무럼 상관없지. 이제 이진용이 있으니까.'

이진용이 한국프로야구 무대에 새로운 바람을, 그것도 거대한 태풍을 만들어줄 것이라 믿어 의심치 않았기에.

'이번 시즌 재미있겠어.'

그때 황선우가 쥐고 있던 스마트폰이 격렬하게 몸을 떨기 시작했다.

'응?'

갑작스럽게 전화가 왔다.

그러나 황선우를 더 당황케 한 것은 전화가 온 사실이 아니라, 발신자의 이름이었다.

"헉!"

숨넘어가는 소리를 내뱉은 황선우가 곧바로 도망치듯 그라운드를 벗어나면서 전화를 받았다.

"제임스!"

-헤이, 황!

"오랜만이네. 정말 오랜만이야. LA날씨는 어때?"

그러고는 곧바로 영어로 통화를 시작했다.

-지금 날씨가 문제가 아니야.

그리고 그렇게 시작된 통화 분위기는 삽시간에 진지해졌다.

-호크스의 관계자가 다저스 관계자와 만났어.

"호크스? 대전 호크스?"

-그래, 그리고 그 자리에는 당연히 유가 참석했지.

그 말을 듣는 순간 황선우는 주변을 살폈다. 그리고 주변의 그 누구도 자신을 보지 않는다는 사실을 확인한 후에야 정말이지 목소리라고 하기도 뭐할 정도로 작은 목소리로 말했다.

"무슨 대화를 했는데?"

-정확한 건 모르지. 하지만 웨이터에게 팁을 두둑이 찔러주니 몇 가지 주워들은 단어를 알려주더군.

그로부터 몇 초 후 스마트폰을 끈 황선우는 고개를 돌렸다.

'유현이 한국프로야구로 돌아온다.'

그러고는 이진용을, 홍보팀 직원에게 혼나는 그를 바라봤다.

그 순간 황선우의 감이 말해줬다.

한국프로야구 역사에 두 번 다시 보기 힘든 무언가가 이제 조만간 일어날 거라고.

5화
내가 제일 잘나가!

"일단 유명해져라. 그렇다면 당신이 똥을 싸도 사람들은 격렬히 박수 칠 것이다."

현대미술의 거장 중 한 명인 앤디 워홀이 남긴 명언.

……이라고 한국 사람 중 상당수는 잘못 알고 있다.

앤디 워홀은 살아생전 이런 말을 남긴 적이 없다.

하지만 그럼에도 불구하고 이 말은 그 자체만으로도 명언이 되기에 부족함이 없었다.

그 사실을 그가 증명했다.

-이호우 또 사고 쳤다!

이진용.

11타자 연속 탈삼진이라는 한국프로야구 신기록을 달성하고, 다음 경기에서 노히트노런이란 전무후무한 결과를 만든 것으로도 모자라, 2번 연속 방송 사고라는 더 전무후무한 결과를 만든 투수.

사실 그건 꽤 충격적인 일이었다.

이진용이 저지른 방송 사고는 심각한 방송 사고라기보다는 해프닝에 가까운 일이었지만, 문제는 이 사안의 크기를 떠나서 똑같은 사고가 두 번 연달아 일어났다는 점이었다.

방송국 차원에서 징계가 요구되고, 한국프로야구위원회 차원에서 징계가 나와도 이상할 게 없는 일이었다.

더 큰 문제는 대중이었다.

대중들은 그 무엇보다 반성이 없는 자를 싫어했으니까.

대중들이 이진용에 대한 강력한 징계를 요구해도 조금도 이상하지 않았다.

하지만 이번 이진용의 사건에 대한 대중의 반응은 달랐다.

-호우가 호우했는데 무슨 문제라도?
-아니, 왜 우리 호우 기를 죽이고 그러세요?
-내가 보기에 저건 일부러 한 게 아님. 그냥 진짜 진심으로 나온 거임.
└ㅇㅇ 내가 보기엔 싸이코패스인 듯.
└ㅇㅇ 싸이호우패스인듯.

온라인에서 이런 이진용의 모습에 대한 비난은 많지 않았다.

-솔직히 이런 또라이도 있어야 재미있지.

-답답하면 그냥 마운드에서 강판시키든가.

오히려 이런 이진용의 모습에 대해 격렬한 박수를 보냈다. 결과를 보여줬으니까.

-꼬우면 노히트노런 하든가!

-아무렴 좆도 못 하는 주제에 술 마시고 사고 치는 것보단 낫지.

그 누구도 보여주지 못한 결과를 보여줌으로써 이진용은 자신이 내뱉는 그것이 그저 정신 나간 놈의 헛소리가 아니라 전투에서 승리한 맹수의 포효임을 증명했다.

이제는 충분히 유명해진 이진용의 기행은, 도리어 사람들에게 박수를 받는 상징이 되어버렸다.

물론 그렇다고 해서 이대로 이진용을 그냥 둘 수는 없었고, 때문에 결국 이진용에게 징계가 내려왔다.

[엔젤스, 이진용 자체 징계 벌금 100만 원!]

서울 엔젤스 선수단이 머무는 호텔.

그 호텔에 마련된 방 한 곳에서 한 사내가 의자에 앉아 있었다.

앉아 있는 사내의 모습은 처절하기 그지없었다.

사내는 마치 시체처럼, 모든 것을 불태운 장작처럼, 그렇게 모든 것이 타고 남은 재처럼 의자에 앉아 있었다.

"아."

이윽고 사내가 긴 탄식과 함께 자신을 이토록 처량하게 만든 이유를 스스로 내뱉었다.

"내 백만 원……."

이진용의 그 말에 옆에 있던 김진호가 어처구니없다는 눈빛으로 말했다.

-미친놈, 고작 벌금으로 끝낸 걸 고마워해야지.

"그 벌금이 백만 원이라고요, 백만 원!"

김진호의 그 말에 이진용이 그대로 자신의 머리를 쥐어뜯듯 잡았다.

정확히는 왼손으로만 머리를 잡았고, 오른손은 그대로 축 늘어뜨렸다.

"아, 젠장! 백만 원짜리 호우라니!"

-지랄 그만하고 슬슬 몸 풀 준비나 해. 지금 어깨도 제대로 움직이지 않을 텐데.

그 말에 이진용이 자신의 오른쪽 어깨를 바라봤다.

마치 거대한 납덩이가 어깨를 물고 있는 듯한 묵직함이 느껴졌다.

투수라면 그리고 선발투수라면 언제든 느낄 수밖에 없는 묵직함이었다.

동시에 어젯밤, 금요일 밤의 일이 신기루나 꿈 따위가 아닌 현실이라는 명확한 증거였다.

"내 백만 원……."

이진용이 벌금 백만 원을 내야 한다는 것 역시 꿈이 아닌 현실이란 증거이기도 했다.

-에이, 진짜! 야! 백만 원 내가 줄게! 내가 준다!

그런 이진용의 푸념에 결국 김진호가 폭발했다.

"레알?"

반면 김진호의 그 폭발에 이진용의 눈빛에 활력이, 입에서는 웃기지도 않는 인터넷 용어가 튀어나오기 시작했다.

-그래! 까짓것 내가 백만 원이 아니라 억 준다! 억!

"진짜죠?"

이 순간 이진용은 김진호의 말을 믿고 있었다.

그리고 충분히 믿을만했다.

다른 이가 이런 말을 했다면 헛소리로 치부했겠지만, 눈앞의 인물은 김진호 아닌가?

메이저리그 투수로 지금에 비해서는 많지 않지만, 당시 연봉으로 천만 달러는 가뿐히 받던 투수!

심지어 애플의 임원으로부터 얻은 고급 정보로 주식투자로 대박을 친 장본인이었다.

"역시 비자금 숨겨놓은 곳이 있었군요! 달러인가요 금인가요? 금이면 좀 골치 아플 것 같은데…… 역시 달러가 좋겠군요. 물론 원화도, 엔화도 환영이지만. 혹시 유로화?"

1, 2억 원 정도는 현금이나, 금괴 따위로 비상금처럼 숨겨놓아도 이상할 게 없을 정도.

"그래서 어디에 숨겼습니까?"

그런 이진용의 말에 김진호가 진지하게 말했다.

-받아 적어.

"옙!"

이진용이 곧바로 호텔 책상에 마련된 메모지를 뜯고, 왼손에 펜을 쥐었다.

-3.

"3."

-11, 24, 35, 38, 45.

"……38, 45."

단숨에 김진호가 남긴 번호를 메모지에 받아적은 이진용이 적은 것을 보며 말했다.

"주소? 아니면 좌표? 금고 비밀번호?"

그 물음에 김진호가 대답했다.

-아니, 오늘 로또 당첨 예상 번호.

"네?"

-오늘 토요일이잖아? 야구장 출근하기 전에 근처 편의점에서 로또나 찍어 봐. 몇 개 더 불러줄까?

그 말에 이진용이 속았다는 표정을 지은 후에 곧바로 왼손에 쥔 메모지를 움켜쥐고는 김진호를 향해 던졌다.

"에이 진짜!"

물론 그 메모지는 그대로 김진호를 통과해 바닥에 굴렀다.

-야! 3등만 당첨돼도 벌금은 해결이잖아!

그 사실에 김진호가 여전히 진지한 표정을 지은 채, 그러나 웃음을 간신히 참느라 입꼬리를 씰룩거린 채 말을 이어갔다.

"닥쳐요!"

-혹시 모르잖아? 꿈에서 조상 보면 로또 당첨한다는 말도 있는데?

"그게 뭔 상관이에요?"

-조상도 귀신이잖아? 귀신 보면 운이 좋다는 건데, 넌 꿈도 아니라 현실에서 귀신을 보는데 로또 당첨 정도는 되지 않을까?

"말이 되는 소리를 하세요!"

그 순간 이진용이 뭔가를 떠올린 듯 표정을 바꿨다.

[골드 룰렛 이용권을 사용하셨습니다.]

그러자 갑작스럽게 골드 룰렛이 펼쳐졌다.

이제는 특별한 조짐도 없이, 언제 어느 순간이든 룰렛을 펼치는 방법을 알아낸 것이다.

그렇게 등장한 골드 룰렛을 바라보는 김진호의 표정이 굳었다.

반면 이진용은 비릿한 미소를 지으며 말했다.

"좋습니다. 귀신 보면 얼마나 운이 좋은지 한 번 봅시다."

그 말과 동시에 골드 룰렛이 힘차게 돌아가기 시작했다.

그리고 곧바로 룰렛이 멈췄다.

[구속이 1상승합니다.]

그러자 알림이 들렸다.

그 사실에 이진용이 놀란 눈으로 룰렛을 바라봤다.

반면 김진호는 양손을 머리 위로 번쩍 들며 소리쳤다.

-꽝이다! 드디어 꽝이다!

꽝.

그건 틀린 말이 아니었다.

"아, 젠장 하필······."

이진용의 현재 최대 구속은 130.

이제부터 구속 1을 올리기 위해서는 브론즈 룰렛이 아니라 실버 룰렛 이상의 룰렛에서 구속 증가가 나와야 한다.

달리 말하면 실버 룰렛을 돌리든, 다이아몬드 룰렛을 돌리든 구속이 나와 봤자 1밖에 안 오른다는 의미.

실버 룰렛을 소모해도 얻을 수 있는 걸 골드 룰렛을 돌려서 얻었으니, 꽝이라기에 부족함이 없는 일이었다.

-으하하! 드디어 왔다! 그래, 양심적으로 이제는 꽝이 좀 나와야지.

그 사실이 김진호가 그대로 이진용의 주변을 빙빙 돌며 노래를 부르기 시작했다.

-꽝, 꽝, 꽝, 꽈아아아아아앙!

[10,000포인트를 소모해 골드 룰렛을 소환합니다.]

-어?

그때 이진용이 곧바로 새로운 룰렛을 생성했다.

이진용, 그가 김진호를 바라보며 눈빛으로 말했다.

누가 이기나 해보자!

그 말에 김진호가 이진용의 반대편에 선 채 말했다.

-동작 그만.

"뭡니까?"

-실버 룰렛이 아니라 골드 룰렛을 돌리시겠다? 골드 룰렛에 서만 다이아몬드 칸이 나오니 다이아몬드 칸을 노리시겠다?

김진호의 말에 이진용이 눈웃음을 지으며 말했다.

"왜요? 후달리세요?"

-으허허허!

짧게 웃은 김진호가 말했다.

-후달려? 야, 돌려!

그 말에 곧바로 룰렛이 힘차게 돌아가기 시작했다.

그리고 이내 룰렛이 멈췄다.

[체력이 1증가했습니다.]

"어? 어?"

이진용이 믿기 힘들다는 눈으로 룰렛을 바라봤고, 김진호가 손가락으로 이진용을 가리키며 말했다.

-Say 호우!

"이, 이럴 리가 없는데?"

-없긴 개뿔 그동안 운으로 뽑아먹은 게 이상한 거지!

그리고 다시금 김진호가 자리에서 일어난 후에 이진용의 주변을 춤을 추며 맴돌기 시작했다.

-오빤 꽝남 스타일!

이번에는 말춤이었다.

그런 김진호의 도발에 이진용이 다시금 1만 포인트를 소모해 골드 룰렛을 소환했다.

그건 마치 도박중독자가 한 번만 더! 를 외치는 꼴과 비슷한 꼴이었다.

-야!

김진호가 놀라며 말했고, 이진용이 대답 대신 자신의 왼손 손가락 세 개를 폈다.

대한민국에선 삼세판이지 말입니다?

그런 의미가 담긴 이진용의 제스처에 김진호가 이제는 조금은 불안한 눈빛으로 돌아가기 시작한 골드 룰렛을 바라봤다.

-어, 어, 제발.

이윽고 골드 룰렛이 멈췄다.

[체력이 1증가했습니다.]

-체력, 이랏샤이마세!

그리고 등장한 결과물에 이진용이 왼손으로 얼굴을 감싸고, 김진호가 환호성을 내질렀다.

"아……."

체력 2, 구속 1.

실버 룰렛에서도 충분히 얻을 수 있는 것을 골드 룰렛만 소모해 얻은 순간이었다.

그 사실에 김진호는 드디어 하늘을 보며 말했다.

-신이시여, 그동안 의심해서 죄송합니다.

그때 이진용이 남은 8천 포인트 중 5천 포인트를 소모해 실버 룰렛을 활성화했다.

마지막 도박수를 던졌다.

물론 이번만큼은 김진호는 불안한 눈빛 따위를 품지 않았다. 오히려 가소롭다는 듯이 돌아가는 은빛 룰렛을 바라봤다.

돌아가는 룰렛을 바라보며 이번에는 어떤 식으로 이진용을 놀려먹을까, 그것을 고민했다.

이윽고 이진용의 마지막 룰렛이 멈췄다.

[스킬업(A랭크)을 획득하셨습니다.]

-어?

이진용, 그가 이번에는 역으로 자리에서 일어나며 소리쳤다.

"호우!"

5월 19일, 고척 돔구장에 태풍이 몰아쳤다.

그리고 다시 내일의 해가 떴다.

5월 20일, 고척 돔구장에서는 어제의 태풍이 만들어낸 여파와 상관없이 레인저스와 엔젤스의 주말 3연전 두 번째 경기가 시작됐다.

-레인저스가 어제 당한 노히트노런의 패배를 영봉승으로 되갚아주었습니다!

두 번째 경기의 승자는 레인저스였다.

그리고 세 번째 경기 역시 마찬가지였다.

-굿바이 홈런! 박정근이 드디어 해냈습니다! 6대5! 9회 말 드디어 승자가 가려졌습니다.

레인저스가 홈경기에서 최후의 승자가 되었다.

-이것으로 엔젤스는 드디어 5할 승률이 붕괴하는군요. 초반에 벌어놓은 모든 것을 드디어 탕진했습니다.

동시에 4월 리그 개막 때까지만 해도 연승을 거듭하며 우승 경쟁에 끼어들었던 엔젤스가 5할 승률이 무너지며, 결국은 리그 6위로 떨어지는 순간이었다.

그렇게 맞이한 휴일인 월요일은 휴일일 수가 없었다.

엔젤스 코칭스태프는 참담한 상황 속에서 5월 23일부터 시작되는 잠실 6연전을 준비했다.

"주전 라인업 분석 끝."

그리고 이진용, 그 역시 이제는 엔젤스의 명실상부한 4선발 투수가 되어 잠실에서 주중에 펼쳐지는 데블스와의 3연전, 그 마지막 경기인 목요일 경기를 준비했다.

"데블스 애들은 저번에 이미 한 번 분석을 해봐서 그런지 생각보다 분석이 빠르게 끝나네요."

-어디 보자…….

이 세상에서 가장 믿음직한 귀신이 함께.

-아마 넌 다음 데블스 전에서 잘해야 8이닝 2실점 정도 할 거 같다.

그런 김진호가 이진용이 분석한 데블스 자료를 다시 한번 훑어보고 견적을 냈다.

"8이닝 2실점이요? 꽤 좋게 봐주시네요?"

8이닝 2실점.

데블스라는 현재 리그 4위 팀을 상대로, 그것도 타선이 장점 중 하나인 팀을 상대로는 호투라고 하기에 부족함이 없는 결과였다.

-내가 가르쳐 준 게 있는데 이 정도도 못하면 그냥 오함마로 손모가지 분질러야지.

그러나 김진호는 최소한 이진용이 그 정도는 해줘야 한다고 생각했다.

지금 이진용이 가진 스펙은 충분히 훌륭했으니까.

최대 구속은 여전히 131킬로미터에 불과하지만, 이진용에게는 충분히 7이닝 이상을 소화할 체력이 있었으며, 그동안 타자들을 곤란하게 만든 멋진 투심 패스트볼과 끝내주는 스플리터가 있었다.

-그리고 레인저스전은 솔직히 기대 이상으로 잘했고.

결정적으로 이진용은 이미 레인저스전에서 자신이 규격화될 수 없는 투수임을 보여줬다.

-그 정도로 잘해줄 줄은 몰랐는데 말이야.

이진용이란 투수를 상대하기 위해서는 머리털을 쥐어 잡고 뜯어야 한다는 것을 보여줬다.

그게 김진호가 원하던 바이기도 했다.

-어쨌거나 레인저스전의 피칭 덕분에 널 상대하는 타자들은 머리가 아플 거다. 이 또라이 새끼가 무슨 또라이 짓을 할지 제대로 규격화할 수 없을 테니까.

이진용 같은 타입의 투수는 살아남기 위해서는 최대한 많은 것을 할 수 있다는 것을 보여줌으로써, 그를 상대하는 팀과 타자들의 머릿속에 여러 가지 경우의 수를 만들게 해줘야 하는 투수였으니까.

-넌 그 점을 이용해야 하고.

남은 건 이제 그렇게 복잡해진 타자들을 상대로 이진용이 유리한 카드를 내밀어서 아웃카운트를 잡는 것.

-뭐, 반대로 너 역시 이제부터 분석이 되는 만큼 이제 같은 성적은 내기 힘들겠지만. 슬슬 실점이 쌓이겠고, 대량 실점도 하겠지.

그 과정에서 실점도 하겠지만, 그건 결코 이상한 일이 아니었다.

더욱이 이진용에게는 아직 더 강해질 여지가 있었다.

"그럼 이제 남은 문제는 뭘 마스터 랭크로 만드느냐, 이거군요."

말과 함께 이진용이 자신의 능력치 창을 활성화했다.

[이진용]

-최대 체력 : 82

-최대 구속 : 131

-보유 구종 : 포심 패스트볼(E), 투심 패스트볼(A), 스플릿 핑거 패스트볼(S), 체인지업(B), 슬라이더(F), 커브(B)

-보유 스킬 : 심기일전(D), 일일특급(D), 라이징 패스트볼(A), 마법의 1이닝, 무쇠팔(E), 리볼버, 컨트롤 마스터(A), 철인

[일일특급 효과에 의해 커브의 구질 랭크가 B랭크로 상승했습니다.]

"음……."

이번에 새롭게 얻은 스킬업(A랭크) 아이템은 라이징 패스트볼 스킬에 사용했다.

고민은 없었다.

철인 스킬 덕분에 라이징 패스트볼 스킬을 이제 소모값 없이 쓸 수 있게 된 상황에서 라이징 패스트볼의 가치는 이루 말할 수 없으니까.

하지만 아직 구질 향상 아이템과 볼 마스터 아이템은 사용하지 않은 상황이었다.

"골치 아프네요."

워낙 가치가 넘치는 탓이었다.

"뭐든 간에 마음만 먹으면 마스터 랭크로 만들 수 있고……."

일단 당장 마음만 먹으면 이진용은 자신이 가진 구질 중 하나를 마스터 랭크, S랭크로 만들 수 있었다.

"아니면 하나는 A랭크로 만들고, 투심 패스트볼을 마스터 랭크로 만드는 것도 나쁘지 않고."

혹은 좀 더 영리하게 써먹으면, 투심 패스트볼과 스플리터를 제외한 구종 중 하나를 A랭크로 만든 후에 투심 패스트볼만 마스터 랭크로 만드는 법도 있었다.

볼 마스터 아이템은 A랭크 구질에만 적용되지만, 반대로 구질 향상 아이템은 F랭크도 A랭크로 만들어줄 수 있으니까.

분명한 건 너무나도 장점들이 명확하다는 것.

A랭크의 커브는 이진용에게 새로운 레퍼토리를 줄 것이고, 횡으로 움직이는 슬라이더의 가치는 이루 말할 수 없으며, 포심 패스트볼과 체인지업 역시 언제든 이진용의 주 무기가 되어줄 수 있다.

그래서 선택을 미뤄두었다.

당장 눈앞에 있는 데블스를 상대로 어느 무기를 장착하는 것이 도움이 될지 가늠하기 위해.

"이번에는 방해 안 해요?"

그렇게 고민하는 이진용에게 김진호는 이제까지와는 다르게 이진용을 '망캐'로 만들기 위한 수작을 부리지 않았다.

-뭐, 굳이 내가 방해하지 않아도 다른 애들이 네 인생을 방해해 줄 테니까.

"예? 무슨 말이에요?"

-그게 아니더라도 이쯤 됐으면 슬슬 네가 더 먼 곳을 바라볼 필요가 있지.

말과 함께 김진호가 이진용에게 질문했다.

-넌 어떤 투수가 되고 싶은 거지?

철학적이기 그지없는 질문.

듣는 순간 말문이 막힐 법한 질문.

그러나 그 질문에 이진용은 조금의 망설임도 없이 대답했다.

"김진호 선수 같은 투수요."

고민 따윈 없었다.

이진용에게 있어 가장 위대한 투수는 그였고, 만약 누군가 될 수 있다면 그처럼 되고 싶었으니까.

-그럼 다음 과제로 넘어가야겠군.

그 사실에 김진호가 만족한 듯, 입가에 미소를 지은 채 말했다.

"다음 과제가 뭐죠?"

-팀의 에이스 자리를 빼앗아오는 것.

그 말에 김진호와 똑같은 미소를 짓는 이진용의 눈빛 어디에도 고뇌의 흔적은 없었다.

당연히 망설임도 없었다.

[포심 패스트볼 랭크가 A랭크가 되었습니다.]
[투심 패스트볼 랭크가 마스터 랭크가 되었습니다.]

"그럼 일단 악마부터 사냥해야겠군요."

포심 그리고 투심, 이진용이 데블스를 상대하기 위한 새로운 무기를 손에 쥐었다.

야구가 어려운 이유 중 하나는 똑같은 날이 없다는 것이다.

똑같은 팀을 똑같은 구장에서 상대하더라도 처한 상황에 따라 선수가 느끼는 부담감은 전혀 다르다.

예를 들면 상대하는 팀은 똑같아도, 자기 팀이 그냥저냥 게임을 잘하고 있을 때와 4연패일 때는 짊어지는 부담감이 다르다.

팀이 적당한 순위에서 적당히 싸울 때와 5할 승률이 붕괴한 이후 1패를 할 때마다 순위가 한 계단씩 내려갈 때에 짊어지는 부담감 역시 크게 다르다.

더 나아가 패전처리투수로 마운드에 올라올 때와 노히트노런이란 기록을 세운 후에 선발투수가 되어 마운드에 올라올 때와의 부담감 차이는 이루 말할 수 없다.

지금 이진용의 상황이 그러했다.

레인저스와의 주말 3연전에서 2연패를 짊어진 엔젤스는 하루 휴식일을 거치고 시작된 데빌스와의 주중 3연전의 화요일 경기와 수요일 경기에서 패배하며 자연스럽게 4연패 상황이 되었고 그런 상황에서 이진용이 선발투수로 마운드를 밟게 됐다.

-설마 이런 상황에서 올라오게 될 줄은 몰랐지만, 어쨌거나 잘됐네. 에이스 자리를 뺏어오기에는 이보다 더 좋은 무대도 없을 테니까.

그런 이진용을 따라 마운드에 오른 김진호는 해맑은 미소를 지으며 이진용에게 말했다.

-하늘이 진용이, 네게 기회를 주려는 모양이다.

그 말에 마운드에 올라온 이진용은 글러브로 입을 가린 채, 눈살을 찌푸린 채 말했다.

"기회랑 엿이랑 단어를 잘못 쓰신 거 같은데요?"

-엿은 이거잖아?

그런 이진용의 눈앞에서 김진호가 가운데 손가락을 꼿꼿하게 세운 채 흔들었다.

"좀 치워요."

-아니, 네가 날 엿이 뭔지도 모르는 줄 아는 것 같아서. 이게 엿 맞잖아? 응? 엿 맞지? 영어로 퍽 유. 아니냐?

"에이, 진짜!"

김진호의 놀림에 이진용이 짧게 신경질을 냈다.

이진용의 그런 모습에 김진호는 도리어 재미있다는 듯이 미소를 지으며 꼿꼿하게 세웠던 가운데 손가락으로 자신의 관자놀이 부근을 톡톡 치며 말했다.

-어제 내가 한 말, 에이스에게 필요한 게 무엇인지 다시 한번 떠올려 봐.

그 말에 이진용이 긴 한숨을 내뱉으며 두 눈을 감으며 김진호와의 대화를 회상하기 시작했다.

에이스.

더 이상 미사여구가 필요 없는 단어다.

에이스는 에이스라는 그 단어 자체만으로도 이미 절대적이다.

때문에 사람들은 에이스란 단어 자체에 대해서는 그다지 큰 의문을 가지지 않는다.

대신 에이스가 되기 위해 필요한 조건에 대해 의문을 가진다.

그럼 과연 에이스가 되기 위해 필요한 건 뭘까?

-에이스가 되기 위해서는 다양한 게 필요하지. 실력은 기본이고, 카리스마에, 남들이 보지 못하는 걸 볼 줄 아는 선견지명과 그냥 딱 봐도 누구나 알 수 있는 아우라도 가지고 있어야 해. 그리고 얼굴도 잘생겨야 하고.

"다행이네요. 개중에 한 가지는 가지고 있어서."

-인마, 네 실력은 한국프로야구 수준에서 좀 먹히는 거지 아직 허접이야, 허접! 어디서 그따위 실력을 가지고 실력 자랑을 하려고 해? 응? 벌써부터 자만하냐?

"누가 실력이 좋다고 했어요?"

-그럼?

"당연히 얼굴이죠."

-지랄하네. 넌 인마, 내 조건 칼같이 적용하면 오른손이 아니라 양손으로 던져서 한 시즌 30승을 거둬도 에이스 못 돼!

"하지만 김진호 선수는 에이스였잖아요?"

-당연히 난 에이스 오브 에이스였지.

"그럼 얼굴 쪽은 문제없네요."

-지금 내가 너보다 못생겼다는 거냐?

"어디 가서 자랑할 만한 건 아니죠. 김진호 선수보다 잘생긴 게 무슨 자랑거리가 되겠습니까? 길 가다 동전 주운 것만 못한데."

-아오!

"장난은 여기까지 합시다. 그래서 제가 에이스가 되기 위한 조건 중에 당장 얻을 수 있는 건 뭔가요?"

　-실력.

"실력이 부족하다면서요?"

　-그냥 실력이 아니라, 믿을 수 있는 실력이 필요해.

　개중에서도 가장 우선적으로 가져야 하는 건 다름 아니라 믿을 수 있는 실력이었다.

"믿을 수 있는 실력…… 무슨 의미죠?"

　-이진용, 네가 엔젤스 타자나 코칭스태프라고 치고, 너 같은 놈이 마운드에 오면 어떤 생각이 들어?

"호우?"

　-야, 진지한 말할 때는 좀 진지하게 대답해라.

"저 또라이 새끼 무슨 사고를 칠까? 이게 원하는 대답이죠?"

　-비슷한데 아니야.

"정답이 뭡니까?"

　-과연 오늘은 이 또라이 놈이 뭘 할까? 그게 널 보는 엔젤스 선수, 그리고 코칭스태프의 생각이다.

　그 말에 이진용은 잘 이해가 안 된다는 듯한 표정을 지었고 김진호가 쓴웃음을 지으며 말했다.

　-평범한 투수라면 그러든 말든 상관없어. 뭘 하든 결과만 나오면 되니까 에이스는 그러면 안 돼. 생각해 봐. 그렉 매덕스나 랜디 존슨, 페드로 마르티네스 그리고 나 같은 선수가 마운드

에 올라올 때 그 누구도 그들이 뭘 할까, 그런 생각을 한 적 있어? 안 하지. 왜? 믿을 수 있는 실력이 있으니까.

"아."

그제야 김진호의 말을 이해한 이진용이 탄성을 내뱉었다.

"그럼 어떻게 하면 됩니까?"

그 질문에 김진호가 대답했다.

-마운드 위에서 보여줘야지. 내가 팀의 승리를 위해서 무엇이든 할 수 있는 투수라는 것을.

그 말에 이진용이 긴 한숨을 내뱉었다.

이제까지 그가 마주한 문제가 문제의 난이도를 떠나 명확한 해답이 존재하는 문제였다면, 김진호가 말하는 이번 문제는 명확한 해답이 존재하지 않았으니까.

그런 이진용의 모습에 김진호가 고개를 절레절레 흔들었다.

-오냐, 특별 서비스다. 그 누구에게도 말해주지 않았던 나만의 비결을 말해주마.

그 말에 이진용이 놀라며 물었다.

"비결이요?"

-그래. 내 비결은…….

잠시 뜸을 들인 김진호가 이내 자신의 이진용의 귓가에 입을 가져다 댄 채 조심스럽게 말했다.

-바로 노팬티다!

"에이, 진짜."

이진용이 바로 화를 냈다.

-야, 진짜야!

"진지하게 믿은 내가 병신이지!"

-뻥 아니라니까. 내가 남사스러워서 남들한테 말하지 않았을 뿐이지 효과 있다니까? 장난 아니라니까.

"닥쳐요!"

-야, 아니면 내 손을 장을 지진다.

여기까지였다.

회상을 마친 이진용이 곧바로 자신이 마주해야 하는 현실로 돌아왔다.

그리고 현실로 돌아온 이진용에게 김진호가 질문했다.

-어때? 기억나지?

"예, 김진호 선수가 노팬티 피처였다는 게 기억나네요."

-응? 무슨 소리야?

영문을 모르겠다는 표정을 짓는 김진호를 뒤로한 채 이진용이 뜬 눈으로 이제는 타석에 선 타자를, 머리 위에 105라는 숫자를 짊어진 타자를 바라봤다.

-너, 내가 한 말 제대로 기억하는 거 맞지?

그때 김진호가 다시 한번 질문을 던졌다.

그러나 이진용은 대답하지 않았다.

'물론이죠.'

대답할 필요가 없었으니까.

'김진호 선수가 한 말은 전부 기억합니다.'

"플레이볼!"

그렇게 주심의 외침과 함께 게임이 시작됐다.

김진호는 말했다.

'그날 경기에서 100구를 던진다면, 전부 다른 100구를 던져라.'

다양한 것을 말했다.

'도망가는 피칭 따위는 하지 마라.'

뼈가 될 만한 것, 살이 될 만한 것 그리고 피부가 될 만한 것은 물론 영혼이 될 만한 것까지.

'모든 타자를 상대로 삼진을 잡을 방법을 강구해 두어라.'

솔직히 말하면 너무 많은 것을 말해줘서, 머릿속이 어지러울 정도였다.

'다양한 것을 보여줌으로써, 타자의 머릿속을 복잡하게 만들어라.'

하지만 그런 김진호가 말하는 바, 지향하는 바, 그가 이진용에게 원하는 바는 간단했다.

'어떻게든 아웃카운트를 잡아라.'

효율적으로 그리고 효과적으로 아웃카운트를 잡는 것.

이제까지 김진호가 가르쳐준 모든 것은 오로지 그 한 가지 목적에만 충실했다.

그리고 이제까지 이진용은 그런 김진호의 가르침을 메마른 땅이 단비를 흡수하듯 먹어치웠고, 김진호가 내어준 숙제와 시험을 100점 만점에 120점짜리 성적으로 답했다.

그런 그에게 김진호는 기꺼이 말했다.

이제 한 번 해보라고.

그래서 했다.

'1볼 2스트라이크 상황. 삼진을 잡고 싶지만 애매한 유인구는 커트 될 확률이 높아. 앞서서 삼진을 당했으니 스플리터에 대해서 민감하게 반응하겠지. 하지만 이번 이닝에는 투심 패스트볼을 이미 세 개나 던졌다. 대비하고 있을 거야. 그럼 오히려 반대, 하이 패스트볼로 간다.'

"스윙 스트라이크 아웃!"

김진호가 가르쳐준 그대로 타자를 상대로 가장 완벽하게 그리고 효율적으로 아웃카운트를 잡기 위한 피칭을 시작했다.

'홈플레이트에 달라붙는 타자. 고민할 것 없이 몸쪽을 찌르면 될 뿐. 그렇게 몸쪽으로 찔러서 볼카운트가 만들어지는 순간 체인지업으로 확실하게 낚는다.'

"스윙 스트라이크 아웃!"

그렇게 보여줬다.

'완벽한 타자. 현재 타율 3할 7푼. 어설픈 승부는 해봤자 체력만 빠질 뿐. 내가 던질 수 있는 가장 확실한 공으로 초구를 던진다.'

"유격수 앞 땅볼!"

이진용이란 투수가 어떤 투수인지.

무엇을 위해 마운드에 올라왔는지.

[109포인트를 획득하셨습니다.]

[5이닝 무실점 피칭 중입니다.]

이진용, 그는 그렇게 자신이 뭘 할지 궁금해하는 모든 이들에게 기꺼이 보여줬다.

"호우!"

자신이 뭐든 할 수 있는 또라이라는 것을!

자신이 팀의 에이스가 되기에 부족함이 없는 또라이라는 것을!

-축하한다, 제 발로 지옥행을 선택한 걸.

김진호가 그런 그를 미소 어린 얼굴로 바라봤다.

"호우!"

이진용이 5이닝을 마치며 내지른 열세 번째 외침이 데블스의 더그아웃을 들어왔다.

"성질 긁는 데에는 도가 튼 놈이야."

"저 주둥이 어떻게 틀어막고 싶은데 말이야."

그 사실에 데블스의 선수들이 으르렁! 사납기 그지없는 목소리를 내뱉었다.

하나, 분노에 취해 날뛰는 이는 없었다.

"근데 그게 쉽지 않으니까 문제지."

"쉽지 않은 정도가 아니야."

그것은 코칭스태프의 경고나 다독임이 있어서 그런 게 아니었다.

"솔직히 말하면 답이 안 보여. 구속이 느린 것 빼고는 흠잡을 곳이 하나도 없어."

"5이닝 동안 2피안타 1볼넷, 투구수가 몇 개지?"

"60개는 됐나? 안 됐을걸?"

완전무결.

"이제는 구속이 느린 것조차 흠이라고 생각되지 않아. 패스트볼 보면 알잖아?"

"알지. 저놈 패스트볼은 그냥 패스트볼이 아니야."

"구속이 느린 게 흠이 아니라, 구속이라도 느려서 다행인 수준이지."

그런 이진용의 피칭을 보고도 구속이 느리다고 얕잡아 본다면 그건 프로 자격이 없다는 의미였을 테니까.

"피칭 스타일도 문제야. 모든 타자를 상대로 땅볼, 뜬공, 삼진으로 잡을 수 있는 스타일을 가지고 있어."

오늘 이진용의 피칭은 그랬다.

삼진을 잡아야 할 타자에게는 삼진을 잡았고, 땅볼을 유도해야 할 때는 땅볼을 유도했으며, 공격적인 피칭과 유인하는 피칭을 마음대로 바꾸며 완벽하기 그지없는 맞춤형 사냥법을 보여주고 있었다.

"좀 웃긴 말인데, 이호우 놈이 던지는 거 보면 김진호 선수가 떠오른단 말이야."

"맞아. 패스트볼로 타자 간 본 다음에 스플리터랑 체인지업, 두 가지 결정구를 골라 쓰는 건 김진호 스타일이 분명해."

그렇게 데블스 선수들이 이진용을 인정했다.

당연한 말이지만 데블스의 코칭스태프 역시 마찬가지였다.

'이진용은 오늘 가장 완벽한 피칭을 하고 있다.'

샤크스전에서 스트라이크존을 공격적으로 노리며 땅볼을 유도했던 피칭.

타이탄스전에서 보여줬던, 이제는 한국프로야구의 전설이 되어버린 탈삼진 퍼레이드 피칭.

그리고 레인저스전에서 보여준 바깥쪽을 집요하게 노려서 만들어낸 노히트 피칭.

이진용은 그런 자신의 세 가지 모습을 데블스를 상대로 적재적소에서 보여주고 있었다.

어느 선수의 말대로 이진용은 하나의 타자를 두고, 그 타자를 뜬공으로 잡는 법과 땅볼로 잡는 법 그리고 삼진으로 잡는 법을 손에 쥔 채 원하는 방법을 꺼내 쓰고 있었다.

'스플리터도 그렇지만, 오늘은 투심도 마구 수준이다. 그리고 패스트볼도 구속은 130 초반에 불과하지만 실린 힘이 달라.'

그 피칭에서 허점을 찾기란 쉬운 일이 아니었고, 그것을 당장 찾기란 사실상 불가능한 일이었다.

'훌륭하다.'

그러나 그 사실에 데블스는 게임을 포기할 생각이 없었다.

'하지만 엔젤스는 아니지.'

이진용은 분명 잘한다.

'엔젤스의 타선은 현재 총체적 난국이다.'

그러나 엔젤스의 타선은 아니었다.

엔젤스 타선은 이번 데블스와의 시리즈 내내 그리고 그 이전부터 무기력한 모습을 보이고 있었다.

'개개인의 전력만 놓고 보면 훌륭하지.'

사실 엔젤스의 타선을 채우는 면면들은 다년간에 걸쳐 검증을 마친 선수들이었다.

경력이 부족한 건 이제 데뷔 1년 차가 된 박준형 정도.

하지만 그 누구도 박준형에게 검증을 요구하진 않는다.

'그래서 봉준식 감독이 이 라인업을 유지하는 거고.'

때문에 봉준식 감독은 타선이 5월 내내 빈타에 허덕이는 상황에서도 타선에 변화를 주지 않았다.

명확하게 검증된 기량을 가진 타선을 바꾸는 건 봉준식 감독의 스타일이 아니니까.

'하지만 야구는 그게 아니지.'

그러나 그저 좋은 타자를 채우는 것만으로 좋은 결과가 나왔다면 야구가 사랑받는 일은 없었을 것이다.

그 사실을 데블스는 잘 알고 있었다.

'엔젤스는 불펜도 현재 과부하에 걸려 있다.'

더 나아가 데블스는 자신 있었다.

'연장으로 가면 우리가 이긴다. 혹은 이기지 못하더라도 엔젤스의 주말을 악몽으로 보내게 만들 수 있지.'

이진용을 무너뜨리진 못하더라도, 엔젤스를 무너뜨릴 자신은.

그렇기에 데블스는 기꺼이 선택했다.

"불펜코치에게 말하게. 필승조 대기해 두라고."

"예."

"그리고 연장에서 승부를 볼 준비를 하라고."

"알겠습니다."

연장전!

그게 작년 한국시리즈 우승팀인 데블스가 택한 선택이었다.

"호오오……."

일반 사람이라면 그저 숨을 크게 들이마신 후 길게 내뱉을 정도, 그 정도의 시간.

'3볼 1스트라이크 상황. 여기서 장병헌이라면 무조건 하나를 노리고 스윙한다. 준비한 계획대로라면 스플리터나 높은 라이징 패스트볼로 스트라이크를 잡고 2스트라이크 상황에 몰아넣은 후 잡는 것. 하지만 오늘 타격감이 별로란 걸 염두에 두면…… 투심으로 맞혀 잡는다.'

"……우우우."

그 짧은 시간 동안 모든 계산을 마친 이진용이 이호찬과 사인을 교환한 후 공을 던졌다.

그렇게 던진 공은 투심 패스트볼이었다.

그러나 타자 입장에서는 그건 투심 패스트볼이 아니었다.

마치 포심처럼 곧게 날아오다, 포심 패스트볼이란 사실을 믿어 의심치 않은 타자가 휘두른 배트와 부딪치는 순간 뱀처럼 휘어지는 그 마법과도 같은 공에는 다른 이름이 필요했으니까.

빡!

그 마법과도 같은 공에 데블스의 9번 타자, 장병헌의 배트가 비명을 토해냈다.

"윽!"

타자 본인도 비명을 토해냈다.

참담하기 그지없는 비명이었고, 그 비명 소리를 배경음 삼은 채 튀어나온 타구가 그대로 유격수 앞으로 힘없이 굴러갔다.

이진용이 8회의 마지막 아웃카운트를 유격수 앞 땅볼로 잡아 끝내는 순간이었다.

그 사실에 언제나 그렇듯 이진용은 내뱉었다.

"호우."

그러나 이번에 내지르는 그 소리는 환호성이라기보다는 긴 탄식과도 같이 들렸다.

실제로도 탄식이었다.

그 탄식의 이유는 이진용이 이닝 종료와 함께 바라본 전광판에 명명백백하게 표현되어 있었다.

0 대 0.

-내가 말했지?

그 숫자를 바라보는 이진용을 향해 김진호가 말을 걸었다.

-네 발목을 잡고 있는 게 있다고.

그 말에 이진용은 어떤 대답도 하지 않았다.

가슴 언저리에 무언가 답답한 것이 꽉 막은 채 그의 말문을 막은 듯한 느낌 때문이었다.

-답답하지? 가슴에 뭔가 묵직한 게 걸려 있어서 미칠 것 같지?

김진호는 그런 이진용에게 말해줬다.

-그게 부담감이란 거야.

지금 이진용의 가슴 언저리에 있는 게 무엇인지.

-에이스의 부담감. 무엇을 하든 자신이 나오는 경기에서는 기필코 이겨야 한다는 사실에 대한 부담감.

이진용, 그는 이제까지 부담감이란 걸 느껴본 적이 단언컨 대 한 번도 없었다.

일단 잃을 게 없었다.

한 달 전의 이진용은 프로의 마운드에 오를 수만 있다면 당 장 마운드에 올라 1이닝 10실점을 하더라도, 만족해야 마땅한 투수였다.

-나만 잘하면 돼, 타자들이 뭘 하든 내 알 바 아니야, 그런 생각만 하는 평범한 투수는 결코 느낄 수 없는 부담감이지.

동시에 이진용은 타자들이 점수를 내든 말든 그다지 신경을 쓰지 않았다.

자신만 잘하면 됐으니까.

타자들이 어떤 점수를 내든 이진용에게 중요한 건 그 날 자신의 성적뿐이었다.

-하지만 에이스는 아니지.

그리고 그게 투수들 대부분이 가지는 심리였다.

만약 경기에서 투수가 7이닝 2실점의 피칭을 했다면, 그날 경기에서 패배를 하더라도 투수는 연봉이 인상된다.

그 누구도 그 투수를 패인으로 지목하며 손가락질을 하지 않는다.

이진용도 그랬다.

타자들이 지랄을 하든 말든, 솔직히 짜증은 날지언정 그 사실에 이진용이 부담감을 느낄 이유는 없었다.

-그래서 에이스가 남다른 거야.

그러나 오늘 이진용은 달랐다.

그는 오늘 다른 무엇도 아닌 엔젤스의 에이스 자리를 빼앗기 위해 마운드에 올랐다.

그 사실을 인지하는 순간, 이진용에게 있어 오늘 게임은 다른 무엇보다 승리가 중요한 게임이 되었다.

-네가 아무리 잘해도 팀이 이기지 못하면 안 돼. 5선발 투수야 호투만 하면 되겠지만, 에이스 투수가 나오는 게임은 무조건 이겨야 하니까.

김진호는 말과 함께 더그아웃으로 들어오는 엔젤스의 타자들을 비웃음을 지은 채 바라봤다.

김진호는 당연히 이진용이 1군에 올라오는 순간부터 알고 있었다.

-하지만 내가 보기에 이 팀은 글렀어. 엔젤스 타자들 보는 순간 느낌을 받았지. 아, 이 새끼들 우승할 마음도 없고, 할 줄도 모르는 허접쓰레기들이구나.

그런 김진호에게 마운드를 내려오던 이진용이 글러브로 입을 가린 채 말했다.

"이럴 땐 어떻게 합니까?"

-하나, 선수들을 뒤집어엎는다.

"둘은요?"

-벤치를 뒤집어엎는다.

"셋은 감독 멱살을 잡는다, 입니까?"

-그건 한 여섯 번째쯤 되고, 세 번째 방법은 코치랑 한바탕 푸닥푸다닥 거리는 거야.

이진용은 김진호의 말에 더 이상 대화는 필요 없다는 듯, 그냥 그대로 이를 꽉 물었다.

침묵을 고수했다.

이진용은 이 순간 김진호가 자신을 놀린다고 생각했다.

그런 그에게 김진호가 정말로 해야 할 말을 말했다.

-뭐든 일단 타인과 커뮤니케이션을 하란 의미다. 너 오늘 타자들하고 제대로 된 대화를 해본 적 있긴 하냐?

그 말에 이를 꽉 문 이진용이 저도 모르게 대답했다.

"그야……."

-포수 빼고.

이진용은 대답하지 못한 채 더그아웃을 안으로 들어갔다.

-야구는 팀 게임이다. 그리고 팀 게임에서 중요한 건 대화다.

그런 이진용을 따라 더그아웃에 들어오며 이진용에 설명을 이어갔다.

-아무리 10년 이상 함께 한 팀이라고 해도 눈빛만으로는 안 통해. 하물며 넌 이들하고 10년은커녕 이제 1군에 온 지 한 달도 안 됐어. 그런데 엔젤스 타자들이 네 눈빛만 보고 네 마음과 생각을 읽어준다면 그냥 야구 때려치우고 타짜로 전직해야지.

야구는 팀 게임이다.

수도 없이 들었던 그 말이 이진용은 오늘 가장 뼈저리게 가슴을 파고듦을 느꼈다.

동시에 시급함을 느꼈다.

'김진호 선수 말대로 대화가 필요해.'

정말 승리를 하고 싶다면 여기서 이러고 있을 게 아니라 타자들과 대화를 해야 한다는 것을.

-팁을 주지.

그런 그를 다시 한번 김진호가 막았다.

-네가 진심으로 나온다고 해서 다들 진심으로 받아주리란 생각은 하지 마. 너도 알겠지만, 이 바닥에서 높은 수준에 도달할수록 평범한 놈보단 맛이 간 놈들 천지이니까. 심지어 자존심 덩어리들이지. 그런데 가서 오늘 게임을 이기기 위해서는

당신들이 점수를 내야 한다고 말한다?

말을 하던 김진호가 글러브 대신 배트를 챙기는 타자들을 바라봤다.

-진용아, 저들 중에 누가 너한테 갑자기 와서 오늘 경기에서 이기기 위해서는 이진용, 네가 10이닝 이상 던지면 돼! 그렇게 말하면 넌 뭐라고 말할 거야? '꺼져, 이 호로 새끼야, 확 호우 해버리기 전에!' 그러겠지. 안 그래?

이진용은 긴 한숨을 내뱉으며 그대로 침묵에 빠졌다.

당연히 대화는 없었다.

대화 없이 8회 말이 시작됐다.

엔젤스 타자들은 어떻게든 선취점이자, 결승점이 될 점수를 내기 위해 배트를 휘둘렀다.

"크다! 크다!"

"아, 젠장 펜스 앞에서 잡히네!"

열심히 휘둘렀다.

"스윙 스트라이크 아웃!"

"아! 너무 스윙이 컸어!"

때로는 기다렸다.

"스트라이크!"

"아오! 좋은 공만 기다리면 뭐해! 커트해야지!"

그뿐이었다.

"스트라이크, 아웃!"

"아⋯⋯."

8회 말, 엔젤스는 삼자범퇴라는 참담한 성적표를 손에 쥔 채 이닝을 마쳤다.

이제 9회가 시작됐고, 당연히 이진용이 점퍼를 벗고 글러브를 챙겼다.

엄숙하기 그지없는 분위기가 더그아웃을 가득 채웠다.

'이러다 진짜 말도 안 되는 일 일어나는 거 아니야?'

'미치겠네. 쟨 더 미치겠지만.'

이제는 9이닝 무실점을 거둔 투수가 완봉승은커녕, 승리도 패배도 기록하지 못한 채 그저 9이닝 무실점 피칭을 한 투수로 남을지도 모르는 상황에 대한 긴장감이었다.

그 긴장감 속에서 김진호가 이진용을 향해 말했다.

-난 줄 팁은 다 줬다.

그 말에 이진용이 미간을 찌푸렸다.

하지만 이내 김진호의 말을 다시 한번 되새김질 한 이진용의 찌푸려진 미간이 풀렸다.

'아! 그거!'

그 반응에 김진호가 옅은 미소를 지었다.

9회 초의 시작과 함께 이진용이 마운드에 올라왔을 때, 그 사실에 의문을 가지는 이는 없었다.

"이호우 파이팅!"

"호우다, 호우! 제발 호우 세 개만 가자!"

엔젤스 팬들은 이진용의 호우 소리를 갈망하듯, 그가 다시 한번 호투를 펼쳐주기를 바랐다.

동시에 데블스 팬들도 만족했다.

"호우 소리 듣는 것도 이번 이닝으로 끝이네."

"연장에서 끝장을 보자고."

이번 이닝을 끝으로 더 이상 호우 소리를 들을 일은 없다는 사실에 만족했다.

그러한 상황 속에서 시작된 9회 초는 이진용에게 있어 오늘 이닝 중에 가장 힘든 이닝이었다.

선두타자와의 승부부터 힘들었다.

"볼!"

"볼넷이다!"

이진용이 선두타자를 상대로 볼넷을 내주었다.

바깥쪽 승부를 시도했으나, 실투가 몇 번 나왔고 동시에 타자가 너무나도 잘 골라낸 결과물이었다.

"희생번트다!"

그 후 다음 타자는 희생번트를 시도했다.

이진용은 굳이 무리하지 않고 그 번트를 허용해 줬다.

1 아웃카운트를 잡는 대가로 주자가 2루에 가는 것을 이진용은 마다치 않았다.

"스윙 스트라이크 아웃!"

그 후 이진용은 삼진을 잡았다.

결정구는 스플리터.

이진용이 희생번트를 기꺼이 용납해 준 이유이자, 근거였다.

그렇게 단숨에 주자 2루에 둔 채, 2개의 아웃카운트를 만들어낸 이진용은 투심 패스트볼을 이용해 땅볼을 유도했다.

"끝이……."

유격수 앞으로 날아가는 땅볼, 오늘 수도 없이 처리했던 땅볼이었다.

"……다?"

"아!"

그러나 그 공을 유격수가 제대로 처리하지 못했다.

"야이, 병신 새끼야!"

"고마워요, 엔젤스!"

그렇게 유격수가 허둥지둥하는 사이 2루 주자는 곧바로 3루로, 타자주자는 1루에서 멈췄다.

주자 1, 3루.

9회 초 2사 상황에서 데블스가 득점기회를 얻은 것이다.

반대로 투수 입장에서는 가장 미치는 상황이 펼쳐졌다.

"와, 이진용이 멘탈 나가겠네."

"저건 멘탈 나가는 정도가 아니지."

"이진용이 오늘 유격수한테 죽빵 날려도 정당방위 인정?"

다 잡은 경기를 이제는 잡지 못하면 패전투수가 될 상황이 마련됐으니까.

하지만 이진용은 그런 상황 속에서 도리어 무덤덤하게, 담담하게 다음 타자를 상대로 삼진을 잡아냈다.

스플리터 3개.

보란 듯이 똑같은 구종 세 개만을 던져서 타자를 세 번 헛스윙하게 만들었다.

"호우!"

그 사실에 기꺼이 소리를 내질렀다.

그리고 그 사실에 경기를 보던 이들이 이진용을 향해 박수와 함께 쓴웃음을 머금었다.

"지금 엔젤스 빠따 보면 9회 말에 점수 안 나올 텐데, 끝났네."

"9이닝 무실점하고 승리투수 못되면 억울해서 어떻게 하냐?"

그 순간 경기를 보는 모든 이들은 호투가 아니라, 분투가 되어버린 이진용의 피칭에 동정을 보냈다.

그렇게 동정 가득한 박수 소리 아래에서.

처벅처벅, 마운드를 내려온 이진용이 더그아웃에 들어왔다.

"수고했다."

"잘했어!"

그리고 이내 나오는 선수 그리고 코치들의 격려 속에서 이진용은 대답하지 않았다.

대답 대신 반으로 잘린, 오른쪽만 남아 있는 점퍼를 그 자리에서 입었다.

'어?'

'뭐야?'

그 순간 더그아웃이 그대로 얼어붙었다.

오직 한 명.

-짜식.

김진호만이 이진용을 향해 미소를 지었다.

"이진용!"

그 순간 봉준식 감독이 이진용을 자신의 근처로 불렀다.

10이닝 피칭.

어떤 의미에서 완투보다 더 보기 힘든 피칭이다.

애초에 모든 투수는 9이닝만을 던지도록 연마하고, 동시에 스스로를 불태우니까.

막말로 9이닝이 됐을 때 그 어떤 투수도 10회를 염두에 두고 여력을 남겨두지 않는다.

자신의 모든 것을 9회라는 마지막 이닝에 불태우고 하얀 재가 되고자 하지.

좀 더 들어가면 혹여 투수 본인이 여력을 남겨두더라도 코칭스태프가 투수의 등판을 허락하지 않는다.

10이닝 피칭이 몸에 미칠 영향, 피로는 이제까지 제대로 검증된 바가 없는 일이니까.

1이닝을 더 던지기 위해 투수가 어떤 대가를 치러야 할지 모르는 상황에서 그런 리스크를 감수할 코칭스태프는 없으니까.

"10회에도 등판하겠습니다."

때문에 이진용이 원하는 바를 말했을 때, 봉준식 감독은 허락 대신 요구했다.

"날 설득해 보도록."

"제가 제일 잘나가니까, 제가 나가야죠."

그 대답에 봉준식 감독은 어처구니가 없다는 표정으로 이진용을 바라봤다.

"아, 농담입니다. 죄송합니다."

그 표정에 이진용이 황급하게 사과했다.

곧바로 진짜 이유를 말했다.

"감독님은 9이닝 무실점을 하고 아무런 결과도 얻지 못한다면 납득하실 수 있으십니까?"

"납득할 수 없겠지. 하지만 그게 리스크를 감수하고 널 마운드에 올릴 이유는 되지 않는군."

"예. 하지만 제가 10회에도 마운드에 오르는 게 오늘 경기를 이길 가능성을 1퍼센트라도 높일 수 있는 유일한 방법입니다."

"근거는?"

"선발투수가 10회까지 던지면 타자들이 미안해서라도 제 벌금을 대신 내줄 정도로 열심히 할 테니까요."

그 말에 봉준식 감독은 대답 대신 긴 한숨을 내뱉었다.

그 한숨을 내뱉던 봉준식 감독이 선글라스를 벗은 후에 자신의 눈과 눈 사이를 주물렀다.

그리고 다시 선글라스를 쓴 봉준식 감독이 이제 시작되는 9회 말의 그라운드를 바라보며 말했다.

"1996년 7월, 메이저리그의 투수 한 명이 너랑 비슷한 짓을 했다. 9이닝 무실점 피칭을 했음에도 팀은 점수를 내지 못해 승부가 연장으로 넘어갔고, 그렇게 시작된 10회 초에 마운드에 올라갔지. 하지만 10회 말에도 점수는 나오지 않자, 투수는 11회까지 올랐고 결국 11회에 첫 실점을 했지."

과거의 이야기를.

"그런데 11회 말 타자들은 역전 투런 홈런을 때리며 11이닝 피칭을 마친 투수를 승리투수로 만들어줬지."

메이저리그에서도 전설로 남은 11이닝 완투승 이야기를.

"그 투수가 누군지 아나?"

"1996년 7월 1일, 카디널스 대 컵스의 경기에서 선발투수로 출전한 김진호 선수였죠."

김진호, 그의 이야기를.

"그 투수가 그 후에 남긴 말도 알고 있나?"

"난 믿었습니다. 내 팀원들이 내게 승리를 가져다주리라고."

이진용의 그 말에 봉준식 감독이 고개를 끄덕였다.

"10회까지만 던지면 된다."

허락이 떨어졌다.

"그럼 10회 말, 타자들이 네게 조금 늦었지만, 승리를 가져다줄 거다."

그와 동시에 봉준식 감독은 이진용에게 자신이 불어넣을 수 있는 가장 큰 희망과 용기를 불어넣었다.

"감사합니다."

그 사실에 이진용이 우렁차게 소리쳤다.

반면 김진호는 나지막하게 말했다.

-내가 그 경기에서 그런 말을 했다고? 이상하네…… 그때 11회에도 등판한 건 팀원들하고 말이 안 통해서 그냥 무력시위를 한 건데?

그리고 잠시 후, 엔젤스가 9회 말 득점을 하지 못하며 한국프로야구위원회의 규정에 따라 연장전인 10회가 시작됐을 때.

"어? 호우다!"

이진용이 마운드에 올라왔다.

◆ 6화 ◆
에이스다!

엔젤스 대 데블스.

두 팀을 응원하지도 않는 야구팬들조차도 관심을 가질 수밖에 없는 한국프로야구의 손꼽히는 라이벌 매치업.

[9회 초 데블스 공격 종료]

그런 매치업이 9회까지 0 대 0에 이르렀을 때, 이미 그 두 경기와 관련된 온라인 세상들은 전국팔도는 물론 전 세계 한국프로야구 팬들의 만남의 장소가 되어 있었다.

-이호우 또 9이닝 무실점이네!

-와, 이 새끼 뭐임?

-오늘 피칭은 안정감 개쩌네. 노히트노런 때보다 더 나은 듯?

그렇게 모인 이들의 주된 이야깃거리는 당연히 이진용이었다. 이제는 그 누구도 부정할 수 없는 완전무결한 피칭을 보여주는 그의 실력에 야구팬들은 더 이상 물음표 따위는 붙이지 않았다. 그가 공을 던질 때마다 느낌표만을 붙였다.

-이호우도 고양 스타즈 출신이지?
└박준형도 고양 스타즈 출신임.
└와, 고양 스타즈 뭐하는 데냐?
-왜 우리 구단은 독립구단에 있는 저런 선수 못 뽑아오고 수십억 들여서 FA로 병신만 영입함?
└걱정 마셈. 엔젤스는 팀이 병신임. 9회 말 보셈.

그렇게 시작된 이진용에 대한 이야기는 9회 초가 마지막이었다.

[9회 말 엔젤스 공격 시작]

9회 말이 시작되는 순간 야구팬들은 더 이상 이진용에 대한 이야기를 하지 않았다.

-엔젤스 병신 ㅋㅋㅋㅋ

-아낌없이 주는 천사 ㅋㅋㅋㅋ

-천사 추락한다, 꽉 잡아!

└떨어질 곳도 이젠 없으요 ㅋㅋㅋ

엔젤스 타자들의 처참함을 넘어 비참하기까지 한 모습에 비아냥거림을 토해냈다.

[10회 초 데블스 공격 시작]

그리고 10회 초가 됐을 때.

-어? 중계자 실수했다! 10회인데 이진용 올라옴 ㅋㅋㅋㅋ

└실수 아님. 이진용임

└이진용 아님. 이호우임. 어? 진짜 이진용 올라왔네?

모두가 경악했다.

10회 초.

이제는 두 자릿수가 되어버린 게임의 마운드 위로 오늘 하루 두 자릿수 이닝을 소화하게 된 투수, 이진용이 올라왔다.

[철인 효과가 적용되지 않습니다.]

그런 이진용을 향해 베이스볼 매니저가 냉정하기 그지없는 알림을 알려줬다.

철인 스킬.

이진용으로 하여금 자신의 스킬을 체력 소모값 없이 사용할 수 있게 해주었던 스킬이 사라졌다.

하지만 그 사실에 이진용은 한숨 따위는 내뱉지 않았다.

이미 준비는 마쳤고, 각오도 마쳤으며 무엇보다 지금 해야 할 건 한숨 따위를 내뱉는 게 아니었으니까.

"마법의 1이닝."

이진용은 이렇다 할 망설임 없이, 아직 타석에 타자가 서지 않았음에도 곧바로 마법의 1이닝 스킬을 사용했다.

[마법의 1이닝 스킬을 사용하셨습니다.]
[모든 스킬이 소모값을 요구하지 않습니다.]

그러고는 빠르게 글러브로 입을 가린 채 말했다.

"헬프!"

그 말에 김진호가 어깨를 으쓱하며 표정으로 대답했다.

싫은데?

그런 김진호에게 이진용이 거듭 말했다.

"제발 헬프요!"

그 말에 김진호가 질문했다.

-너랑 나, 누가 더 잘생겼지?

"그야 당연히 김진호 선수죠. 그러니까 헬프!"

그제야 만족한 듯 김진호가 이진용의 등 뒤로 온 채, 이진용의 시점으로 어수선한 타석을 바라보며 말했다.

-어디부터 시작할까…… 그래, 그 7월 경기. 11이닝의 전설을 시작했을 때부터 이야기해야겠네. 부시 스타디움에서 치러진 홈 경기였지. 아, 지금 네가 아는 부시 스타디움이 아니라 2버전을 말하는 거야. 지금 부시 스타디움은 부시 스타디움 3버전이고. 카디널스 구단은 새 구장 지어도 똑같이 부시 스타디움이라고 이름 붙이고 그 전 구장에 새로운 이름을 붙이거든. 그러니까 지금 기준에서 보면 부시 메모리얼 스타디움이 되겠군. 어쨌거나 그곳에서 컵스랑 붙게 됐지. 저번에 말했다시피 카디널스와 컵스의 관계는…….

아주 길게.

"저기 잘생긴 김진호 선수, 그냥 핵심만 말해주시면 안 될까요?"

당연히 김진호를 그대로 놔두면 하루 종일이 부족할 정도로 길게 말하고도 남을 귀신이라는 걸 아는 이진용이 그의 말을 잘랐다.

-왜?

"물론 저야 잘생긴 김진호 선수의 말이라면 밤낮으로 들을 수 있겠지만, 주심이랑 타자가 허락 안 해줄 거 같아서요."

-좋아. 그럼 뭘 알고 싶은데? 네가 알고 싶은 게 있으면 내가

조언을 해주지. 그게 편하지?

"10회에 제가 주의할 점이 뭡니까?"

기다렸다는 듯이 나온 그 질문에 김진호는 고개를 옆으로, 3루 쪽 더그아웃을 바라보며 말했다.

-선발투수에게 있어 10회의 마운드는 그야말로 미중유의 무대와도 같지. 그리고 그런 투수를 상대하는 타자들에게는 선발투수가 10회에도 올라온다는 건 미중유의 사태이고.

다시금 김진호가 이진용이 바라보는 곳, 정면을 바라보며 말했다.

-네게는 미중유의 무대이지만, 저기 데블스 애들에게는 미중유의 사태라고. 무슨 의미인지 알아?

"무대와 사태의 차이?"

-그래.

"둘 사이에 무슨 차이가 있습니까?"

-미중유의 비상사태. 영화로 따지면 정전 상황에서 무슨 일이야 하고 밖으로 나오니까 좀비가 갑자기 막 달려드는 거랑 비슷해. 너라면 어떻게 하겠어?

"죽자 살자 덤벼들겠죠."

-잘 아네.

말을 하던 김진호가 이진용의 앞에 섰다.

반투명한 김진호의 모습에 타석의 모습이 가려졌고, 이진용이 눈동자를 위로 굴리며 김진호를 바라봤다.

-지금 데블스 타자들에게 이 사태는 비상사태다. 그것도 미

증유의 비상사태. 자존심 문제를 떠나 생리적으로 이 사태 자체를 받아들일 수도 없고, 그럴 생각도 없어. 당연히 데블스 타자들은 전력을 다해 널 죽이려고 덤벼들 거다. 이런 타자들을 상대할 수 있는 방법은 예로부터 오직 하나밖에 없었어.

그 순간 김진호가 제 엄지로 제 목을 그었다.

-확실하게 죽여 버리는 거. 괜한 수작 따위는 부리지 마. 네가 생각하는 최고의 무기로 정면에서 끝장을 내!

"플레이볼!"

그런 김진호의 제스처가 끝나는 순간 주심이 크게 소리쳤고, 김진호가 다시금 이진용의 뒤로 이동했다.

"옙."

그렇게 보이는 타자를 향해 이진용이 눈빛을 보냈다.

살의 가득한 눈빛을.

10회 초, 데블스의 공격은 6번부터 시작이었다.

하지만 6번 타자가 타석에 오르지는 않았다.

타석에 오른 건 수비는 부족하지만, 타격 능력은 수준급으로 평가받는 데블스의 타자.

"날려버려 안주찬!"

"넘겨버려 안주찬!"

안주찬!

그가 6번 타자를 대신해 대타로 나와, 선두타자가 되어 마운드의 투수를 바라보고 있었다.

'이진용, 이 새끼.'

더불어 그에게는 경험이 있었다.

일찍이 이진용을 상대해 본 경험.

사실 그래서 그는 오늘 경기 내내 자신이 대타로 출전하지 않기를 바라고 있었다.

오늘 이진용의 피칭은 그 정도였다.

이진용을 상대로 아득바득 이를 가는 안주찬조차도 도무지 공략할 낌새가 생기지 않을 정도.

자신이 뜬공으로 잡힐지, 땅볼로 잡힐지, 삼진으로 잡힐지조차 가늠되지 않을 정도.

때문에 1회부터 9회까지, 안주찬은 이진용과 마주하지 않는다는 사실에 몰래 안도의 한숨을 내뱉었다.

'저 좆같은 새끼.'

그러나 10회 초, 대타가 되어 이진용을 마주했을 때 그는 여느 때보다 강렬한 적의와 분노를 느끼고 있었다.

그 분노는 개인적인 분노가 아니었다.

아니, 그냥 분노가 아니었다.

'그래, 끝장을 내자. 몸에 하나만 던져라. 마운드 올라가서 뚝배기를 깨줄 테니까.'

10회 초에도 마운드에 올라온 미증유의 괴물을 향한 두려움이었고, 그 두려움에 맞서 싸우기 위한 적의였다.

즉, 본능과도 같은 것이었다.

당연한 말이지만 본능만이 남은 짐승이 되어버린 안주찬에게 이성적인 사고 같은 건 없었다.

'와라.'

그저 본능적인 적의만이 있을 뿐.

'그래, 뭐든 와라. 지금이면 뭐든 칠 수 있으니까.'

그렇기에 오히려 이 순간 안주찬의 감각은 놀라울 정도로 곤두설 수 있었다.

그의 야구 인생에서 이보다 더 날카로워진 적은 없었을 정도.

어지간한 공 따위는 스트라이크존에 들어오는 순간 메이저리그 구장들과 비교해도 부족하기는커녕 더 거대함을 자랑하는 잠실구장의 펜스 너머로 보낼 수 있을 정도였다.

그런 그를 향해 이진용이 초구를 던졌을 때, 스트라이크존에 들어오는 공이라는 확신이 섰을 때.

'왔다!'

그는 당연히 그리고 기꺼이 배트를 휘둘렀다.

후웅!

그렇게 휘두른 배트는 호쾌하기 그지없었다.

호쾌하게 허공만 갈랐다.

펑!

"스윙 스트라이크!"

'젠장, 스플리터!'

스플리터.

이진용이 던진 초구의 정체였다.

놀라울 정도로 끝내주는 스플리터이기도 했다.

'직접 보니 장난 아니네.'

그야말로 마법처럼 홈플레이트 근처에서 사라지는 공.

안주찬의 일생에서 이런 공은 단 한 번도 본 적 없을 정도의
공이었다.

그러나 곤두선 감각이, 절정에 다다른 감각이 안주찬으로
하여금 자신감을 줬다.

'그래도 칠 수 있을 것 같아. 아니, 칠 수 있다.'

칠 수 있다는 자신감.

'그래, 하나만 더 와라. 스플리터 한 번 더 던져 봐!'

때문에 그는 오히려 기다렸다.

이진용이 다시 한번 스플리터를 던져주기를.

그리고 이진용은 그런 그를 위해 기꺼이 2구째로 스플리터
를 던져줬다.

'왔다!'

이번에도 안주찬은 자신 있게 배트를 휘둘렀다.

망설임은 없었고, 그 대신 자신감이 넘쳤다.

'넘어갔……'

심지어 배트가 움직이는 찰나의 순간 안주찬의 머릿속에는
홈런을 치고 환호하는 자신의 모습이 스쳐 지나갔다.

후웅!

그러나 이번에도 안주찬의 배트는 애꿎은 허공만을 갈랐다.

"스윙, 스트라이크!"

주심의 스트라이크 콜만이 들렸다.

'……다?'

그 사실을 안주찬은 받아들일 수가 없었다.

'어, 어떻게?'

조금 전 이진용이 초구로 던진 스플리터였다면 이미 담장을 넘어갔어도 무방한 스윙.

그러나 안주찬은 2구째 스플리터를 건드리는 것조차 못했다.

그 이유는 간단했다.

이진용이 던진 초구 스플리터보다 2구째 스플리터가 더 끝내준다는 것.

'대체 어떻게?'

그 사실에 자신감과 적의로 뜨겁게 달아오르던 안주찬의 등골이 싸늘하게 식어버렸다.

그런 그에게 이진용은 3구도 기꺼이 스플리터를 던질 속셈이었다.

"리볼버."

더 끝내주고 더 빠른 스플리터를.

후웅!

"스윙, 스트라이크, 아아아아아아웃!"

이진용, 그가 악마들을 짓뭉개기 시작했다.

로저 클레멘스.

마운드 위에서 로켓과도 같은 패스트볼을 던진다고 해서 로켓맨이라고 불렸던 사나이.

메이저리그 통산 354승, 그 354번의 승리와 함께 잡았던 4,672개의 탈삼진, 7번의 사이영상 수상, 1번의 MVP 수상한 투수.

그 모든 것은 약물과 함께 추레한 역사가 되어버렸지만, 그래도 야구팬들은 로저 클레멘스의 로켓과도 같은 패스트볼만큼은 인정했다.

그런 로저 클레멘스를 설명할 때 쓰이는 표현이 있다.

로저 클레멘스의 주무기가 빠른 공, 더 빠른 공, 그보다 더 빠른 공, 이렇게 세 가지다!

달리 말하면 그 정도면 충분했다.

하나의 구종을 가진 원 피치 투수라고 해도, 그 공을 매우 위력적으로 던진다면 그리고 그것을 보다 위력적으로 던질 수 있고, 그보다 더 위력적으로 던질 수 있다면 리그의 타자들을 요리하는 데 충분했다.

이진용이 그 사실을 10회 초 마운드에 올라와 데블스를 상대로 보여줬다.

"스윙, 스트라이크!"

10회에 마운드에 올라온 이진용은 오로지 하나, 스플리터라는 구질만을 던졌다.

더불어 그 스플리터를 오로지 스트라이크존 안으로만 던졌다.

"스윙, 스트라이크!"

그뿐이었다.

이진용은 스플리터라는 구종 외의 다른 무언가를 던지지 않았고, 뜸을 들이지도 않았으며 스트라이크존 밖을 노리지도 않았다.

대신 이진용은 세 가지의 스플리터를 던졌다.

끝내주는 스플리터를 던졌고, 더 끝내주는 스플리터를 던졌다.

"스윙, 스트라이크!"

그리고 마지막으로 더 끝내주는데 더 빠르기까지 한 스플리터를 던졌다.

그럼으로써 잡았다.

"아우우우웃!"

10회 초, 마운드에 올라온 이진용이 9개의 공만으로 데블스를 상대로 세 개의 아웃카운트를 그리고 10회를 잡았다.

[삼구삼진에 성공하셨습니다. 보너스 포인트가 지급됩니다.]

[최초로 10이닝 피칭에 성공하셨습니다. 플래티넘 룰렛 이용권이 지급됩니다.]

[10이닝 무실점 피칭 중입니다.]

[현재 누적 포인트는 18,942포인트입니다.]

그리고 동시에 새로운 기회를 손에 잡았다.

-새끼, 해냈구나!

그런 이진용의 모습에 김진호조차 평소와 달리 진심 어린 감탄을 아끼지 않았다.

김진호는 누구보다 잘 알고 있었으니까.

10회에서 이토록 완벽하게 아웃을 잡는다는 것이 얼마나 힘든 일이며, 훌륭한 일인지.

그게 누구든 간에 박수 받아 마땅한 일이라는 것을.

-응?

그러나 이 순간 이진용은 예의 그것을, 포효를 하지 않았다.

-너 왜 지랄 안 하냐?

대신 마지막 아웃카운트를 잡는 순간, 마지막 타자의 스윙을 보는 순간 이진용은 1루 쪽을 바라보며 자신의 손가락으로 그들을 가리켰다.

그러자 들렸다.

호우!

자신을 대신해 내질러주는 관중들의 포효가.

그제야 이진용이 포효했다.

"호우!"

그 외침을 끝으로 이진용이 마운드를 내려왔다.

위풍당당.

더 이상 설명이 필요 없을 정도로 위엄이 넘치는 그가 미소가 그어진 입가로 말했다.

"그래, 이거지. 이제야 좀 뭔가 통하는 것 같네."

그 모습을 본 김진호가 말했다.

──……미친 또라이 새끼.

호우!

1루 쪽 관중석, 그곳을 채운 엔젤스 팬들의 외침은 마치 폭포수처럼 그라운드로 쏟아졌다.

그렇게 쏟아진 함성은 그대로 1루 쪽 관중석 아래에 위치한 더그아웃으로 흘러들어왔다.

"아."

엔젤스 선수 그리고 코칭스태프로 채워진 1루 쪽 벤치 곳곳에서 짧은 소리들이 튀어나왔다.

그 후 모두가 입을 꽉 다물었다.

이 순간 모두가 똑같은 감정을 느끼는 건 아니었다.

누군가는 이진용의 피칭에 미안함을 느꼈고, 누군가는 감탄을 했으며 누군가는 이런 일이 일어났다는 것 자체에 짜증을 냈으니까.

하지만 생각하는 바는 똑같았다.

'이 게임은 이겨야 해.'

오늘 경기에서 무조건 이겨야 한다는 것.

'이기려면 점수를 내야 해.'

그러기 위해서는 1점을 내야 한다는 것.

'하지만 어떻게?'

그러나 9이닝 내내, 아홉 번의 기회 속에서 내지 못한 1점은 그 여느 때보다 크게 느껴졌다.

부담감 역시 자연스레 여느 때보다 클 수밖에 없었다.

'한 방이 필요해.'

'큰 것 하나면……'

그런 부담감은 엔젤스 타자들에게 있어서 올해 처음 느껴보는 부담감이기도 했다.

아니, 과연 현재 프로야구리그에서 뛰는 타자들 중에 이런 부담감을 느낀 이가 있을까?

선발투수가 10이닝까지 무실점으로 막아서, 그래서 어떻게든 1점을 내야 하는 부담감을 느끼기 위해서는 10이닝 무실점을 하는 투수가 필요하지만, 근래에 그런 투수는 없었다.

"자자, 공수교대다."

"공격 준비해!"

그런 말도 안 되는 부담감, 그 속에서 수비를 마친 야수들이 차례차례 더그아웃으로 들어왔다.

그다음 포수가, 마지막으로 투수가 그 뒤를 따라왔다.

이진용이 들어오는 순간 더그아웃은 그대로 얼어붙었다.

너무 미안해서 잘했다, 라는 말조차 나오지 않았기에.

"에휴."

"어휴."

결국 야수들은 긴 한숨을 푹푹 내쉬며, 개중에서도 10회 말 타석에 올라서게 될 타자들은 더더욱 깊은 한숨을 내쉬며 장갑을 찾고, 배트를 주섬주섬 챙겼다.

"데블스 애들 지금 정신이 나갔어."

그때 이호찬이 입을 열었다.

"타석에 서는 거 보니까 표정이 아주 썩었더라고. 특히 마지막에는 헛스윙하고 삼진콜 나올 때 반응조차 안 하더라고."

그 말에 굳어 있던 좌중이 하나둘 이호찬을 바라봤다.

이호찬이 좌중의 시선에 어깨를 으쓱했다.

"뭐, 그렇다고."

그 누구보다 가까이에서 데블스 선수들을 본 그의 말이었기에, 그의 말을 의심하는 이는 없었다.

"그러니까 수비할 때도 정신이 없을 거야. 강습 타구만 날려도 실책 나올 확률이 높아."

당연히 이어진 그의 예상에도 토를 다는 이들이 없었다.

오히려 그 말에 모두가 귀를 쫑긋 세웠다.

'타자 애들이 정신을 못 차린다? 하긴, 못 차릴 만하지.'

'그럼 수비할 때도 정신이 나가 있겠군. 빠른 강습 타구 좀 날려 주면 제대로 받기 힘들겠지?'

그리고 곧바로 결론을 내렸다.

'잠실 펜스 넘기는 것보단 그냥 냅다 타구를 굴리는 게 훨씬 할 만하지.'

괜한 홈런 따위를 노리기보다는 일단 그냥 안타를, 단타를
노리자고.

"그래, 오늘 이겨야지! 악착같이 1점만 뜯어내자고!"

"출루만 하자고, 출루만! 데블스 새끼들에게 이런 게임마저
질 수는 없잖아!"

이윽고 엔젤스의 더그아웃에서 목소리들이 거세게 충돌하
기 시작했다.

그 모습을 본 이호찬이 긴 한숨을 내뱉었다.

'내가 해줄 수 있는 건 여기까지다.'

그러고는 이내 고개를 돌려 벤치에 앉은 이진용을 바라봤다.

"헉!"

여전히 점퍼를 입고 있는 이진용을.

"헉!"

"헐!"

그런 이진용의 모습에 소란스러웠던 더그아웃이 무겁게 가
라앉았다.

더 이상 말조차 나오지 않는, 이제는 숭고하기까지 한 이진
용의 승리를 향한 목마름에 몇몇은 제 몸에 소름마저 돋았다.

그건 김진호 역시 마찬가지였다.

-야!

그는 놀란 눈으로 이진용을 바라보며 말했다.

-너 11회에도 나가게? 11회는 10회하고 또 달라! 완전히 다
르다고!

11이닝 1실점, 전설과도 같은 피칭을 했던 김진호는 이진용이 11회에 오른다는 것이 얼마나 힘들고 어렵고 동시에 위험한 일인지 누구보다 잘 알았기에.

그렇기에 진심으로 경고했다.

그 경고에 이진용이 고개를 푹 숙인 채, 김진호만이 들을 수 있는 목소리로 말했다.

"제가 미쳤다고 나갑니까?"

-그런데 왜 점퍼를 입어? 아이싱해야지?

"쇼예요, 쇼."

-쇼?

"이렇게 하면 더 숭고하게 보일 테니까요."

-와…….

그 말에 김진호가 얼빠진 얼굴로 이진용을 내려다보며 말했다.

-숭고한 또라이일세.

그렇게 이진용의 숭고한 쇼와 함께 10회 말이 시작됐다.

엔젤스의 10회 말 타순은 1번부터 시작이었다.

물론 엔젤스 역시 1번 그대로 가지 않았다.

발이 빠르고 장타력은 부족하지만, 타격에는 재능이 있는 좌타자 홍준석을 대타로 썼다.

동시에 엔젤스 벤치는 홍준석에게 오더를 줬다.

"내야 땅볼도 좋다. 땅볼을 만든 후에 무조건 1루로 질주해라."

"예."

데블스 역시 10회를 맞이하는 순간 새로운 투수를 마운드 위로 올렸다.

좌타자 홍준석을 잡기 위한 좌완 원포인트 투수, 이혁천이 마운드에 올라왔다.

그렇게 시작된 승부는 1구 만에 승부가 났다.

이혁천이 던진 공이 존 한가운데 몰리는 순간, 홍준석은 짧게 쥔 배트를 날렵하게 휘둘렀다.

딱!

그리고 이내 둔탁한 소리가 터졌다.

소리만 듣는 순간, 이 공은 누가 보더라도 땅볼이 될 수밖에 없다고 생각되는 소리였다.

하지만 경기를 보는 이들에게는 달랐다.

'어?'

'타구가 느리다! 바운드도 커!'

유격수를 향해 날아가는 타구는 분명 땅볼 타구였으나, 그 타구 속도가 퍽 느렸다.

'어!'

'빠르다!'

반면 홍준석의 다리는 무척 빨랐다.

파바밧!

1루를 향해 돌진하는 그의 모습에서 그런 발소리가 생생하게 들리는 것처럼 착각될 정도였다.

"으아아!"

이후 1루에 가까워지는 순간 홍준석은 전력을 다해 자신의 몸을 1루로 날렸다.

펑!

그사이 1루수의 글러브에도 공이 들어왔다.

꿀꺽!

좌중이 그 광경에 침을 삼킨 채, 1루심에 집중했다.

그 관심 속에서 1루심이 잠시 머뭇거리더니 이내 잽싸게 양팔을 교차하며 소리쳤다.

"세이프!"

곧바로 3루 벤치에 있던 데블스 수석코치가 밖으로 나오며 소리쳤다.

"챌린지!"

비디오 판독 요청이 나왔고, 그 순간 경기장에 있던 그리고 경기를 보던 모든 이들이 긴 한숨을 내뱉었다.

"아, 판독 요청하네."

"당연히 해야지. 내가 보기엔 아웃이야."

"무슨 소리, 홍준석이 다리가 더 빨랐지."

그렇게 돌린 숨 사이로 저마다의 의견을 토해내기 시작했다.

그렇게 나오기 시작한 의견들이 웅성웅성, 그라운드 안을 구름처럼 채우기 시작했다.

그 웅성거림을 없앤 건 이내 다시 등장한 심판들이었다.

등장한 심판이 다시 한번 그라운드를 향해 크게 소리쳤다.

"세이프!"

비디오 판독 결과, 홍준석의 다리가 더 빨랐다는 소리였다.

그 사실에 3루 쪽에 있던 데블스 팬들이 자리에서 벌떡 일어난 후에 거세게 소리쳤다.

"야이, 심판 개눈깔 새끼들아 이게 어떻게 세이프야? 아웃이지!"

"눈깔에 이 삼지창 확 박아버린다?"

"똑바로 판정해!"

온갖 종류의 협박과 욕설이 뛰쳐나왔다.

반면 1루 쪽에 있던 엔젤스 팬들이 내지른 소리는 단순했고, 담백했다.

"호우!"

짧았지만, 그 무엇보다 효과적인 엔젤스 팬들의 외침에 데블스 팬들이 꿀 먹은 벙어리마냥 멍한 눈으로 1루 관중석을 바라봤다.

그 소란 속에서 게임이 속행됐다.

타자가 타석에 섰고, 투수가 마운드에 섰다.

그리고 곧바로 타자가 번트 준비 자세를 취했다.

희생번트!

어떻게든 1점이 필요한 상황에서, 주자를 스코어링 포지션인 2루로 보내겠다는 의지의 표현이었다.

'번트 대줘.'

데블스 입장에서는 나름 받아들일 만한 카드였다.

홍준석의 재빠른 다리가 도루에 성공하기 전에, 그냥 일찌 감치 그를 2루로 보내주고 하나의 아웃카운트를 잡는 건 남는 장사는 아니더라도 해볼 만한 장사였기에.

때문에 두 번째 승부 역시 빠르게 결판이 났다.

딱!

타자가 번트를 댔고, 굴러 나온 공을 뛰쳐나온 3루수가 잡 은 후에 그대로 1루로 송구했다.

이번에는 1루심이 가차 없이 주먹을 움켜쥐었다.

"아웃!"

주자는 2루, 아웃카운트는 1개.

그리고 타석에 선 타자는 3번 타자.

"홍우형, 하나면 된다!"

"홍우형, 이거 치면 앞으로 똥만 싸도 봐줄게!"

"100억 받았으면 제발 하나만 쳐줘!"

홍우형.

이번 시즌 총액 100억 원이란 초대형 FA계약을 통해 엔젤 스의 유니폼을 입은 그의 등장에 잠실구장의 관중석이 들썩 거리기 시작했다.

반면 그라운드는 고요해졌다.

어떻게든 홍우형이 무언가를 해줘야 하는 엔젤스는 엔젤스 대로, 그런 홍우형을 어떻게든 막아야 하는 데블스는 데블스 대로 긴장감에 목이 막혀 응원조차 나오지 않았다.

그런 상황 속에서 데블스가 내린 선택은 간단했다.

"어?"

"고의사구다!"

홍우형을 거르는 것.

1아웃 상황에서, 어차피 2루에 주자가 간 상황에서, 괜한 리스크를 짊어지기보다는 1루를 채우겠다는 의미였다.

여차하면 다음 타자가 땅볼을 치는 순간 병살타로 이닝을 마무리하겠다는 속셈이기도 했다.

충분히 합리적인 선택이었다.

동시에 데블스는 좌완 원포인트인 이혁천을 내리고 곧바로 새로운 투수를 마운드에 올렸다.

"어?"

"김성찬?"

데블스의 마무리투수 김성찬!

언제나 이기는 상황에서 그 승리를 지키기 위해 마운드에 올랐던 그가 0 대 0, 10회 말이라는 상황에서 마운드에 올라왔다.

데블스의 승부수이자, 강수였다.

"끝장을 보자 이거네."

"져도 곱게 안 지겠다?"

"그래, 엔젤스 상대로는 내일 죽는 한이 있어도 이래야지."

이번 경기, 질 때 지더라도 이대로 그냥 순순히 지지는 않겠다는 필사의 강수!

그렇게 김성찬이 마운드에 오르는 순간 분위기가 다시 한번 달라지기 시작했다.

이진용이 만들어낸 투지가, 데블스가 만들어낸 투지 앞에서 그 색이 점차 옅어지기 시작했다.

그 상황 속에서, 10회 말 주자 1, 2루 1아웃 상황에서 타석에 타자가 올라왔다.

4번 타자, 박준형.

그리고 그가 해냈다.

빠악!

경쾌하기 그지없는 타격음이 들리는 순간 이진용은 점퍼 탓에 여전히 땀으로 범벅이 된 상태 그대로, 마치 증기기관처럼 달아오른 자신의 속을 토해내듯 긴 한숨을 토해냈다.

"후우!"

토해낸 후에 이진용은 곧바로 입고 있던 점퍼를 벗었다.

그리고 자리에서 일어났다.

그 모습에 이제는 더 이상 부담감이 사라진, 오로지 승리에 대한 환호만이 남은 벤치 분위기 속에서 이진용은 다른 누구도 아닌 자신만이 볼 수 있는 김진호 앞에 섰다.

김진호가 자신 앞에 선 이진용을 보며 미소를 지었다.

-짜식.

자신을 향해 존경심을 그리고 감사함을 표현하려는 이진용을 향한 미소는 퍽 자애로웠다.

-응?

그러나 그런 김진호 앞에서 이진용은 그런 표현 대신 자신의 땀으로 젖은 머리칼을 정리하기 시작했다.

김진호가 그 모습에 고개를 갸웃했다.

"저 머리나 얼굴색 괜찮죠?"

-너 뭐하냐?

이윽고 나온 김진호의 질문에 이진용이 당연하다는 듯이 대답했다.

"보면 모르세요? 인터뷰 준비하잖아요?"

[승리투수가 되었습니다.]

[10이닝 무실점 피칭에 성공했습니다. 보너스 포인트가 지급됩니다.]

[현재 누적 포인트는 26,442포인트입니다.]

그 순간 베이스볼 매니저의 알림이 들렸다.

"오케이. 오늘 정산도 끝. 룰렛은 인터뷰하면서 돌려야지."

이진용이 그 알림에 미소를 지으며, 콧노래를 부르며 더그아웃 밖으로 천천히 걸음을 내디뎠다.

그리고 그 모습을 김진호가 어처구니가 없다는 듯이 바라봤다.

선발투수의 10이닝 무실점 피칭.

그리고 10회 말 터진 굿바이 쓰리런 홈런.

열광적일 수밖에 없는 이 상황 속에서 시작된 경기 MVP 인터뷰는 뜨겁게 달아올랐던 경기 분위기와 다르게 꽤 긴장된 분위기 속에서 이루어졌다.

"이진용 선수, 축하드립니다."

그 원인은 당연히 이진용 때문이었다.

방송사에 때아닌 호우주의보를 가져온 남자.

언제 어느 순간 무슨 짓을 할지 모르는 또라이.

그런 그를 앞에 둔 방송 관계자들은 물론 엔젤스 홍보팀과 운영팀 관계자들마저 긴장한 채 이진용을 바라봤다.

'제발 오늘은 사고 치지 마라, 구 팀장님이 보고 계신다고!'

심지어 오늘 무대는 다른 누구도 아닌 구은서 운영팀장, 사실상 엔젤스의 구단주나 다름없는 그녀가 직접 잠실구장에 방문한 상황이었다.

'제발⋯⋯.'

사고가 나면 운영팀과 홍보팀은 그 즉시 구은서 운영팀장 앞에서 술과 안주 없는 회식을 해야 한다는 의미.

"예, 감사합니다."

그런 상황 속에서 시작된 이진용의 인터뷰는 모두가 놀랄 만큼 순조롭게 이루어졌다.

"그전에 일단 제 갑작스러운 돌발행동에 피해를 보신 분들께 사과부터 드리겠습니다."

일단 이진용은 사과부터 했다.

"다시는 그런 일이 없도록 주의하겠습니다. 그럼 인터뷰 시작하시죠. 모든 질문에 성심성의껏 대답하겠습니다. 애인이 있는지 물어보셔도 진실만을 대답하겠습니다. 통장 잔고도 말씀드릴 수 있습니다."

그 깔끔한 사과에 긴장된 분위기가 조금 풀렸다.

"하하, 유머러스하시네요."

그 풀린 분위기 속에서 본격적인 인터뷰가 시작됐다.

"그럼 일단 오늘 소감에 대해 한마디 해주시겠습니까?"

"일단 오늘 제가 승리할 수 있게 도와준 팀원 여러분께 감사하다는 인사부터 하고 싶습니다."

"10회에도 마운드에 올라왔는데 봉준식 감독님의 요청이었는지 아니면 이진용 선수 본인이 요청이었는지 궁금하네요."

"제 요청이었습니다. 저는 믿었습니다. 제가 10회에 던지면 팀원들이 제게 승리를 가져다주리란 것을."

-지랄하네.

이윽고 김진호마저 인터뷰에 참가했을 때, 더 이상 사고를 걱정하는 분위기 따위는 없었다.

인터뷰는 10이닝 완봉승이라는 놀라운 기록의 마침표로 부족함이 없을 만큼 완벽하게 그리고 순조롭게 진행됐다.

그사이 룰렛도 돌아갔다.

[체력이 1증가했습니다.]

2만 6천여 포인트.

개중에서 이진용은 2만 5천 포인트를 소모해 실버 룰렛을 돌리기 시작했다.

[체력이 1증가했습니다.]
[구속이 1증가했습니다.]
[체력이 1증가했습니다.]
[커터(E)를 습득하셨습니다.]

"9회에 유격수 실책으로 위기 순간이 왔습니다. 그때 심정은 어떠셨나요?"

베이스볼 매니저의 알림과 아나운서의 질문이 동시에 이진용의 귀를 두드렸지만, 이진용은 그 모든 과정을 이제는 능숙하게 처리했다.

"10회에 올라올 건 8회가 끝난 후, 9회 무렵부터 준비했습니다. 때문에 9회는 오히려 담담하게 던졌습니다. 9회가 제게는 마지막이 아니라 10회가 마지막이라고 생각했으니까요."

'체력 3증가, 구속 1증가. 그리고 커터 습득. 아주 쏠쏠하군!'

[플래티넘 룰렛 이용권을 사용하셨습니다.]

하지만 플래티넘 룰렛마저 활성화됐을 때, 그때만큼은 이진용도 멈칫할 수밖에 없었다.

-스킬 [에이스]
-스킬 [마구]
-스킬 [퀄리티 스타트]

백금색으로 빛나는 룰렛, 그 속에서 영롱하게 빛나는 다이아몬드 칸에 눈길을 빼앗길 수밖에 없었으니까.

물론 기대는 크지 않았다.

'설마 이번에도 다이아몬드 칸에 걸리진 않겠지.'

-설마 이번에도 다이아몬드 칸에 걸리진 않겠지.

그렇게 룰렛이 힘차게 돌아가기 시작했다.

돌아가는 룰렛 앞에서 이진용도, 김진호도 그대로 말문을 멈출 수밖에 없었다.

그사이 인터뷰도 마무리에 접어들었다.

"이진용 선수, 마지막으로……."

아나운서가 마지막 질문을 던졌다.

그와 동시에 돌아가던 룰렛이 멈췄다.

[에이스 스킬을 획득하셨습니다.]

영롱한 다이아몬드 칸에서.

-씨발!

그 순간 김진호의 입에서는 욕지거리가 튀어나왔다.

"팬분들께 한 말씀 해주시……."

"씨!"

그리고 이진용의 입에서도 김진호와 비슷한 소리가 튀어나왔다.

'어?'

그 순간 사라졌던 긴장감이 삽시간에 주변을 가득 채우기 시작했고, 그 찰나의 순간 몇몇은 상상했다.

'저, 저 새끼 서, 설마?'

'씨 다음 발하려는 거 아니지? 제발 아니라고 해줘!'

'야 이 또라이 새끼야, 차라리 호우를 해, 호우를!'

다행히도 그 불안한 상상이 현실이 되는 일은 없었다.

그 찰나의 순간 이진용도 상상했다.

'여기서 마무리 못 하면 벌금 백만 원이 문제가 아니라, 진짜 임의탈퇴 당할지도 모른다.'

그 섬뜩한 상상이 이진용의 생존 본능을 자극했다.

"……유 어게인, 다음에 다시 만나요~!"

그리고 그렇게 자극받은 이진용의 생존 본능이 기어코 살아남기 위한 구멍을 찾아냈다.

"그럼 이상 이진용 선수 인터뷰였습니다."

그런 이진용의 말이 끝나는 순간, 아나운서가 더 이상 질문 없이 인터뷰를 종료했다.

"후우!"

"어휴."

"푸하!"

곳곳에서 안도의 한숨이 터져 나왔다.

그리고 더그아웃에 들어온 이진용도 내뱉었다.

"어휴, 진짜 끝장날 뻔했네."

-아깝다. 한 글자만 내뱉었어도 그냥 강제 방출, 메이저리그 행인데!

그렇게 이진용의 5월이 끝났다.

선발투수에게 선발 등판일은 무척 힘든 날이다.

한 번 출전하는 것만으로 사나흘 간 녹초가 될 정도로 육체적으로, 정신적으로 자신이 가진 모든 것을 토해내는 자리이기에.

그렇기에 제아무리 대단한 기록을 거둔 투수도 그 당일에 그 사실을 느끼는 경우는 없다.

자신이 이룩한 업적에 대한 감탄보다는 그냥 빨리 침대에 기어들어 가서 잠을 자고 싶을 뿐.

이진용도 그랬다.

이진용, 그가 자신이 이룩한 놀라운 업적에 대해 진심 어린 감탄을 한 건 자신이 공을 던진 5월 25일이 아니었다.

그다음 날.

[이진용, 10이닝 완봉승!]

[이진용, 내 목표는 엔젤스의 에이스!]

[이진용, 미스터 제로가 될 수 있을까?]

"후후후!"

5월 26일 금요일, 오전 11시.

뜨거운 햇살이 이제 중천이라 부를 만한 곳에 모습을 드러냈을 때야 비로소 이진용은 실감할 수 있었다.

"10이닝 완봉승…… 캬!"

자신이 엄청나게 놀라운 성과를 이룩했다는 것을.

[에이스]

-스킬 등급 : 없음

-스킬 효과 : 1선발로 경기에 출전할 경우 다음과 같은 효과가 추가됩니다.

-체력 +20

-구속 +2㎞

-보유한 구종 중 하나의 구종 랭크 상승.

-획득하는 포인트량 20퍼센트 증가.

-승리 시 보너스 포인트 지급.

-완투 시 보너스 포인트 지급.

"에이스, 캬!"

그리고 놀라운 것을 얻었다는 것을.

"역시 인생은 노페인 노게인이라니까. 고통 없이 얻는 건 없다!"

그런 이진용의 거듭된 감탄에 김진호가 뚱한 표정으로 말했다.

-말은 바로 하지?

"뭐가요?"

-네가 무슨 노페인 노게인이야?

"왜요? 10이닝 완봉하느라 고생했잖아요?"

-조금 페인, 아주 씨발 좆나게 게인으로 정정해야지. 새끼가 양심이 없어요, 양심이.

김진호의 그 말에 이진용은 눈가를 찌푸렸다.

그러나 김진호의 말에 반박할 근거를 찾지 못한 이진용이 결국 인정했다.

"그러시든지, 말든지."

-젠장, 자식 놈이 설거지했다고 용돈으로 건물을 주는 것도 아니고…… 이 빌어먹을 쓰레기, 갈비지 게임.

김진호가 긴 푸념을 뱉었고, 그 푸념에 이진용이 다시 한번 에이스 스킬을 바라보며 환한 미소를 지었다.

"아, 에이스라."

그 순간이었다.

이진용의 얼굴에 만연하던 미소가 삽시간에 사라졌다.

"저기 김진호 선수, 그런데 1선발은 어떻게 되는 겁니까?"

에이스 스킬.

보기만 해도 놀라운 스킬이다.

일일특급 스킬과 무쇠팔 스킬 그리고 리볼버 스킬이 동시에 적용되는 것과 마찬가지이니까.

심지어 리미트도 없다.

확인을 해봐야겠지만 어쩌면 A랭크 구종을 S랭크, 마스터 랭크로 만들어줄 수도 있다.

문제는 1선발 투수, 팀의 에이스가 되어야 한다는 것.

-1선발?

"예. 되는 방법이 있을 거 아닙니까?"

그 질문에 김진호가 간단하게 답했다.

-난 그냥 숨만 쉬니까 되던데?

"예?"

-그냥 숨만 쉬고 공 좀 던지니까 어느 순간 그냥 로테이션 바꾸고 내가 1선발로 던졌어.

"에이, 장난치지 말고요."

이진용의 말에 김진호가 도리어 어깨를 으쓱하며 말했다.

-진짠데? 궁금하면 내 데뷔시즌 살펴봐. 마이너리그에서 처음 시작했을 때 애들 박살 낸 후에 다음 해 메이저리그에서 시

즌 시작됐을 때 2선발로 시작했어. 그 후에 1선발이 부상자 명단에 이름 올리는 순간 내가 에이스가 됐고, 그때부터 1선발 자리는 내 자리였지.

이진용이 멍한 표정을 지었다.

그런 그에게 김진호가 쐐기를 박았다.

-원래 1선발 자리는 1선발이 부상자 명단에 이름 올리지 않는 이상 안 바뀌어.

"예?"

-어지간한 일이 아니라면 안 바뀐다고!

"그게 무슨……."

-1선발이란 자리는 에이스의 자리고, 이 자리는 심장 같은 거야. 넌 심장이 평소보다 덜 뛰고, 뭔가 질환 하나 생겼다고 해서 심장 바꾸는 거 봤어? 그거랑 똑같아. 1선발 자리는 쉽게 바뀌지 않아. 생각해 봐. 에이스 자리에 있던 선수가 한 달 정도 부진하다고 2선발로 내려 봐. 그럼 에이스 투수가 어떻게 할 거 같아?

"미쳐 날뛰겠죠."

-미쳐 날뛰면 다행이지. 클럽하우스에서 온갖 행패를 부리다 못해 감독하고 설전 벌이겠고, 그러다가 여차하면 감독이 목이 날아가.

"감독 목이요?"

-메이저리그는 감독이 그렇게까지 권한이 큰 게 아니니까. 하물며 메이저리그 1선발은 단장이 심혈을 기울여 데리고 온

선수이거든. 1선발은 사실상 단장이 정하는 자리나 마찬가지야. 근데 감독이 그걸 멋대로 바꾼다?

말을 하던 김진호가 어깨를 으쓱했다.

-뭐, 한국은 좀 다르지만. 그리고 그게 아니더라도 2선발이 1선발보다 잘한다는 이유로 그 선수를 1선발 자리에 앉히는 건 그리 좋은 선택지가 못 돼.

"그건 또 무슨 소리입니까?"

-네가 직접 경험했잖아? 그냥 잘 던지는 것과 에이스가 되기 위해 던지는 게 얼마나 차이가 큰지. 2선발이 에이스 자리에 앉는다? 버티면 오케이지만, 못 버티면?

이진용은 대답 대신 입을 꽉 다물었다. 김진호의 말에 허점은 없었으니까.

김진호는 그런 이진용에게 보다 확실하게 말해줬다.

-사실 선발 로테이션이란 게 되게 쉬워. 좀 더 들어가면 로테이션을 돌릴 땐 별 차이도 없어. 5선발 다음 1선발 나오잖아? 하지만 메이저리그는 물론 한국, 일본, 저기 쿠바에 멕시코까지, 페넌트레이스는 물론 포스트시즌이나 국제대회까지, 야구를 하는 모든 것은 1선발 자리부터 때로는 6선발까지, 자리를 만들고 그 구분을 칼같이 하지. 2선발 투수는 아무리 잘해도 에이스 투수가 아니지만, 1선발 투수는 부진해도 팀의 에이스 대우를 받지.

1선발 자리가 어떠한 의미를 가지는 자리인지.

"방법이 정말 없을까요?"

-제일 합리적인 건 네가 이대로 계속 잘 던지면서 전반기를 마쳤을 경우이지. 에이스가 가장 많이 바뀌는 건 올스타전 전후이니까.

"7월……."

-그러니까 지금 네가 할 일은 에이스 스킬 같은 건 그냥 없는 셈 치고 다음 경기에 집중하는 거야. 정리하면 에이스 스킬은 꽝이나 다름없다고! 에이스 스킬은 이진용에게 똥 같은 스킬이다! 호우!

마지막 부분에서 환호성을 내지르는 김진호의 모습에 이진용이 기어코 똥 씹은 표정을 지었다.

그런 이진용의 시선이 김진호를 피해 스마트폰을 향했다.

휙휙!

이진용이 제 엄지로 다른 기사를 찾아봤다.

"어?"

그리고 발견했다.

"안찬섭 선수 6월 1일 복귀전이라는데요?"

김진호의 시선을 끌 만한 떡밥을.

-뭐?

당연히 김진호가 잽싸게 그 떡밥을 물었다.

-안찬섭? 너보다 2배 정도 더 빠른 공을 던지는 개?

"2배가 말이 됩니까?"

-타자들은 그렇게 생각할 걸?

"어쨌거나 안찬섭이 우리 팀 상대로 선발 출전하네요."

안찬섭, 그의 복귀 소식을.

그 순간 머릿속으로 선발 로테이션을 계산하던 이진용이 눈빛을 빛냈다.

"그럼 얘랑 우리 팀 1선발인 벤자민하고 붙는 건데……."

그 말을 하던 이진용이 눈살을 찌푸렸다.

"아, 얘하고 붙으면 되는데, 뭐 방법이 없을까?"

여전히 1선발 자리에 집착하는 이진용에게 김진호가 혀를 찼다.

-아서라, 아서.

그 말에 이진용이 대답했다.

"사람 일 모르잖아요?"

-지랄을 한다. 네가 이 경기에서 1선발로 나오면 내 손에 장을 지진다, 장을 지져!

"장 지져지지도 않는 분이."

-그럼 널 형이라고…… 아니, 널 아버지로 부른다, 아버지로!

김진호의 거듭된 호언장담에 이진용이 말없이 스마트폰을 바라봤다.

'이야기는 끝났다. 호크스는 유현이 한국으로 돌아온 후 다시 메이저리그행을 원하면 조건 없는 방출을 약속했다.'

황선우.

흡연실의 한 자리를 차지한 채, 전자담배를 머금은 그가 담배 연기를 길게 토해냈다.

'남은 건 유현의 결정. 이대로 메이저리그에 남으면 어차피 이번 시즌 끝나고 자유계약이다. 하지만 지금 상태로는 자유계약에 풀려도 제대로 된 값어치를 받을 가능성은 없고, 다저스는 유현에게 기회를 줄 생각이 없다. 하지만 한국으로 돌아와서 반년 정도라도 좋으니 메이저리그에 가기 전의 모습을 보여준다면…… 몸값을 다시 한번 올릴 수 있겠고 다저스 외의 다른 팀과도 접촉이 가능하다. 여기에 국보급 투수라고 평가받는 유현 정도라면 방출을 통해 메이저리그에 가더라도 국민여론은 오히려 힘을 실어주면 실어줬지, 반대여론이 나올 가능성은 없고.'

그때였다.

황선우가 다시금 담배 연기를 머금는 순간.

"선배!"

흡연실 문이 벌컥 열리며 누군가가 그를 불렀다.

"후─우─우─우!"

황선우가 단숨에 담배 연기를 토해냈다.

"무슨 일이야?"

그러고는 곧바로 방문의 이유를 물었다.

"찌라시 기사 떴습니다."

이어진 후배 기자의 말에 황선우가 눈매를 날카롭게 떴다.

"승부 조작?"

"아뇨."

"약물?"

"아뇨."

"뇌물?"

"아뇨."

거듭된 반문에 황선우가 이제는 얼굴을 찌푸린 채 물었다.

"그럼?"

"안찬섭이 사고 쳤습니다."

안찬섭.

그 이름에 황선우는 그제야 떠올릴 수 있었다.

"아, 6월 1일이 안찬섭 복귀전이지."

"예?"

그 되물음에 오히려 후배 기자가 놀란 표정을 지었다.

현재 한국프로야구 판에서 가장 뜨거운 투수는 자숙 끝에 복귀가 확정된 안찬섭 그리고 엔젤스의 신성 이진용, 둘이었으니까.

그런데 안찬섭에 대해 이런 반응을 보인다? 황선우답지 못한 일.

"선배, 무슨 일 있어요?"

"뭐?"

"아니, 안찬섭 이야기에 그렇게 반응하는 게 이상해서요."

"그냥 개인적인 일이 있어서 그래. 넌 신경 쓸 거 없어."

후배 기자의 물음에 황선우는 대충 얼버무렸다.

"그래서 안찬섭이 이번에는 또 뭔 짓을 했는데 찌라시에 이름을 올린 거야?"

그리고 화제를 돌렸다.

후배 기자가 그런 황선우에게 설명을 시작했다.

"안찬섭이 기자들 앞에서 선수 한 명을 아주 제대로 씹었습니다."

"안찬섭이 그런 짓을 한 게 설마 신기해서 그런 건 아니겠지?"

황선우는 말을 하면서도 헛웃음을 흘렸다.

그러나 이어진 후배 기자의 말에 황선우는 더 이상 헛웃음을 내뱉을 수 없었다.

"근데 걔가 씹은 게 이진용입니다."

"뭐?"

"안찬섭이 기자들 앞에서 말했습니다. 이진용 같은 투수가……."

"……A구단의 B선수는 C구단의 D선수를 지칭하며, 그런 허접한 투수에게 기록을 헌납한다는 것 자체가 한국프로야구 수준이 낮아졌다는 증거라며 한국프로야구에 대한 쓴소리를 아끼지 않았다."

스마트폰을 통해 찌라시 기사를 읽은 엔젤스의 수석코치 송재만은 곧바로 스마트폰을 끄며 말했다.

"누가 보더라도 안찬섭이 이진용을 제대로 씹은 내용입니다."

그 말에 봉준식 감독은 대답하지 않았다.

"어떻게 하시겠습니까?"

송재만 수석코치의 재차 이어진 물음에 봉준식 감독은 여전히 대답을 하지 않았다.

제 손으로 관자놀이를 주무르며 머릿속에 있는 고민을 좀 더 제대로 숙성시켰다.

"그냥 넘어갈 사안은 아닙니다. 이진용은 물론 팀을 위해서라도. 비공식적으로라도 항의해야 할 사안입니다."

그런 봉준식 감독에게 송재만 수석코치가 자신의 의견을 강력하게 어필했다.

그건 송재만 수석코치가 무척 화가 났다는 의미였다.

그리고 화가 나야 하는 일이었다.

"술자리에서도 아니고, 기자들 앞에서 이런 소리를 지껄인다는 것 자체가 말도 안 되는 일입니다. 할 거면 기사를 막든가, 완전히 우리 보고 대놓고 엿 먹으라는 거 아닙니까?"

안찬섭.

도박이라는 크나큰 잘못을 저지르고 1년이 넘는 자숙기간을 가진 그가 드디어 한국프로야구에 복귀를 하게 됐다.

그 사실에 대해 야구팬들의 여론은 대개 안 좋은 쪽으로 흘러가고 있지만, 중요한 건 한국프로야구위원회가 안찬섭의 복귀를 받아들였으며, 이미 로스터에 이름을 올린 그가 마운드에 올라오지 못할 이유는 없다는 점이었다.

물론 여기까지는 아무래도 좋았다.

안찬섭이라는 나름 재능 넘치는 선수가 이대로 묻히는 걸 원치 않는 야구계 관계자들도 많으니까.

문제는 여전히 자숙을 해야 하는 그가 기자들 앞에서 다른 누구도 아니고 이진용을 씹었다는 것.

그것도 아주 제대로.

"이런 선수에게 무실점 기록을 헌납하는 게 프로야구 수준이 떨어졌다는 증거라니…… 누가 누굴 보고 프로야구 수준을 운운하는 건지……."

"누군가 기자 한 명의 수작에 넘어간 거겠지."

그때 봉준식 감독이 입을 열었다.

"기자 한 명이 이진용을 언급하면서 안찬섭 신경을 건드렸겠고, 결국 안찬섭이 폭발했고, 안찬섭답게 남다른 폭발력을 만들어냈고."

그 설명에 송재만 수석코치가 입을 꽉 다문 채 자신의 입꼬리를 비틀었다.

합리적으로 보면 봉준식 감독의 말이 맞았다.

안찬섭이 인격적으로 덜 성숙된 인간인 건 맞지만, 가만히 놔뒀는데 자기가 욕먹을 짓을 할 정도로 욕먹는 걸 즐기는 인간은 아니니까.

그가 직접 나서서 이진용을 먼저 힐난했을 리는 없었다.

문제는 봉준식 감독의 말대로 건드리면 뭔가 나오는 안찬섭 같은 타입을 기자들이 가만히 놔뒀을 리 없다는 것.

오프 더 레코드, 일단 기자들은 그렇게 말한 후에 안찬섭을 자극했을 것이다.

이진용에 대한 이야기를 거듭 꺼내며 안찬섭과 비교를 하면서.

"더군다나 안찬섭은 이진용에게 안 좋은 기억도 있고."

더욱이 이진용은 안찬섭에게 쓰라린 기억을 준 적이 있었다.

안찬섭의 프로 복귀 시나리오의 첫 페이지를 아주 제대로 짓밟아준 기억이.

만약 그 일만 아니었다면 안찬섭은 6월이 아니라 5월에 프로 무대에 복귀했을 것이다.

당연히 그때 경기가 기자 입에서 언급되는 순간 안찬섭은 당연히 폭발한 후에 이진용에 대한 자신의 감정을 자신이 표현할 수 있는 가장 격한 방법으로 했을 것이다.

그게 지금 이니셜로 범벅이 된 찌라시 기사가 나온 배경이었다.

이 바닥에서는 흔한 일이었다.

흔하기에 이런 이니셜로 나오는 소위 찌라시 기사에는 구단 차원에서 움직이지 않는다는 암묵적인 합의도 있었다.

이런 찌라시에 일일이 반응했다가는 나중에는 찌라시에 휘둘리는 일이 생기고, 그렇게 되면 정말 문제가 심각해지니까.

"그래도 안찬섭은……."

하지만 송재만 수석코치는 이런 상황에서 안찬섭을 변호해주는 듯한 봉준식 감독의 의중을 쉽사리 받아들일 수가 없었다.

물론 봉준식 감독은 정말로 안찬섭을 변호하려고 그런 말을 한 게 아니었다.

"레이번스의 안찬섭 따위보다 더 중요한 건 이진용이야."

엔젤스의 감독인 그의 입장에서는 이상적인 무언가보다는 당장 할 수 있는 실질적인 무언가를 하는 것이었고, 지금 이 순간 엔젤스가 할 수 있는 건 안찬섭에 대한 응징이 아니라 이진용에 대한 케어였다.

"이진용의 상태가 어떤지 보고 오게."

그제야 송재만 수석코치가 표정을 풀고 자리에서 일어났다.

"예."

그렇게 송재만 수석코치가 자리를 떠나는 순간 봉준식 감독은 긴 한숨을 내뱉었다.

'만약 이대로 이진용이 이 찌라시에 흔들린다면……'

이 순간 봉준식 감독은 이진용을 우려하고 있었다.

찌라시 기사란 그런 거였다.

보는 이는 즐겁지만, 당사자는 속이 썩어 문드러지는 것.

심지어 어디 가서 푸념을 뱉을 수도 없고, 무언가 대응조차도 할 수 없는 것.

그저 구설수가 되어 껌처럼 사람들의 입에서 쉴 새 없이 씹히다가 어느 순간 버려지기를 기다려야 할 수밖에 없는 것.

프로에서 닳고 닳은 베테랑들도 쉽사리 버티지 못하는 것이었다.

'골치 아프군.'

그런 일을 이제 프로 1년 차인 이진용이 담담히 버틸 것이라고 봉준식 감독은 생각할 수 없었다.

　그리고 그런 그의 생각은 적중했다.

　이진용, 그는 이 찌라시 기사를 담담히 넘기지 못했다.

　"으아아아!"

　이진용, 그가 스마트폰을 쥔 채 괴성을 내지르며 그대로 양손을 높게 들었다.

　그리고 소리쳤다.

　"안찬섭 만세! 찌라시 만세!"

　그 외침에 김진호가 이진용을 보며 고개를 절레절레 흔들었다.

　-드디어 네가 미쳤구나.

　"왜요?"

　-이진용 같은 허접쓰레기가 노히트노런을 하는 것이 한국프로야구의 수치이다, 그런 말을 듣고서 환호성을 지르면서 만세를 외치는 게 그럼 정상이냐?

　"아니, 왜 없던 말을 만드세요? 어디까지나 기사 내용에는 기록을 헌납……."

　-그 말이 그 말이지. 그리고 무슨 말이든 간에 네가 하는 짓은 미친 또라이 짓이고.

"기회가 왔잖아요."

-기회?

김진호의 반문에 이진용이 스마트폰을 다시 보며, 깊은 미소를 지으며 말했다.

"안찬섭하고 붙을 수 있는 기회요!"

-무슨 소리야?

"제 시나리오를 들어보실래요?"

-시나리오?

"일단 조금 있다가 수석코치님한테 전화가 올 거예요. 그리고 말하겠죠. 기사 내용 봤냐? 그럼 전 침울한 표정으로 이렇게 대답하겠죠. 예, 봤습니다. 그럼 송 수석코치님이 말하겠죠. 감독님이 부르신다, 감독실로 와라."

-그다음은?

"당연히 감독실로 간 후에 이야기를 나누겠죠. 봉준식 감독님 성격상 먼저 말을 걸기보다는 지그시 절 볼 테고, 그럼 저는 결국 그분에게 이렇게 말하겠죠."

크흠, 이진용이 목소리를 가담은 후에 연기를 시작했다.

"기사 내용 봤습니다. 솔직히 말하면 기분이 좋지 않습니다. 아니, 분합니다. 제가 무시당했다는 것도 화가 나고, 엔젤스란 팀이 무시당한 것에 더 화가 납니다. 분명 제가 안찬섭보다 공은 느립니다. 하지만 전 그보다 잘 던질 자신이 있습니다."

크흠, 이진용이 재차 헛기침과 함께 목소리 톤을 바꾼 후에 말했다.

"어음, 네 생각은 알겠다. 그래서 어떻게 하고 싶지?"

-그럼 네 대답은?

"제 대답은……."

호우! 호우! 호우!

그 순간 이진용의 스마트폰이 특별하게 저장된 벨소리를 내뱉기 시작했고, 이진용이 대화를 멈춘 채 스마트폰 발신자를 봤다.

송재만 수석코치님.

그 발신자를 보는 순간 이진용이 미소를 지으며 말했다.

"기회만 주시면 보여드리겠습니다. 제가 안찬섭보다 더 잘 던지는 것을 보여드리겠습니다."

다부진 결의, 단호한 각오로 무장된 이진용의 말을 듣는 순간 봉준식 감독은 준비했던 대답을 삼켰다.

대답을 삼킨 채 자신의 앞에 있는 자그마한 체구의 투수를 바라봤다.

그 후 좀 더 생각을 마친 후에 입을 열었다.

"로테이션 조절은 어려울 것 없다. 10이닝 완투한 너를 위해서 이미 로테이션은 조절해 두었으니까. 하루 정도 더 쉬면 안찬섭에 등판하는 6월 1일에 올라올 수 있다."

"보내주십시오."

"그러나 그 자리는 1선발 자리다."

1선발 자리.

그 말에 이진용이 입을 꽉 다물었다.

"1선발 자리는 에이스 자리다. 그 자리는 네가 생각하는 것 이상으로 어려운 자리이다. 물론 그냥 지나가는 자리가 될 수도 있다. 1선발이 그저 하루 더 쉬는 것이 될 수도 있지. 하지만 그런 이유라면 널 그 자리에 올릴 생각이 없다."

봉준식 감독의 말에 이진용이 꽉 다문 입으로 고개를 끄덕였다.

"만약 에이스 자리에 앉을 각오가 있다면 그래도 좋다. 대신 대가도 짊어져라. 네가 그 자리에 앉은 채로 경기에 지는 순간 널 2군으로 보내겠다."

그런 이진용에게 봉준식 감독이 섬뜩한 이야기를 건넸다.

"겁을 주려고 하는 말이 아니다. 그 정도 각오가 필요한 자리이다. 못한다면 차라리 2군으로 내려갈 각오를 해야 하는 자리. 그리고 그래야만 한다. 그래야 팬들은 물론 선수들이 널 인정할 것이다. 그저 아무런 리스크 없이 에이스 자리에 오르는 건 그 누구도 인정할 리 없으니까."

패배는 투수가 어찌할 수 있는 일이 아니다.

당장 이진용만 하더라도 그가 9이닝 무실점으로 마운드를 내려왔다면, 그는 어쩌면 승리투수가 되지 못했을 수도 있다.

그런데 패배를 하면 무조건 2군으로 보내겠다?

섬뜩함을 넘어, 언젠가는 2군으로 보내겠다는 선고!

"올려주십시오."

그러나 이진용은 그 선고 앞에서 분명하게 말했다.

"한 경기라도 패배하면, 제가 패전투수가 되면 기꺼이 2군으로 내려가겠습니다. 그러니 올려만 주십시오."

그 말에 봉준식 감독은 놀란 표정을 지은 후에 이내 손을 저었다.

"네 각오는 알겠다. 일단 코치들과 회의한 후에 결과를 통보해 주지."

"예."

그 말과 함께 이진용이 자리에서 일어난 후에 문으로 향했다.

그때 이진용이 문고리를 잡기 전 멈칫한 후에 몸을 돌린 후에 봉준식 감독에게 깊게 허리를 숙였다.

'아.'

그 모습에 봉준식 감독은 터져 나오려는 감탄을 간신히 삼킨 후에 그저 손만 내저었다.

나가도록.

그 제스처를 본 후에야, 그제야 이진용이 문고리를 잡고 밖으로 나왔다.

그리고 그 모습을 관람한 김진호가 말했다.

-진용아, 그냥 할리우드 가자. 사이영상은 개뿔, 한국인 최초로 오스카상을 노려보자! 너라면 할 수 있어!

"아들아."

-으, 응? 뭐라고?

"어디서 아버지한테 버릇없게 반말해?"

-어, 어…… 아, 씨발!

이진용, 그가 자신에게 주어진 기회를 잡았다.

To Be Continued

귀별도 없는 회귀

목마 퓨전판타지 장편소설

불친적하기 짝이 없는 이세계 '에리아'.
그곳에 소환된 '이성민'.

13년의 생활 끝에 죽음을 맞이한 그에게
또 한 번의 기회가 주어졌다.

재능이 없다.
그러나 그에겐 13년의 기억이 있다.

우연처럼 엮인 필연이, 그리고 목적이
그를 앞으로, 더 높은 곳으로 나아가게 한다.

이성민은 무엇을 바라였는가.
무엇이 되고 싶었는가.

"나는 다시 살아가 보고 싶다.
전생보다 나은 삶을."